거기에 내가 있었다
칠칠 최 북

거기
에
내가
있었
다

민병삼 장편소설

책 머리에 붙여

　이 소설을 탈고함으로써, 단원 김홍도 · 혜원 신윤복 · 오원 장승업 · 표암 강세황에 이어, 조선 후기 화가들 중에 다섯 번째 인물을 소설 속으로 끌어들인 셈이다.
　이들 다섯 인물 중에 오원 장승업을 제외하고는 모두 동시대에 활동했기 때문에, 내 소설 속에서 자주 만났다. 그래서 나한테 낯선 인물은 없었다.
　다섯 인물들 중에 표암과 오원을 제외하고는, 세 화가 모두 중인 계급들이었다. 이들에 비해 표암은 전형적인 사대부 출신이었고, 오원은 근본부터 확실치 않은데다가, 처음에는 자기 이름자도 쓸 줄 모를 만큼 불학무식한 화가였다.
　그러나 이들 다섯 화가들의 공통점은 치열한 작가 정신이었다. 사대부 출신의 표암이 말년에 정2품의 높은 관직에까지 올랐으나, 그가 시 · 서 · 화의 삼절(三絕)에 이를 때까지의 예술 정신은 활화산만큼이나 맹렬했다.
　그리고 불학무식했던 오원 역시 그림에 대한 열정 하나만큼은 그 어느 누구도 따라올 수 없는 경지에 이르렀다.

一

　이번 소설에 등재한 칠칠이 최 북은 본관이 무주(茂朱)로, 영조 때부터 정조 때까지 활동했던 화공(畫工)이다. 그는 숙종 때인 1712년에 출생하여 정조 때인 1786년에 작고했으므로, 마침 금년이 탄생 300주 년인 뜻 깊은 해가 된다.
　그가 비록 중인 출신이라고는 하나, 평생을 한 번도 곤궁한 삶에서 벗어나지를 못하고 생을 비극적으로 마감했다. 그 원인 중에 하나가 괴이한 주벽과 오만한 성격 때문이었다. 그 괴벽이 제 눈을 송곳으로 찌르게 했던 것이다.
　그러나 최 북은 속된 세상에서 일찍이 벗어나, 평생을 고결하게 살았던 방외사(方外士)였음을 나는 단언하고 싶다.
　물론 오만하고 괴벽한 그의 성격을 부각시키고자 하는 것은 아니다. 그 성격이 불후의 작품을 남길 수 있었다는 점에 찬탄을 아끼지 않겠다는 것이다.

　이제 독자들은 이 소설을 읽어가면서, 내가 왜 이러한 화가를 소설의 인물로 등재할 수밖에 없었는지를 이해할 수 있을 것이다.

소설은 사실과 사실이 아닌 것과의 융합물이다. 이번에 하나의 역사적 인물을 소설이라는 장르에 끌어들임으로써, 역사적 사실과 역사적으로는 없었을 상황이 어우러져 만들어진 하나의 연극이 되는 것이다.

따라서 독자들은 객석에 앉아서, 최 북이라는 기이한 화가의 삶의 궤적을 밟게 될 것이고, 그러면 한 화가의 예술적 광기를 긍정적으로 받아들이게 될 것을 확신한다.

2012년 8월
민병삼

1

 살을 에는 듯한 강추위가 여러 날 계속되고 있어, 바깥 출입은 엄두도 낼 수가 없었다. 집 안에 들앉아 있어도 춥기는 마찬가지여서 옴짝달싹하기가 싫었다. 휘파람 소리를 내며 문틈을 비집고 들어온 바람이 어찌나 매서운지, 이불을 둘러쓰지 않으면 안 되었다. 게다가 오늘은 눈까지 내려 그 새 발목이 잠길 만큼 쌓였다.
 최 식(埴)은 몸을 오스스 떨며, 하얗게 시린 얼굴에 이불자락을 한껏 끌어 올렸다. 턱이 떨리고 이가 닥닥 갈리는 중에도, 며칠 전 산자락에 묻힌 어머니 생각을 하면 차마 드러낼 수 없는 엄살인 것만 같았다. 땅이 꽁꽁 얼어붙어 깊이 묻지도 못했다. 그렇게 한 것이 어머니를 꼭 얼음 구덩이에다 내버린 것 같아 내내 가슴이 찢어졌다. 봉분이랍시고 흙을 살짝 덮은 것에 지나지 않아, 겨우내 굶주린 여우들이 무덤을 쉽게 파헤치고 시신을 갈기갈기 뜯어먹을지도 모를 일이다.

 아침 겸 점심으로 강냉이밥 한 그릇을 쑤셔넣고 삽짝을 나선 식은 곧장 어머니가 묻힌 곳으로 달려갔다. 머지않아 이곳 양구(楊口)를 떠날 계획으로 있는 그는 밤새 여우들이 무덤을 파헤치지나 않았는지 걱정이 눈처럼 쌓여 방에만 처박혀 있을 수가 없었다.

다행히 눈발은 그쳤으나 바람이 일 때마다 눈보라를 일으켜 얼굴을 매섭게 할퀴고 달아났다. 혹시 여우들이 무덤을 에워싸고 있을지도 모른다는 생각에, 몽둥이를 힘껏 움켜잡고 산자락으로 기어올랐다. 먹이를 찾아 내려온 토끼들이 자주 눈에 띄었다. 생각 같아서는 토끼사냥도 하고 싶었으나 무덤부터 살피기로 마음을 고쳐 먹었다.

다행히 봉분은 다치지 않았고 눈만 하얗게 쓰고 있었다. 눈밭에도 여우들의 흔적은 보이지 않았다. 그는 소나무 가지를 꺾어 봉분에 쌓인 눈을 말끔하게 쓸어냈다. 가뜩이나 언 땅에 누워 눈까지 덮고 있는 어머니가 안타까워 눈물이 울컥 솟았다.

엄니, 많이 춥지요?

어서 봄이 와야 할 텐데….

이제 엄니 곁을 떠나면, 언제 올지 몰라요.

이 몽둥이를 엄니 곁에 놓고 가면, 여우들이 근접을 못할 거예요. 제가 엄니를 지킨다고 생각하세요.

그는 몽둥이를 무덤 앞에 내려놓고 큰절 두 번으로 어머니한테 작별을 고했다. 눈물이 끊임없이 쏟아졌다. 객지로 나가 소식이 감감한 남편을 진작에 체념하고, 오로지 아들 하나만 바라보고 살았던 어머니가 불쌍했거니와 곧 정처 없이 떠나야 하는 자신의 미래가 암담해서 눈물을 밀어넣을 수가 없었다.

식은 집으로 돌아오자마자 젖어미한테도 작별을 예고했다. 그러자 그녀가 몹시 의아해 하며 쓰러지듯 풀썩 주저앉았다. 식은 그녀를 바라보기 민망해서 슬그머니 얼굴을 돌렸다.

"떠나다니? 갑자기 그게 뭔 소리여?"

"여기서는 먹고 살 길이 없어요. 이렇게 사는 게 지긋지긋하기도 하구요."

"아적 어린 나이에, 어디 간들 쉰밥이라도 얻어 먹을라구?"

"이왕 나서는 길, 한양으로 가겠어요. 비럭질을 해도, 부자들이 많이 사는 곳에 가서 하는 게 낫겠지요."

"너마저 떠나면, 나는 누구를 의지하고 산단 말이냐?"

"내가 있어도, 유모를 보살피지 못할텐데요 뭐. 한 입 줄었다고 생각하세요."

"지 아비 닮아서, 모질기두 허지."

원체 몸이 약질이었던 식의 어머니가 젖이 턱 없이 부족해, 여기저기 젖동냥 하다시피 하여 자식을 간신히 키웠다. 식이한테 그 중 젖을 많이 물린 여자가 지금의 젖어미였다. 삼십 중반 나이에 자식 없는 과부가 되어 그때부터 식이네 집에 빌붙어 한식구로 살게 되었다. 세월이 흘러 그녀도 어느덧 할멈이 돼 가고 있었다.

"꼭 떠나야 되겠냐?"

"…네."

"언제 떠날껴?"

"눈이 웬만큼 녹으면…."

"참말로 모질구먼."

젖어미가 기어이 눈물을 짜냈다. 식은 그런 모습이 또 안타깝고 송구해서 밖으로 나와버렸다. 삽짝 밖으로, 눈에 보이는 것이라고는 온통 눈밭뿐이었다. 멀리 산봉우리와 등성에도 태초에 그랬던 것처럼 온통 하얗다. 듬성듬성 들어앉은 초옥에도 눈이 덮여, 마치 들녘의 아낙들이 수건을 둘러쓴 모습을 연상케 했다.
 식은 겹겹이 둘러진 막막궁산을 바라보면서 자신도 모르게 한숨을 토했다. 대체 저 산들을 몇 개나 넘어야 한양 땅에 당도할 수 있을지 가늠하기가 막막했다. 또 한양에 가서 죽지 않고 살아남을 방도가 암담하고 불안했다.
 설마, 산 입에 거미줄이야 치겠나.

2

 닭이 홰를 치며 울어대는 이른 새벽, 행장을 꾸린 식이 마당으로 내려섰다. 젖어미가 마루에 주저앉아 통곡하듯 우는 소리를 등짝으로 들으면서 서둘러 삽짝을 나섰다. 그러자 그녀의 울음소리가 더욱 커졌다. 식은 잠시 걷기를 주춤하는 듯하다가 이내 걸음을 재촉했다.
 며칠 새에 눈이 많이 녹아 이제는 발목 아래로 내려앉았다. 마침 바람도 잠잠해서 살을 에는 추위는 느낄 수 없었다. 그는 마을 어귀를 꺾어 돌면서 잠시 뒤를 돌아보았다. 살던 집이 갑자기 납작하게 내려앉은 모습으로 다가와 그의 마음을 아리게 했다. 거기서 홀어머니와 십오 년을 살았던 옛날 일들이 주마등처럼 빠르게 지나갔다. 회초리를 든 어머니의 성화에 떠밀려 서당을 다녔고, 무명의 이웃

환쟁이한테 그림도 배웠다. 그 모든 일들이 억척스러운 어머니의 훈육이 있었기 때문이다.

어머니는 남편의 소식이 감감한 중에도 식에게 아버지 얘기를 많이 들려주었다. 그의 아버지는 호조(戶曹)의 계사(計士: 종8품으로 계산을 맡음)로 잠시 있으면서 서화(書畵)에도 능했다고 한다. 그런 그가 갑자기 관복을 벗어버리고 금강산으로 떠났다는 것이다. 금강산에 간 까닭을 식이 묻자, 그림을 그리러 간 것이라고 했다. 그때 식은 아버지가 정말 금강산으로 들어갔다면 필경 호랑이한테 물린 것이라고 단정했다. 그렇지 않고는 여태 소식이 없을 리 없는 것이다.

"네 몸에도 아버지의 재주가 흐르고 있을 터이니, 글과 그림을 게을리 해서는 아니 되는 것이다."

"그럼, 아버지의 서체나 그림이 남아 있어요?"

"있기는 하다만…."

그러면서 어머니가 장롱에 깊이 넣어 두었던 서화 몇 점을 식에게 보여줬다. 글씨는 주로 행서(行書)였고, 그림은 산수(山水) 화조(花鳥) 절지(折枝) 등이었다. 어린 식의 안목으로는 그 가치를 가늠할 수가 없었다. 단지 아버지가 서화에 일가를 이루지 못하고 세상을 떴다는 정도로만 알고 있을 뿐이었다.

양구 땅을 벗어난 식이 사명산을 가까스로 넘어 청평사(淸平寺) 입구에 당도했을 때는 이미 해가 진 시각이었다. 깊은 산중이라 해가 일찍 떨어졌다. 중천에 걸려 있다고 생각했는데 금세 땅거미가 찾아왔다. 들녘과는 달리 산골짜기에 쌓인 눈이 전혀 녹지를 않아 곳에 따라서는 무릎까지 잠겼다. 골짝을 타고 내려온 눈바람이 칼날처럼 날카로워서 남바위 밖으로 드러난 목을 당장에 끊어 놓을 것만 같았다.

　근처에 인가라고는 단 한 채도 찾을 길이 없어, 오늘 밤은 도리 없이 절에서 묵어야 될 판이었다. 요즘에는 절 인심이 예전 같지 않다고 하니, 하룻밤 재워주기나 할지 걱정이 앞섰다. 그래도 달리 방도가 없어, 일단은 침입자 행세로 들어설 수밖에 없었다.

　마침 중들의 거처이지 싶은 곳에서 불빛이 새나왔다. 식은 주저하지 않고 다가가 헛기침부터 내뱉었다. 안에서 독경 비슷한 소리가 분명 들리는데도 방문이 열리지 않았다. 식은 헛기침을 두어 번 더 내고는 '스님 계세요?' 하고 목소리를 높였다. 한참만에 문이 열리면서 중 하나가 바가지 같은 맨머리를 내밀었다.

"누구신가?"

"하룻밤 묵으려고 왔습니다."

　그러자 중이 문을 활짝 열고 안에서 흘러나온 불빛으로 식의 모습을 요리조리 살폈다. 중이 불빛을 등지고 있었지만 어림으로 늙은 나이가 분명했다.

"꼬라지로 보아, 강도짓은 못할 것 같고⋯어디서 오는 길인고?"

"양구 땅에서 오는 길입니다. 날씨가 추우니, 하룻밤만 재워 주십시오."

"부처님한테 시주할 건 있고?"

"⋯없습니다."

"염치 없는 놈이로고."

그가 혀를 차더니 이내 문을 닫아버리는 것이었다. 식은 '고약한 중놈 같으니라고…'를 속으로 중얼거리면서도 차마 이대로는 물러설 수가 없었다. 이 추위에, 어디 가서 밤을 새우겠는가. 식은 한 걸음 더 다가서며 연해 사정을 했다. 비로소 문이 다시 열렸다.

"시주할 게 없다면서?"

"…몸으로 때우겠습니다."

"몸뚱이로 때우겠다…두고 보면 알겠지. 어여 들어와."

방에는 중 혼자였다. 독방을 쓰고 있는 것으로 보아 주지승이 분명했다. 밖에서 들은 것처럼 역시 독경하고 있었는 듯 바닥에 불경이 펼쳐서 있었다.

"올해 몇살인고?"

"임진생(1712)입니다."

"열 다섯이구먼. 헌데, 어디 가는 길이더냐?"

"한양에 가는 길입니다."

"한양에는 왜?"

"갑자기 고애자*가 돼서…."

"한양에 부자가 많다니까, 비렁뱅이 하려고?"

"그렇기도 하구요."

"미욱하기는…잘도 얻어 처먹겠다. 네놈이 부자놈들 인심을 몰라서 그러지. 그건 그렇고…네놈 생긴 꼬라지가 어째 그러냐?"

"…왜 그러십니까?"

---

* 고애자(孤哀子): 부모를 모두 여읜 사람.

"꼭 메추리 꼴 아니냐."

"헤헤. 제가 메추리 닮았다는 소리는 진작부터 들어 왔습니다."

그건 사실이었다. 왜소한 몸피에, 주둥아리가 꼭 새 부리처럼 나왔다. 게다가 엉덩이가 별나게 튀어나와, 사람들이 메추리를 연상했던 것이다. 그래서 동네 아이들이 그를 '최 메추리'라 부르며 놀려먹곤 했었다.

"스님. 배가 몹시 고픈데, 요기할 것 좀 없습니까?"

"염치 없는 놈…옛다, 이거나 처먹어라."

그가 눈을 흘기며 바가지에서 무엇인가 한 움큼 집어 식이한테 던져 주었다. 얼핏 보기에 풀 뿌리 같기도 하고, 나무 껍질 같기도 했다. 식이 선뜻 집지를 못하고 멀뚱하게 내려보고만 있자 그가 버럭 소리를 질렀다.

"처먹어. 부처님의 자비시니라."

"나무 껍질 아닙니까?"

식은 그 중 한 개를 집어 조심스럽게 씹었다. 쌉쌀하고 달짝지근한 것이 칡뿌리 씹는 맛이었다. 그러나 씹을수록 쫄깃한 맛까지 있어, 비로소 고구마 말린 것임을 알았다.

"그 꼴에, 글을 배웠을 리가 없고…까막눈이지?"

"동몽수지(童蒙須知)와 동몽선습(童蒙先習)을 떼고, 소학언해(小學諺解)까지는 배웠습니다."

"메추리 꼴에, 제법이구나."

"어머님 훈육이 지엄해서…."

그의 어머니는 자식이 학습과 그림 그리기를 게을리할 때마다 회초리를 들었다. 아버지가 뜻을 이루지 못한 만큼 자식이 그 뜻을 완성해야 한다는 것이었다. 그녀의 가르침은 집요했고, 그만큼 매도 혹독했었다. 훈장보다 더 무섭게 다루었다. 자식의 나이가 어리다고 해서, 감상에 젖어 눈물을 닦아주거나 회초리 상처를 매만져 준 적도 없었다.

이튿날 아침, 식은 공양 한 그릇을 얻어먹고 곧장 행장을 챙겼다. 그러자 주지가 다가와 밥값도 안 하고 내뺄 거냐며 힐난하는 것이었다. 식이 손길을 멈추고 무슨 일이든 시키라고 응수했다. 그러자 주지가 방문을 활짝 열어 뜰을 가리켰다.

"눈을 말끔하게 치워."

"하늘을 보니, 또 눈이 내릴 것 같은데요."

"메추리 대가리라니…이놈아. 네놈은 똥 싸고 밑도 안 닦지?"

"닦는데요."

"왜 닦어? 밥 처먹으면, 또 쌀 걸."

"…무슨 말씀인지, 알겠습니다."

식은 도리 없이 눈을 쓸기 시작했다. 주지가 눈 치운 길로 다가와 식에게 자꾸 말을 걸었다. 꽤나 무료한 것처럼 보였다. 그러거나 말거나 식은 계속 눈만 쓸었다.

"한양에 가는 것이 오로지 비럭질 때문이더냐?"

"꼭 그런 건 아니구요…."

"그런 게 아니라면, 과거라도 보겠다는 게야?"

"그럴 처지가 되겠습니까? 이왕이면, 넓은 세상에서 살고 싶습니다."

"제 아무리 넓은 세상이라도, 결국은 부처님 손바닥이지. 그러지 말고, 부처님 공양하면서 나랑 같이 있는 게 어떻겠냐?"

"중 노릇은 싫습니다."

"이놈아. 중이 어때서? 네놈 밥 굶길까 봐서?"

"사람이 밥만 먹구 산대서야, 그게 어디 사람 사는 일이겠습니까."

"터진 아가리라고, 말은 잘하는구나. 그럼, 한양 가서 비럭질 말고 달리 할 일 있어?"

"견문도 넓히고, 또…."

"또, 뭐야?"

"그림을 배울 생각입니다."

"…고작, 환이나 치겠지. 네놈 상판을 보니, 평생 끼니 걱정하다가 죽을 놈여."

식은 주지의 악담에 부아통을 터뜨리고 싶었으나, 늙은 중놈의 심통이려니 하고 대꾸를 하지 않았다. 그러자 주지도 제풀에 싱거웠는지 슬그머니 등을 돌렸다. 식은 그 뒤에 대고 '망할 놈의 중…'을 나지막히 중얼거리며 홀떡 감자를 먹었다.

3

 식은 꼬박 나흘이 걸려 비로소 한양 땅을 밟을 수 있었다. 동대문을 통과해 성 안으로 들어서자 행인들이 눈에 많이 띄었다. 물건을 잔뜩 실은 우마차도 자주 보이고, 등짐을 진 장사치들의 왕래도 빈번했다. 한적한 양구 땅에 비하면 사람들의 표정이 훨씬 활기차 보이고, 하는 짓도 민첩했다. 식은 비로소 사람 사는 모습을 보는 것 같아 가슴이 벅찼다. 그러나 마음 한 구석에서는 두려움과 긴장이 불쑥불쑥 솟는 것이었다. 한양 인심이 각박하다는 소문을 익히 들은 터라, 이 험난한 세파를 어떻게 헤치고 살아가야 할지 걱정이 앞섰다. 그도 그렇지만 무엇보다 허 석(許晳) 화원(畫員)이 사는 집을 찾을 수 있을지 막막했다. 찾지 못한다면 당장 오늘밤을 어디서 새운단 말인가.
 동대문 밖은 물론 성 안 곳곳에 거지들이 떼 지어 다니는 것이 자주 눈에 띄었다. 그것도 경계할 일이었다. 막 살아가는 그들이라, 시비를 걸기라도 한다면 낭패 보기 십상인 것이다. 한 놈뿐이라면 두렵지 않지만 떼로 몰려들어 행패를 부린다면 즉사할 만큼 얻어터질 게 분명하다. 그래서 식은 인적이 드문 길을 피해, 되도록 큰길을 택했다.
 식은 일단 운종가* 쪽으로 방향을 잡았다. 운종가에는 육의전**

이 있다고 들었다. 동대문보다 훨씬 많은 사람들이 왕래할 것이어서, 길 묻기도 수월할 것이다.
 운종가에 웬만큼 들어섰을 때 마침 약전***이 눈에 띄었다. 식은 길을 물을 겸해서 약전으로 들어갔다. 약재 풍기는 냄새가 코를 찔렀다. 안에서는 노인 둘이 앉아 바둑을 두고 있었다. 그들은 삼매경에 빠져 눈길조차 주지 않았다. 식은 헛기침으로 짐짓 인기척을 내며 한 발 더 다가섰다.
 "말씀 좀 여쭙겠습니다."
 "…."
 "어르신…."
 비로소 수염발이 가슴에까지 늘어진 노인이 식을 흘끔 올려보더니, 시덥지 않다는 표정으로 이내 눈길을 내렸다. 짐작에 그가 주부****일 것 같았다. 그는 흑돌을 잡고 있었고, 대충 보아 수세에 몰리는 듯했다.
 "한양이 초행이라, 길 좀 여쭙겠습니다."
 "바쁘니까, 나중에 물어."
 "네…."
 식은 도리 없이 바둑 구경이나 하며 기다릴 수밖에 없었다. 다른 곳에 가서 물어도 되겠지만, 그 역시 바둑에 흥미가 당기는 것이었다. 바둑을 웬만큼 알고 있어 그냥 물러서기가 싫었다. 자세히 들여다 보니 흑의 대마가 곧 잡힐 판이었다. 훈수에 살인 난다는 말이 있어 식은 조심하면서도 자꾸 입이 간지러웠다. 변방에다 흑이 한 수만 놓으면 대마가 쉽게 회생하는 수가 식이 눈에 뻔히 보이는 것이었다.

식이 기어이 일을 내고 말았다. 열세에 몰려 있는 노인한테 훈수를 두어, 그만 대마가 살아나게 된 것이다. 그러자 대마를 놓친 상대가 턱을 부르르 떨며 식을 잡아먹을 듯이 노려보았다. 비로소 사태가 위급하다는 걸 깨닫고 얼른 뒷걸음질 쳤다. 그러자 노인이 식을 향해 지팡이를 냅다 던지는 것이었다.

"네 이놈. 대체 어디서 굴러온 개뼉다구길래, 함부로 나서 나서 길?"

"잘못했습니다, 어르신."

"생긴 꼬라지하고는…썩 나가지 못해?"

"한양이 초행이라, 길 좀 여쭈러 왔습니다."

"어허, 저놈이 그래도…"

그는 분이 풀리지 않는 듯 식에게 다시 던질 물건을 찾느라 몸을 이리저리 돌렸다. 주부가 그의 화를 누그러뜨리려고 힘겹게 달래었다. 그러나 그의 성격이 불 같은지 끝내 바둑판을 쓸고는 약전을 나가 버리는 것이었다.

"원, 소갈딱지하고는…그건 그렇고, 너는 누군고?"

비로소 주부가 식에게 관심을 보였다. 매우 온화해 보이는 얼굴이어서 다소 마음이 놓여 긴장을 느슨하게 풀었다.

"새문안 길로 가려는데, 길을 몰라서…."

* 운종가(雲從街): 지금의 종로.
** 육의전(六矣廛): 한양의 여러 가게 중에 으뜸이 되는 여섯 가게.
*** 약전(藥廛): 약방.
**** 주부(主簿): 약전 주인.

"그야, 운종가를 지나 서대문 쪽으로 가면 되지. 헌데, 뉘집을 찾는고?"

"화원이신 허 석 어른을 찾아 나섰습니다."

"그 화원 집이라면, 내가 잘 알지."

"자세히 일러주시면, 고맙겠습니다만…."

"그건 어렵지 않은데…. 대신, 나랑 바둑 한 판 둬야 해. 그렇게 하겠어?"

"해 지기 전에, 그 어른을 찾아 뵈어야 하는데…."

"목숨이 경각에 달린 일이냐?"

"그건 아닙니다만…."

"그럼 됐어. 이리 올라와."

그는 이미 결정 난 것처럼 바둑판 앞에 자세를 고쳐 앉는 것이었다. 식이 마음을 정하지 못해 주저하고 있자, 그가 눈을 부릅떠 손짓을 했다. 식은 하는 수 없이 생각지도 않던 바둑을 둘 판이었다.

"바둑을 두시기 전에, 약조를 하셔야 합니다."

"약조라니?"

"수를 무르자고 아니 하셔야 합니다."

"허지만, 경우에 따라서는 그럴 수도 있는 게 아니냐."

"바둑을 귤중지락(橘中之樂)이라 하였습니다. 불리할 때마다 무르면, 어찌 즐거움이 있겠습니까."

"허어. 제법 문자를 쓰는구나. 알았느니라."

귤중지락은 중국 파공(巴邛)사람이 뜰에 열린 귤을 따서 쪼개 보니 두 노인이 그 속에서 바둑을 두고 있었다는 고사(故事)에서 유래 된 말로, 바둑을 두는 즐거움을 뜻하는 것이다. 그러나 수를 자꾸 무르자고 떼를 쓰면 감정이 상해서 결국 즐거움을 잃게 되는 것이다.

주부의 기력(碁力)은 식의 맞수가 되지 못했다. 행마(行馬)도 어설프고, 집을 짓는 데도 개념을 잘 모르고 있었다.

식이 번번이 이겨, 나중에는 주부가 흑돌 아홉 개를 화점(花點)에 깔아야 했다. 그가 한 판만 두자고 해놓고서는 결국 열 판까지 두게 되었다. 식으로서는 어른 대접을 해야 하는 처지여서 마지 못해 상대를 해 주었다. 그러나 식이 배가 고파서 더 둘 수가 없었다.

"어르신. 배에 곡기를 넣어야 되겠습니다. 실은, 종일 굶었습니다."

"허면, 배를 채우고 다시 두겠다고 약조를 하거라."

그렇게 해서 성찬에 가까운 식사대접을 받았으나, 그 대가로 밤늦게까지 바둑을 둬야 하는 고충을 견뎌야 했다.

4

식이 허 석 집에 당도한 것은 정오 무렵이었다. 주부의 꼬임에 빠져 약전에서 이틀을 묵었다. 바둑을 가르쳐 달라는 애원에 못이겨 그와 밤낮으로 바둑만 두었다. 그러는 동안 매 끼니마다 푸짐한 대접을 받아, 얼굴에 기름이 흐를 지경이었다.

마침 주부가 허 석과 교분이 있다면서 동행하는 바람에 쉽게 올 수 있었다. 그의 집은 식이 상상했던 것보다 작았다. 초가집은 아니지만 수간두옥*을 겨우 면하고 있어, 도화서(圖畵署) 화원의 집 치고는 옹색하게 보였다. 그가 사과** 벼슬까지 지낸 식은 그것이 대단한 벼슬인 줄 알고 있었던 터라, 그만큼 실망도 컸던 것이다. 정6품에 지나지 않는 것을, 무지한 식의 처지로는 큰 출세로 알 수밖에 없었던 것이다.

허 석 앞에 큰절로 인사를 차린 식은 찾아온 까닭이 그림을 지도 받기 위해서라고 더듬더듬 고했다. 그러자 천거한 사람이 누구냐고 물었다. 식은 서둘러 품에서 서찰을 꺼내 그에게 내밀었다.

"화사***이신 한명기(韓明基) 어르신의 서찰입니다."

그가 서찰의 피봉을 뜯으면서 한명기를 어떻게 아느냐고 물었다.

"소인이 양구 땅에 살면서, 그 어른께 화필 잡는 법을 배웠습니다."

"그래? 내가 그 사람과 소식을 끊고 지낸 지 오래 되었는데, 아직도 강녕하던가?"

"오랜 천식으로, 고생하고 계십니다."

"안 됐구먼."

그가 서찰을 읽으면서 식을 자주 곁눈질했다. 식은 서찰을 읽고 있는 그의 표정을 살피면서 바싹 긴장했다. 문하생으로 받아들일 뜻이 없다고 거절하면 어떡하나 두려웠다.

서찰을 다 읽고 난 그가 식을 위 아래로 훑어내렸다.

"이름이 무엇인고?"

"성은 최가이고, 식이라는 초명(初名)을 쓰고 있습니다."

"본관은?"

"무주입니다."

"부모가 생존해 계시느냐?"

"고애잡니다. 제 엄친께서 그림에 능하셨다는 말씀을 듣고 자랐으나, 호부견자****일 따름입니다."

"음…내 살림이 궁박해서, 너를 얼마나 데리고 있을지 모르겠구나. 숙식에 부족함이 많을 것이야."

"문하생으로 받아만 주신다면, 제 어찌 좋고 나쁨을 가리겠습니까. 나리의 지엄하신 지도와 편달만으로도 감읍할 일입니다."

"그래, 너는 무엇을 즐겨 그렸더냐?"

"산수를 습작하였습니다만, 겨우 환이나 치는 정돕니다."

"말하는 품새가 아주 무식한 것 같지는 않고…."

"문맹이나 겨우 면했습니다."

이때 옆에 앉아 내내 두 사람이 나누는 얘기를 듣고만 있던 주부가 불쑥 끼어들었다. 그의 머릿속에는 오로지 바둑판만 들어앉은 듯 역시 바둑 얘기를 꺼냈다. 식이 바둑에도 매우 능하다는 얘기를 하면서 사흘 밤낮을 둘이서 바둑만 두었다고 실토했다. 그러자 허 석

---

* 수간두옥(數間斗屋): 두서너 칸의 작은 집.
** 사과(司果): 정6품의 군직.
*** 화사(畵師): 전업화가, 화공.
**** 호부견자(虎父犬子): 아비는 잘났으나 아들은 못났다.

이 반색하며 사실이냐고 물었다.

"겨우 집이나 챙길 뿐입니다."

"바둑이야 집을 잘 짓고, 그걸 지키면 되는 게 아니더냐."

"하오나, 굴중지락을 벗어나면 아니 되는 것으로 배웠습니다."

"그림은 한 화공한테 배웠다고 했고…바둑은 누가 가르쳤더냐?"

"글방에서, 어깨너머로 익혔습니다."

"어깨너머로 배웠다면서, 주부 어른한테 수를 가르쳤다는 말이더냐?"

"언감생심, 어찌 가르쳤겠습니까. 잠시, 정선*1으로 두었을 뿐입니다."

"허면, 위기십결*2을 알고 있느냐?"

"예, 선생님 탐욕불승*3이요, 입계의완*4이요, 공피고아*5요, 기자쟁선*6이요, 사소취대*7요, 봉위수기*8요, 신물경속*9이요, 동수상응*10이요, 피강자보*11요, 세고취화*12입니다."

"그것도 어깨너머로 터득한 것이냐?"

"사숙 어르신께 귀동냥으로 들었습니다."

"허허. 이 아이가 바둑을 이리 깊이 알고 있으니, 주부께서 맞수로 둘 수가 없었겠구료."

"그래서, 이틀 밤낮으로 배웠다지 않았습니까. 허 화원께서도 이 아이와 한 판 두심이 어떻겠습니까?"

"장차 한 지붕 밑에 있을 터인데, 무에 그리 급합니까. 기회를 봐서 두도록 하지요."

그러나 식은 바둑 따위에 그다지 흥미가 없었다. 허 석을 스승으로 모시고 그림을 배우는 일에 전념할 각오만 다지고 있는 것이다.

　이튿날, 식은 집 안팎을 청소하는 것을 시작으로 한양 생활에 첫발을 내디뎠다. 잠은 원래부터 있었던 머슴과 함께 기거했다. '돌쇠'로 불리우는 그는 일자부식으로, 오로지 일이나 하면서 먹고 자는 것에 만족하고 사는 자였다. 나이는 식이보다 두 살 위였다. 됨됨이가 물렁하여, 어떤 의지나 기개는 눈을 씻고 봐도 없을 무골충인 것 같았다. 그러나 볼때기를 들여다 보면, 마음 어디엔가 감때 사나운 심술이 똬리를 틀고 숨어 있을 것만 같았다. 식은 그 점을 경계했다. 선임자랍시고 텃세라도 부린다면 감당하기 어려울 것이다. 다루기 제일 어려운 사람이 무식쟁이에다가, 이유없이 까다롭게 구는 '문서 없는 상전'이라 하지 않던가.

　아니나 다를까. 주인이 도화서로 출근하자마자 돌쇠가 식한테 다가와 정강이를 냅다 걷어차는 것이었다. 까닭을 묻자 비질을 어설프게 했다는 것이다. 식이 청소한 구역을 이곳저곳 둘러봐도 지적 받을 만한 곳은 없었다. 괜한 트집이 분명했다.

*1　정선(定先): 상수와 하수 관계.
*2　위기십결(圍棋十訣): 바국 둘 때 명심할 열 가지 비결.
*3　탐욕불승(貪慾不勝): 너무 욕심을 내면 진다.
*4　입계의완(入界宜緩): 적의 경계에 들어갈 때에는 기세를 누그러뜨려야 한다.
*5　공피고아(攻彼顧我): 적을 공격하기 전에 자신의 결함을 돌아봐야 한다.
*6　기자쟁선(棄子爭先): 패석은 버리고 선수를 장악해야 한다.
*7　사소취대(捨小就大): 작은 이익을 버리고 대국적인 착점을 찾아야 한다.
*8　봉위수기(逢危須棄): 달아나도 효과가 없으면 버려야 한다.
*9　신물경속(愼物輕速): 경솔하고 졸속하게 움직이지 말아야 한다.
*10　동수상응(動須相應): 적의 완급을 보아 응수해야 한다.
*11　피강자보(彼强自保): 적이 강할 때는 오로지 자신의 보전에 힘써야 한다.
*12　세고취화(勢孤取和): 고립된 형세에서는 화평책을 써야 한다.

식이 아무런 대꾸도 하지 않자 정강이를 또 걷어찼다. 식은 그냥 넘어가기로 하고 대신 어금니만 물었다. 주인이 출타 중인 틈을 타서 마파람에 돼지 불알 놀 듯하는 머슴의 속성을 그대로 드러내는 꼴이었다. 아무래도 초장에 버릇을 고쳐놔야 될 것 같았다. 그렇지 않았다가는 사사건건 귀찮은 일만 터질 것이다.

"마당을 다시 쓸란 말이시."

"깨끗하게 쓸었는데, 왜 그러우?"

"이 썩을 늠이? 다리몽뎅이가 부러져야 정신 차리겄냐?"

돌쇠가 숨을 거칠게 내뿜으며 식으로부터 빗자루를 채가더니 사정없이 갈겨대는 것이었다. 꼭 상전이 하인 다그치 듯했다. 마냥 맞고 있을 수만은 없어, 식이 빗자루를 도루 빼앗으며 대뜸 말부터 놓았다.

"너 대체, 왜 그러냐?"

"뭐, 너어? 난쟁이 똥자루만한 것이…나헌티 시방 말 놔 부렀냐?"

"망둥이가 뛰니까, 전라도 빗자루도 뛴다더니, 네가 바로 전라도 빗자루구나. 야, 돌쇠. 내가 이댁 머슴으로 온 줄 아는 모양인데…."

"그라 안 허믄, 뭣여?"

"나는 이댁 어른한테 그림을 배우러 온 문생(門生)이란 말이다. 알겠어? 그리고 나는 엄연히 중인(中人)의 자식이니까, 앞으로는 말 하대하지 않도록 명심해라."

"음마? 염병허고 자빠졌구마이. 시방 중인이라고 혔냐?"

"그래."

"허어. 그 메추라기 쌍판에, 으떻게 중인이다냐?"

"돌쇠야. 나한테 못된 지랄버릇이 있으니까, 앞으로 조둥아리 함부로 놀리지 않는 게 너한테 이로울 것이다. 너 하나쯤 반 죽여놓는 건 일도 아니니까, 명심해."

"시방, 겁 주는 것여?"

"두고 보면 알 거다."

식은 무식하고 아둔한 놈하고 더는 대거리하기 싫어 빗자루를 팽개치고 자리를 떴다. 돌쇠가 확실히 겁을 먹었는지 더는 시비를 걸지 않았다. 일단은 기 싸움에서 이긴 셈이다. 이번 대응은 잘한 짓인 것 같아 내심 흐뭇했다.

최 메추리를 뭘루 보고, 감히….

5

식이 허 석 집에 기거한지 열흘째 되는 날, 비로소 스승과 문생의 첫 대좌를 가졌다. 그동안은 돌쇠와 함께 마당 쓸고, 방마다 불 넣고, 물 긷는 따위로 시간을 보냈다. 돌쇠는 지난 번 일로 다시는 시비를 걸지 않았다. 그러나 식을 흘겨보는 그의 눈에는 앙갚음을 못한 안달이 항상 이글거리고 있었다. 식은 전혀 개의치 않았다. 몸피는 식이보다 훨씬 크지만 살집이 모두 두부살이라, 붙어 봤자 맥도 못쓸 허깨비에 불과한 녀석이었다.

허 석은 식이 들어서는 걸 보고 대뜸 붓 화선지 등 문방(文房)을 내놓는 것이었다. 짐작에 붓놀림을 시험해 보려는 의도 같았다. 식은 무릎을 꾼 채 잔뜩 긴장하고 있었다.

"붓이나 제대로 잡는지…보여주겠느냐?"

"무엇을 그리면 되겠습니까?"

"저것들 중에 하나를 모사(模寫)해 보거라."

그러면서 그가 병풍을 가리켰다. 8첩병풍으로, 여덟 폭 모두 산수도였다. 그다지 복잡하지 않은 구도였다. 웅장하지 않은 산세의 흐름이 자연스럽게 이어졌고, 폭포에서 이어지는 계류(溪流)도 거칠지 않고 안온하게 흘렀다.

식은 여덟 폭 중에서 두 번째 그림에 눈길을 모았다. 그림 상단은 높은 산세로 가득 채워졌고, 그 아래는 안개가 자욱하게 낀 것처럼 여백으로 처리하여 하단의 계류로 이어지는 구도였다.

잠시 생각에 잠긴 식은 그림의 상단과 가운데 여백을 과감히 잘라 버리고, 하단의 계류에만 초점을 맞추었다. 그러고는 바로 붓을 들었다. 화폭 가운데 왼쪽에서부터 하단 오른쪽 끝까지 사선으로 계곡을 배치했다. 또 계곡 위쪽의 주변을 바위와 숲을 듬성듬성 그려 넣어, 상단 오른쪽과 하단 왼쪽을 여백으로 놓아 두었다. 결국 식의 모사도(模寫圖)는 계류가 왼쪽에서 오른쪽 사선으로 자연스럽게 흐르도록 변형을 시킨 셈이었다. 비록 채색은 하지 않았지만 구도만큼은 여백을 한껏 살려 한적하고 여유로운 분위기를 만들었다.

"어찌하여, 전체를 모사하지 않았느냐?"

"답답해서, 여백을 많이 살렸습니다."

"네 뜻은 그럴 듯하다만, 내가 모사토록 한 것은 네 붓의 놀림을 보고자 함이야. 그런데, 네 붓끝에는 강약의 절제가 없어. 그뿐만 아니라, 공필법*을 모르고 있지 않느냐. 이는 사물을 어느 한구석이라도 소홀함이 없이 정밀하게 그리는 필법을 말함이니, 익히도록 하거라."

"명심하겠습니다."

"오늘은 그만 물러가도록 하고, 혼자 있을 때도 습작에 게으름이 없도록 하거라."

"예, 선생님."

스승의 방에서 나왔을 때는 사위가 이미 짙게 어두어진 시각이었다. 식은 곧장 거처로 가지 않고 잠시 정원을 서성이었다. 한겨울의 차가운 바람이 적요한 밤 기운을 더욱 새카맣게 굳혀 놓고 있었다. 하늘을 올려보니 금방이라도 쏟아져 내릴 듯한 수 많은 별들이 총총했다.

식은 깊은 고독에 젖어, 이 시각에도 언 땅 속에 누워 있을 어머니와 젖어미가 갑자기 그리웠다. 어쩌면 다시는 못볼 그들인지라 죄책감이 저린 가슴을 끊임없이 압박했다.

장차, 내가 무엇이 되어 세상을 살아갈 것인가.

* 공필법(工筆法): 표현하려는 대상물에 소홀함이 없이 꼼꼼하고 정밀하게 그리는 기법.

식은 아침상을 물리자마자 곧장 운종가로 달려갔다. 거기에 선전*1 면포전*2 면주전*3 지전*4 저포전*5 어물전*6 등의 육의전이 즐비하게 들어서 있다. 여기서 조선의 좋은 물건은 모두 구경할 수 있다는 생각에 벌써부터 흥분이 솟았다. 게다가 한양 사람들을 많이 만날 수 있다는 기대감도 있었다.

육의전 물건들을 구경하면서 식은 넋이 빠져, 벌어진 입을 닫을 새가 없었다. 값진 물건들이 곳곳에 산더미처럼 쌓여 있었다. 이래서 사람들이 한양에 오고 싶어하는 것 같았다. 같은 하늘 밑에 살면서 한양 사람들은 이런 값진 물건들을 풍족하게 쓰고, 타지역 사람들은 구경조차 못하니, 참으로 공평치 못한 나라다.

식은 문방구점에도 들러 각종 진귀한 화구들을 구경했다. 이곳에도 사람들로 붐볐다. 대개 서생(書生)이거나 환쟁이들일 것이다. 그도 돈이 있다면 우선 문방사우*7와 채색물감부터 사서 마음대로 풍족하게 쓰고 싶었다. 그러나 가진 돈이 한 닢도 없으니 그에게는 모두 그림의 떡일 뿐이었다.

육의전 길을 막 빠져나오려고 할 때, 누군가 뒤에서 어깨를 잡는 이가 있었다. 식은 화들짝 놀라서 간이 콩알만하게 오그라 들었다. 걸음을 멈추게 한 그는 첫눈에 일면식도 없는 자로 보였다. 나이는 대충 스무 살쯤 먹었을 것 같고, 초립을 쓰고 등짐을 진 것으로 보아 보부상 같기도 했다.

"누구신지…?"

"혹시, 양구에서 살지 않았어?"

"그렇기는 한데요…?"

"감나무집 메추리가 맞지? 성은 최 가고."

"맞습니다. 내가 최 메추린데요."

"어쩐지, 낯이 익다고 했어. 나 모르겠어?"

"글쎄요. 너무 갑작스러워서…."

"내가 범바위골 관묵이 아니냐. 김관묵."

"그럼, 군치리*8 아들이란 말이우?"

"그렇다니까. 여기서 메추리를 보다니, 정말 뜻밖이구나. 헌데, 여긴 웬일야?"

"육의전 구경 좀 하려고."

"한양에는 어떻게 오게 됐냐?"

"얘기하자면 길고…어쨌든, 살러 왔수."

"여기서 이럴 것이 아니라, 어디든 들어가서 얘기하자."

그는 식을 만난 것이 너무 반가운 듯 멋대로 낚아챈 손을 놓아주지 않았다. 식은 얼떨결에 이끌려 근처 국밥집으로 들어갔다. 그는 고향 소식이 몹시 궁금했던지 국밥 시킬 생각을 까맣게 잊고 있었다. 주모가 탁자에 배를 붙이고 나서야 비로소 국밥 두 그릇을 주문했다.

김관묵은 양구 저잣거리에서 개장국과 술을 팔던 집의 둘째 아들

---

*1   선전(線廛): 실을 파는 가게.
*2   면포전(綿布廛): 무명을 파는 가게.
*3   면주전(綿紬廛): 명주를 파는 가게.
*4   지전(紙廛): 종이를 파는 가게.
*5   저포전(苧布廛): 모시를 파는 가게.
*6   어물전(魚物廛): 생선을 파는 가게.
*7   문방사우(文房四友): 종이, 붓, 먹, 벼루.
*8   군치리: 개장국집.

이었다. 그의 아비는 원체 병약해서 가장 노릇을 못했고, 대신 어미가 나서서 생활을 꾸려갔다. 그의 형도 아비 체질을 닮아 시름시름 앓다가 장가도 못가고 죽었다. 그 후 가족이 양구를 떠나 지금껏 무소식으로 있어, 사람들 기억에서 차츰 지워지고 있었던 것이다.

식은 그를 면전에 두고서야 비로소 옛날 일들이 하나씩 되살아나기 시작했다. 식이 서당에 다닐 때 관묵이는 다섯 살이나 더 먹은 나이로 조무래기들에 섞여 글을 배웠다. 그러나 워낙 아둔해서 진도를 따라오지 못했고, 그때마다 훈장의 회초리가 그에게 가해졌다. 그러다 보니 자연 학동들의 웃음거리가 되지 않을 수 없어, 결국 중도에서 스스로 서당을 그만두었다.

"메추리는 어떻게 한양에 오게 됐냐?"

"…마침 홀어머니가 돌아가셔서 무작정 양구를 떴지만, 실은 도화서 화원이신 분한테 그림을 배우러 온 거유. 한양에 온 지 아직 한달도 안 된 걸."

"허긴, 네가 어릴 적부터 똑똑했지. 나는 머리가 워낙 나빠서, 훈장한테 회초리 맞기 바빴지만. 그럼, 장차 환쟁이가 될 참이냐?"

"글쎄…나는 그렇고, 관묵이 형님 식구가 양구를 갑자기 뜨는 바람에, 소식을 아는 사람이 아무도 없었수. 그때 바로 한양으로 온 거유?"

그러자 관묵이 갑자기 고개를 떨어뜨리며 한숨을 내쉬는 것이었다. 무슨 사연이 있는 눈치였다. 식이 따라서 입을 봉하고 있자 그가 잠깐 눈물을 찍어냈다.

"그때 한양으로 오기는 했지만, 고생이 이만저만 아니었지. 아버지는 결국 돌아가셨고, 그때부터 우리 모자가 품을 팔기 시작했던 거지. 산 입에 거미줄을 칠 수는 없잖니. 그래서 온갖 험한 일은 다 했지."

"그럼, 형님 어머님은 아직 살아계시우?"

"웬걸. 나도 너처럼 혈혈단신이다."

"지금은 뭘 하우? 형님 차림으로 보아, 보부상을 하는 것 같은데."

"뜨내기 방물장사로, 그냥저냥 먹고 산다. 말 갈 데, 소 갈 데 다 다녔지"

마침 국밥이 나와 얘기가 잠시 끊겼다. 그래도 관묵이는 아직도 반가움을 지우지 못해, 고향에서의 어린 시절 얘기를 토막토막 끄집어 내며 웃었다.

식은 그의 얼굴을 흘끔거리면서 두 사람이 똑같이 외로운 처지임을 새삼 깨달아 서글펐다. 이 각박한 세파를 헤쳐가며 살아야 하는 자신이나 관묵이 처지가 조금도 다를 바가 없는 것이다. 그래도 식은 관묵이에 비하면 당장은 고생이라고 할 수가 없을 것 같았다. 스승이 가르치는 대로 잘 따르고 밥값만 한다면 숙식 걱정은 접어도 되기 때문이다.

동병상련의 처지로구나.

6

 툇마루에 걸터앉은 돌쇠가 아까부터 뭔가 깊은 궁리에 빠져 있었다. 그의 머릿속에는 건방지게 구는 식의 모습으로 가득 차 있었다. 감히 선임자를 싹 무시하고 중인의 자식이니, 주인의 문생이니 하면서 어깃장을 놓던 꼴이 아니꼬와 미칠 지경이었다. 게다가 오늘 아침에는 숟가락을 놓자마자 말 없이 나가버려, 열방망이가 가슴을 뜨겁게 지졌다.
 길로 가랑께 메로 간다드만, 썩을 눔이 감히 나를 무시혀?
 돌쇠는 이를 뽀득뽀득 갈며 주먹을 쥐었다 폈다 반복했다. 며칠 전 모욕을 당했을 때 그 자리에서 주먹을 날렸어야 했다. 그러나 자신을 노려보는 그의 눈매가 예사롭지 않아 사실 섬뜩했다. 갈고리처럼 위로 째진 눈깔에 독이 잔뜩 올라 오금이 저릴 지경이었다. 게다가 문자까지 쓰는 걸 봐서, 만만하게 볼 놈이 아니었던 것이다.
 이 무식쟁이 뽄때를 보여줘야 쓰겄는디….
 이때 찬모가 물통을 들고 부엌을 나섰다. 마침 툇마루에 앉아 비 맞은 중처럼 혼자 중얼거리고 있는 그를 보자 냅다 핀잔을 퍼부었다.
 "저 썩을 늠이…물도가지 채우라고 한 게 은젠디, 여태 퍼질러 있다냐?"
 "일할 늠이 어디 나뿐이다요?"

"음마? 여기, 네늠 말고 누가 또 있간디?"

"식인지, 머시깽인지도 안 있습디여."

"지랄…언청이 퉁소 부는구마이. 갸는 너맨치로 머슴이 아니란 말이시. 시방, 그걸 몰라서 허는 소리여?"

"마님헌티 그림 배운다고, 유세나 떠는 새끼는 뭐다요? 일 안 허고, 공밥 처묵어도 된다요? 내당 마님이 그러십디여?"

"염병에 땀도 못낼 늠이구마이. 깨구락지 가랭이 찢어지는 소리 그만 허고, 어여 물도가지나 채워야."

돌쇠 앞에 물통을 던져놓은 찬모가 치마를 탈탈 털며 다시 부엌으로 들어갈 참에 식이 들어섰다. 그가 찬모와 돌쇠와 엎어진 물통을 번갈아 보며, 왠지 분위기가 심상치 않다는 걸 느꼈다. 필시, 물독 채우라고 찬모가 퉁박을 주자 돌쇠가 심통 부린 게 분명했다.

식은 전후 사정을 알아볼 필요도 없이 냉큼 물통을 들고 우물로 달려갔다. 자신이 했어야 할 일을 육의전 구경 가느라고 소홀이 한 것뿐이었다.

돌쇠가 물 긷는 식이 옆으로 느릿느릿 다가왔다. 뭔가 할 말이 있거나, 시빗거리를 내뱉을 눈치였다. 식은 거들떠 보지도 않고 제 할 일만 했다. 그러자 돌쇠가 물통을 발로 툭툭 차면서 식을 삐딱한 자세로 노려보는 것이었다.

돌쇠가 기어이 물통을 차서 담긴 물을 모두 쏟아버렸다. 식은 애써 흥분을 가라앉히며 물통을 바로 세웠다. 그러자 돌쇠가 다시 엎어버리는 것이었다. 식이 말 없이 통을 바로 세우고는 두레박 물을 부었다. 돌쇠가 또 발을 드는 순간 식이 그의 발목을 낚아 한 바퀴 비틀았다. 그러자 돌쇠가 맥 없이 엎어졌다. 식은 그 위에 물통을 엎어버렸다. 돌쇠가 물에 빠진 개꼴로 입을 투르르 털었다.

"돌쇠 너, 나한테 죽고 싶냐? 내가 얘기했지. 너 하나쯤 반 죽여놓는 건 일도 아니라고. 어때, 맞아볼래?"

"잡것이…나허고 붙어보겄다, 이 말이시?"

"네놈이 원한다면, 언제든지 상대해 주마. 허지만, 마님께서 당도하실 시간이 됐으니, 오늘은 내가 참는다."

찬모가 물이 아쉬워 부엌에서 나오다가 돌쇠 꼴을 보고는 혀를 찼다. 식이 서둘러 두레박을 다시 내렸다. 찬모가 돌쇠를 한참 내려보더니, 식이 했던 것처럼 그에게 냅다 물통을 뒤집어 씌웠다.

"꼴 좋구마이, 썩을 늠아. 사람이 제 분수를 알아야제, 누가 누구를 훈계하겄다는 겨? 똥싼 주제에, 매화타령 한다더니…."

"아줌씨는 으째서 날 못잡아 묵어 안달이다요? 같은 전라도끼리."

"너 같은 미련 곰탱이가 전라도라는 거이 남세스럽다이. 어이그 쏙 터져. 꼴 보기 싫응게, 썩 꺼져부러."

찬모가 입에 거품을 물고는 돌쇠에게 던질 물건을 이리저리 찾았다. 그제서야 그가 발딱 일어나 뒤꼍으로 줄행랑을 쳤다.

식이 물독을 거의 채워갈 즈음 마침 허 석이 귀가했다. 그는 식이 물 길어 나르는 것을 보고는 대뜸 돌쇠를 찾았다. 자칫 그에게 불호령이 떨어질 것 같아 식이 얼른 둘러댔다.

"조금 전, 찬모 심부름 갔습니다."

"습작을 게을리하지 말라고 했거늘, 어찌하여 네가 물을 긷는 것이냐?"

"…돌쇠가 하던 일을 잠시 맡았을 뿐입니다."

"물통을 당장 내려놓거라."

그가 혀를 차며 방으로 들어가자, 내내 숨어서 지켜보고 있던 찬모가 손을 흔들어 식을 부엌으로 끌어들였다. 식이 다가가자 눈부터 흘겼다.

"뭣땀시, 마님께 거짓을 아뢴다냐?"

"돌쇠를 추궁하실 텐데, 어찌 사실대로 아룁니까."

"너는 쏙도 좋구마이. 돌쇠 녀석은 이런 줄도 모르고, 미친 소맨치로 날뛰니 원…당장, 그늠을 불러 와라."

"시킬 일이 있으면, 나한테 말하세요."

"너는 몰라도 됭께, 어여 불러오기나 혀."

돌쇠는 뒤꼍에 쪼그리고 앉아 눈물을 짜고 있었다. 옷이 물에 흠뻑 젖은지라 몸을 달달달 떨고 있었다. 그 꼴을 보니 식의 마음도 편치 않아 슬그머니 목을 꼬았다.

"찬모가 찾는다."

"씨발. 찬모까지 한패가 돼 부렸구마이."

식은 못들은 척하고 얼른 자리를 피했다. 가슴 속이 온통 몽니로만 채워진 놈이라 대거리하기도 싫었다. 그런 놈은 그렇게 살도록 둘 수밖에 없을 것 같았다.

돌쇠가 부엌 밖에 서 있자 찬모가 그의 귀를 모질게 잡아 안으로 끌어들였다. 돌쇠가 아프다며 엉덩이를 빼자 찬모가 등짝을 사정없이 후려팼다.

"이눔아. 방금, 뭔 일이 있었는 줄이나 알어?"
"…뭔 일이 있었는디요?"
"이눔아. 식이한테 고맙다구 허란 말이시."
"자다가 봉창 두드리는 겨, 시방? 나가 으째서 그늠한테 고마워한다요?"
"갸가 아니었음, 마님헌티 혼쭐이 났을 것여."
 찬모가 자초지종을 풀어놓자 돌쇠가 입을 삐죽거리며 코웃음을 쳤다. 그러자 찬모가 그의 등짝을 또 후려쳤다.
"은혜도 모르는 불쌍놈 같으니."
"썩을 늠이 병 주고 약 주는구마이."
 그러자 찬모가 부지깽이를 들어 닥치는 대로 팼다. 돌쇠가 매를 이기지 못하고 부엌을 뛰쳐나갔다. 찬모가 그 뒤에 대고 물 한 바가지를 뿌렸다.
 식은 툇마루에다 엉덩이를 붙이며 한숨을 내쉬었다. 스승한테 기약 없는 교수를 받을 일도 걱정이지만, 문서 없는 상전 노릇을 하지 못해 안달을 부리는 돌쇠의 심술을 어떻게 이겨내는가 하는 것도 마음에 부담이었다. 녀석이 앞으로도 끊임없이 귀찮게 굴 것이고, 그때마다 충돌하지 않고 가볍게 넘길 수 있기를 바랄 뿐이었다. 못된 송아지 엉덩이에서 뿔이 나고, 미운 며느리 삿갓 쓰고 으스름 달밤에 나서는 꼴을 자주 볼 것이니, 매번 무시할 수만도 없을 것이다.

7

 을유년(1729) 2월. 식이 허 석의 문하생이 된 지 어느덧 2년이 흘러, 와서 두 번째 봄을 맞았다. 세월을 여조과목(如鳥過目)에 비유했다. 새가 눈 앞을 지나가는 것처럼 그만큼 세월이 빨리 흐른다는 것이다. 이에 비해서 세월이 흐르는 물과 같다고 말하는 것은 오히려 부족한 표현일 듯싶었다.
 허 석 집에 유숙하는 동안 먹고 자는 것에는 불편할 게 없었다. 스승이 원체 안빈낙도하는 신조이므로 머슴과의 겸상에 보리밥과 김치 하나만으로도 족한 것이다. 잠자리 또한 비바람 막아주는 안온한 침방이 있으니 무엇을 더 바라겠는가.
 만약 한양에 오지 않았다면 지금껏 다 쓰러져 가는 누옥에서 허송세월을 보냈을 것이다. 어머니가 죽고 없으니 무슨 돈이 있어 서당에 가고 그림을 배웠겠는가.
 어릴 적부터 한양으로 진출하고 싶은 꿈이 있었지만 한명기 화사의 천거가 없었다면 허 석의 문하생은 어림도 없었을 것이다. 식은 허 석과의 첫만남을 새삼 떠올리며 이마에 식은땀까지 흘렸다.
 스승께서 나를 받아주시지 않았다면, 여태 거렁뱅이로 남아 있었겠지!
 허 석은 본이 양천(陽川)으로, 계묘생(1663년)이다. 그의 아버지 허 인순(許仁順) 역시 화원을 지낸 사람으로 사과 벼슬까지 했다.

식은 아침 일찍 집을 나섰다. 실경(實景)을 눈에 익히라는 스승의 뜻에 따라 북한산을 보러 갈 참이었다. 2년여를 주로 화원들의 진경산수를 모사하며 습작에 몰두했다. 그러는 동안 공필법과 삼원*1 선염*2 준법*3 등을 배우고 익혔다.

광화문 앞 육조(六曹) 거리를 지나 창의문*4에 다다르자, 북한산이 한눈에 들어왔다. 최고봉인 백운대(白雲臺)가 하늘을 찌를 듯이 솟아 있고, 그 동쪽으로 인수봉(仁壽峰)이, 남쪽으로는 만경대(萬景臺)가 웅건함을 뽐내고 있었다. 지금껏 봐 오던 그 어떤 산과도 아름다움을 비할 바가 아니었다.

식은 삼각산을 바라보며 자신도 모르게 주먹을 불끈 쥐었다. 실경을 익히라는 스승의 분부를 깜빡 잊은 채 웅건한 산세에 그만 넋이 빠져 있었다. 장차 화가가 되겠다고 혈혈단신 한양에 왔으니, 그 뜻을 이루려면 삼각산과 같은 강건한 웅지를 한 시도 놓지 말아야 한다는 결심만 움켜쥐었다.

창의문 앞에서 오랜 시간 앉아 있던 식은 해가 차츰 기우는 것을 보고 서둘러 내려왔다. 더 있다가는 자칫 호랑이 밥이 될지도 모른다는 두려움에 등골이 오싹해서 더 머물 수가 없었다.

다시 광화문에 당도하자 마침 육조에서 퇴근하는 관리들이 거리를 메우기 시작했다. 높은 품관*5들이 지나갈 때마다 서민들이 모두 엎드렸다. 식은 그들을 따라 함께 머리를 조아리면서도 슬그머니 눈을 치떠 관리들의 모습을 훔쳐보았다. 수염을 쓸며 괜히 거드름을 피우는 자들이 있는가 하면, 사인교에 비스듬히 눕다 시피하여 시덥잖다는 눈길로 아래를 굽어보는 자들도 있고, 일개 말구종 따위가 상전을 믿고 무무하게 구는 꼴도 볼 수 있었다. 식은 그들이 모두 아니꼽지만, 처지가 처지인 만큼 행렬이 지나가기를 마냥 기다릴 수밖에 없었다. 천지가 개벽하기 전에는 자신의 신분이 그들과 같아질 수가 없을 것이니, 평생을 겪을 일일 것 같아 마음이 씁쓸했다.

식은 곧장 거처로 돌아갈까 하다가 피마(避馬)골로 방향을 틀었다. 서민들로 하여금 출퇴근하는 품관들의 행차를 피할 수 있도록 따로 만들어진 골목이 있다는 얘기를 들은 바 있어 굳이 보고 싶었다. 과연 들은 바 그대로였다. 골목은 고관대작들의 행차를 피하고자 하는 서민들의 왕래로 가득 차 있었다. 지체 높은 양반들의 행차가 있을 때마다 예를 갖춰야 하니, 서민들한테는 서 있거나 걷는 시간보다 엎드려 있는 시간이 더 많기 마련이라 피맛골을 택할 수밖에 없을 것이다.

피맛골에는 선술집과 국밥집들이 즐비하게 늘어서 있었다. 식이 그 앞을 어정버정하는 동안 각종 음식냄새가 코를 후비고 들어와 시장기를 자극했다. 주먹밥 하나로 겨우 요기를 때운 그로서는 눈이 뒤집힐 지경이었다. 번철에서 너비아니, 누름적, 산적 따위가 익는 냄새와 생선이 석쇠에서 연기를 피울 때는 창자를 뒤집어 놓았다. 중노미의 바쁜 손길이 부럽기까지 했다. 화가고 뭐고, 차라리 중노미나 되었으면 하는 생각마저 드는 것이었다.

*1 삼원(三遠): 산수화의 원근법.
*2 선염(渲染): 먹이나 물감이 번지듯이 채색하는 기법.
*3 준법(皴法): 산이나 바위 등의 입체감, 명암, 질감을 나타내는 표면처리 기법.
*4 창의문(彰義門): 자하문(紫霞門).
*5 품관(品官): 품계를 가진 관리.

식이 피맛골을 막 빠져나오려는 순간, 등 뒤에서 그를 다급하게 부르는 소리가 발목을 잡았다. 누군가 싶어 뒤를 돌아보니 뜻밖에 김관묵이었다. 식이 한양에 온 지 한 달이 지났을 무렵 운종가에서 우연히 만난 적이 있었다. 그 동안 잊고 있었던 그를 해후한 것이 좀처럼 믿어지지 않았다.

"관묵이 형님을 또 만나다니…정말, 뜻밖이우."
"메추리는 그동안 어찌 지냈어?"
"아직은 멀쩡하게 살아 있소만, 형님은 어떠시우?"
"보다시피, 여전히 뜨내기 장사치로 산다. 헌데, 여기는 웬일로 왔어?"
"그냥, 구경이나 하려구."
"메추리를 다시 만나니, 꼭 고향에 온 듯하구나. 어디 들어가서, 배나 채우자꾸나."

그가 선술집과 국밥집 쪽으로 번갈아 목을 빼자, 식은 굿에 간 어미 기다리 듯이 아무 집이고 들어가기만을 바랬다. 그럴 만큼 시장기가 위를 박박 긁어댔다.

관묵이 앞장 서 국밥집으로 들어갔다. 식은 내심 누름적이 먹고 싶었으나 얻어먹는 처지라 침만 꿀꺽 삼켰다. 관묵이 걸상에 엉덩이를 붙이자마자 국밥 두 그릇을 시켰다. 그가 식의 표정을 살피면서 술도 시키랴고 물었다. 식이 도리질을 했다.

"거처가 스승 댁인데, 술을 어찌 마시겠수."
"매우 엄하신 모양이구나."
"내 도리가 그래야 되잖수."

"허긴, 너는 옛날에도 훈장을 꽤 받들었지. 그랬으니까, 잘 배웠을 테고."

"그건 그렇고, 장사는 잘 되우?"

"먹지도 못하는 제사에, 절만 죽도록 하는 격이지. 밑천이 웬만해서 전방 하나 차렸으면 좋으련만. 주야장천 발품만 팔려니, 죽을 맛이지 뭐냐."

"그래도, 굶지 않는 것만도 어디우. 거지들이 천지에 깔린 세상에."

마침 주문한 국밥이 나왔다. 식은 고맙다는 인사를 뒷전에 두고 숟가락부터 들었다. 마파람에 게 눈 감추듯이 밥을 퍼 넣는 식의 모양을 보고 관묵이 혀를 찼다. 매달린 개가 누워 있는 개를 보고 웃는 격으로 식의 처지가 딱하게 보였다. 그래도 자기가 밥을 사는 형편이니 메추리보다는 나을 성싶었던 것이다.

"너는 스승 집에 언제까지 있을 셈이냐?"

"그 댁의 가세가 빈궁한데, 마냥 있을 수는 없잖겠수. 언젠가는 나와야 되겠는데, 따로 정한 곳이 있어야 말이지."

"어서 돈을 만들어야, 단칸 방이라도 얻겠구나."

"어느 천 년에 돈을 만져보겠수."

식은 갑자기 콧등이 저려 숟가락질을 잠시 쉬었다. 자신의 힘으로 독립할 수 있는 기회가 언제쯤 오게 될지 막막할 뿐이었다. 돈을 만들자면 천상 그림을 팔아야 하는데, 그 형편에 닿으려면 까마득한 일이다. 장차 도화서 화원이라도 된다면, 녹봉이 있어 늘그막에 밥은 굶지 않을 것이다. 그게 가능할 것인가. 무매독신에다 일가친척

하나 없는 처지에, 그런 위치에까지 가기 란 연목구어(緣木求魚)나 다를 게 없는 것이다.

8

식은 어제 보고 온 북한산 실경을 그리고 있었다. 스승의 분부가 있었던 건 아니지만 언젠가는 물을 것이 뻔하여 미리 그려놓으려는 것이다.

그는 구도를 잡으면서 삼각산을 모두 넣지 않고 주봉인 백운대에만 초점을 맞추었다. 우람한 바위봉을 연회색으로 채색하고, 좌우를 짙은 숲으로 처리했다. 주봉을 돋보이게 하려는 의도였다. 그리고 화폭 중간 이하를 모두 여백으로 두어, 북한산 골짜기에 안개가 자욱한 것으로 느끼도록 했다. 이 구도를 열 장 넘게 습작했다.

마침 허 석이 북한산을 구경하고 온 느낌을 물으면서, 본 대로 그려오라는 분부를 내렸다. 내심 의기양양해진 식은 곧장 습작한 것 중에 제일 잘 되었다고 생각한 것을 골라 스승 앞에 내놓았다. 그러나 웬일인지 그가 그림을 한 번 보고는 이내 밀어놓는 것이었다. 식의 등짝에서 진땀이 솟았다. 곧 무서운 질타가 떨어질 것이 분명했다.

"네 생각에는 제대로 그렸다고 생각하였더냐?"

"…아닙니다."

"허면, 무엇이 잘못되었는지 말해 보거라."

"소생 생각에, 윤필*을 잘못 놀린 것 같습니다."

"그도 그렇지만, 네가 삼원법을 잊고 있음이야. 주봉을 높이 올려 놓았음에도, 평원**이 되지 않았느냐. 주봉을 높이 세웠으면 당연히 고원***으로 구도를 잡아앉어야지."

"소생이 미처 깨닫지 못했습니다."

"삼원의 이치를 그토록 일렀건만….'"

"차후로, 명심하겠습니다."

식은 서둘러 스승 앞에서 물러났다. 눈 앞에 딱정벌레가 왔다갔다 하고 다리가 후들거려, 대청에서 간신히 내려왔다. 적삼이 땀으로 흠뻑 젖어버렸다. 언감생심 칭찬 받을 생각은 아니 했으나 막상 꾸중을 듣고 나니 맥이 풀렸다. 칭찬을 들어 나쁠 것이 없다. 특히 스승의 입에서 나온 것이라면 더할 나위가 없는 것이다. 장차 세인들이 자신의 그림을 보고 격절탄상(擊節嘆賞) 즉 무릎을 치면서 탄복할 날이 온다면 그때 가서 빌어먹을 일은 없을 것이 아닌가.

식이 툇마루에 앉아 거푸 한숨을 쉬고 있을 때 마침 돌쇠가 삶은 감자를 까먹으며 부엌에서 나왔다. 서로 눈이 마주쳤으면서도 그는 식한테 감자를 같이 먹자는 말조차 건네지 않았다. 그러거나 말거나 식은 두 번 다시 그를 거들떠 보지 않았다. 그러자 돌쇠가 가까이 다

---

*   윤필(潤筆): 짙은 먹이 흠뻑 묻은 붓.
**   평원(平遠): 가까운 산에서 먼 산에 이르기까지 평면적으로 전개하는 기법.
*** 고원(高遠): 밑에서 높은 봉우리를 올려보는 모습.

가와 주머니에서 감자 하나를 더 꺼내 들었다. 약을 올리자는 수작이었다.

"감자 맛이 아주 좋구마이."

"…."

"먹구 잡제?"

그가 감자를 식 앞으로 내미는 시늉을 하다가 도로 제 입에다 처넣는 것이었다. 그러기를 서너 차례 반복했다. 식은 유치하게 구는 그를 무시하고 자리를 떴다. 그러자 돌쇠가 또 다가와 입을 냠냠거렸다. 이때 찬모가 부엌에서 나오다가 돌쇠 하는 꼴을 보고는 대뜸 빗자루부터 거머채는 것이었다.

"이 썩을 늠이…식이허고 나눠 묵으라고 그렇게 일렀는디, 지 혼자 처묵는구마이."

"달라고 안 허는 거 봉께, 생각이 없는 게라우."

"에라, 이 썩을 늠아."

기어이 그녀가 돌쇠의 잔등을 사정없이 내려쳤다. 그러자 그가 감자 하나를 얼른 식한테 던지며 내뺐다. 찬모가 그 뒤를 좇다가는 이내 돌아와 땅에 떨어진 감자를 주워 들었다.

"너는 으째 바보맨치로 구는 것여?"

"뭐가 말이우?"

"으째서 니 몫도 못찾아 묵냐, 이 말이시. 맨날 그랑께, 저 썩을 늠이 노래기 회 쳐 먹듯 안 허냐."

"밥 세 끼 먹는 것만 해도 감지덕지한데, 주전부리가 웬말이우. 나는 괜찮수."

"부처님 가운데 토막도 아니고…으이그 땁땁혀라,"
 찬모가 감자를 식의 손에 쥐어주고는 다시 부엌으로 들어갔다. 식은 그녀의 뒷모습을 바라보며 빙긋이 웃고 말았다. 스승한테 꾸지람을 들어 심란한 판에 그까짓 감자 한 알로 미욱한 놈하고 티격태격하기가 싫었던 것이다. 원체 무식하여 오로지 마시고 먹기만을 희망으로 삼는 놈과 어찌 일일이 대거리하겠는가.

 허 석이 퇴근하면서 낯선 손님 하나를 데리고 왔다. 대충 스무 살 중반쯤 돼 보였다. 첫눈에, 결코 범상치 않은 사람이었다. 온화한 얼굴에 눈에는 서기가 가득했다. 식은 그를 보면서 대뜸 주눅부터 들었다. 자신의 메추리 상판으로는 감히 범접할 수가 없는 사대부집 자제가 분명할 것 같았다.
 두 사람이 안으로 들어가고, 잠시 후에 허 석이 식을 불러들였다. 식은 무슨 일인가 궁금한 중에도, 예사롭지 않을 듯 싶은 손님을 더 가까이서 보고 싶은 욕심이 드는 것이었다.
 "식이 인사하거라. 이 사람은 이광사(李匡師)이니라. 호는 원교(圓嶠)이고. 지난 정미년(1727)에 타계하신 각리(角里) 이진검(李眞儉) 어르신의 자제가 되느니. 각리께서 대사헌과 예조판서를 지내셨던 분이라는 것도 식이 각별히 유념해야 할 것이야. 원교가 아직 나이는 젊지만 서예와 그림에 매우 능하여, 장차 서예로 이름을 떨치고도 남을 인재가 될 것이고."
 "지나친 과찬이시라, 몸둘 바를 모르겠습니다."
 "어허, 과찬이라니. 세상이 다 아는 걸. 그리고, 이 아이는 나한테 그림을 배우겠다며 머물러 있는 중이네."

식이 옷매무시를 고쳐 예를 갖추자, 그도 정중하게 맞절로 받았다. 그러는 동안 허 석은 밖에다 대고 다과상을 들이도록 일렀다.

"뵙게 되어 영광입니다. 이름은 최 식이라고 하고, 임진생입니다."

"나는 전주(全州)가 본이고, 을유생(1705년)이오. 화원 어르신께서 과찬을 하셨으나, 글방 신세를 겨우 면했을 뿐이오."

그의 겸양한 언사에 식은 더욱 훌륭한 인품을 엿보았다. 앞으로도 그를 자주 볼 수 있는 기회가 주어진다면 배울 것이 많을 성싶었다.

"제가 배움이 부족하니, 앞으로 많이 가르쳐 주시길 바랍니다."

"가르치다니요, 나도 배우는 처지인 걸요."

이때 문이 열리면서 다과상이 들여졌다. 식의 처지로는 감히 더 앉아 있기가 송구해서 슬그머니 자리에서 일어났다. 그러자 스승이 그냥 앉아 있으라고 했다.

"여기 이 사람이 네 붓놀림을 보고 싶어 하니, 지난 번 북한산 실경을 다시 그려보도록 하거라."

"두 분 앞에서 어찌…."

그러자 이광사가 허 석을 거들어 그림을 보고 싶다고 애써 청했다. 식은 등에 흐르는 식은 땀을 느끼며 안절부절 못했다. 스승은 그렇다 치고, 서화에 능하다는 젊은 사람 앞에서 하찮은 솜씨를 내보이는 것이 부끄럽고 부담스러웠다. 망신을 당하려면 제 아비 성 씨도 까먹는다는데 그 짝이 날까 두려웠다.

스승이 기어이 화구를 꺼내었으니 이젠 도리가 없었다. 식은 먹을 갈면서 손과 무릎을 끊임없이 떨었다. 지난 번 스승한테 보여준

백운대 사경을 떠올렸지만 갑자기 기억에서 흔적도 없이 날아가 머릿속이 하얗게 비었다.

먹 갈기를 마친 식이 비로소 화선지를 폈다. 날아간 기억을 더듬어 대충 구도를 잡았다. 지난 번 습작에서 크게 벗어날 재주가 갑자기 생길 리 만무하여 무작정 붓을 들었다. 스승이 다과상을 한쪽으로 밀어놓자 이광사가 식한테 가까이 다가앉았다. 식은 스승이 지적했던 고원법과 윤필을 잊지 않으려고 긴장을 늦추지 않았다. 방 안에 침묵이 무겁게 흐르는 동안 간혹 스승의 기침소리만이 정적을 깼다.

9

이광사가 다녀간 이튿날 저녁, 스승이 식을 불러들였다. 식이 방문을 열고 들어가자 그가 어제 그렸던 북한산 그림을 펼치는 것이었다. 지난 번 것보다 고원법 처리가 향상되었다면서 이광사도 칭찬하더라는 말을 전했다. 그가 화단의 대가도 아닌데, 굳이 그의 칭찬을 전하는 까닭을 얼른 알아챌 수가 없었다. 기분이 좋지 않은 건 아니지만, 겨우 서숙 처지나 면했을 뿐인 그의 칭찬이 꼭 달가운 것만은 아니었다. 자신도 이광사처럼 출생과 성장과정이 좋았다면 그만 못할 게 없었을 것이라는 자부심이 불쑥 고개를 들었기 때문이다. 그래서 '부모가 반(半)팔자'라는 말이 전해지는 모양이다. 어떤 부모한테서 태어나는가에 따라 운명이 달라진다는 뜻이다.

"원교가 서화에 두루 능하지만, 특히 서예에 있어서만은 장차 태산북두*가 될 청년이니라. 원체 선자옥질**로 태어났지만, 본인이 또한 노력하기를 게을리 하지 않은 탓이야. 허니, 앞으로 원교와 좋은 교유가 있도록 해. 배울 점이 많을 것이야."

"저의 미천한 신분으로, 어찌 교유할 수 있겠습니까."

"원교가 애써 신분을 가리지 않을 것이니, 네가 진실한 마음으로 벗하고자 하면 못할 것도 없느니라. 평지돌출***이라는 말이 있음도 알아야지. 네 출생은 보잘 것 없으나, 노력을 게을리 하지 않는다면 인재로 거듭날 수도 있음을 명심하거라."

"예, 선생님."

식은 스승으로부터 물러나와 잠시 정원을 거닐었다. 방금 스승의 훈교 중에 '평지돌출'이 그의 가슴을 흔들었다. 애초부터 볼품 없는 메추리 상판인데다가 뚜렷한 재주 또한 없으니, 이광사처럼 선자옥질로 탈바꿈할 리 만무하다. 그러니, 스승의 훈교처럼 평지돌출이 될 수밖에 없을 것이다.

오냐. 이 메추리한테는 오로지 절차탁마만이 있을 뿐이다!

느닷없이 이광사가 찾아왔다. 지난 번 왔다간 후 한 달만이었다. 그는 여전히 눈부신 훤칠한 용모에 당당한 기품으로 서 있었다. 그가 식을 보기 위해 온 것 같지는 않은데, 주인이 도화서에서 퇴근하려면 아직 먼 시간이었다.

"스승님께서 오시려면 아직 멀었는데…."

"어르신을 뵈러 온 게 아니라, 최 화우(畵友)를 만나러 온 것이오."

"어인 일로 저를…?"

"말벗도 할 겸, 바둑이나 둘까 해서 왔소. 화원 어르신한테 듣기로, 바둑을 잘 둔다고 하던데…."

"잘 둔다는 말씀은 거두십시오. 행마나 겨우 알 뿐입니다."

"실은, 나도 그렇소."

"하지만, 바둑판이 선생님 방에 있어서…."

"그렇겠구료. 어르신 허락도 없이 함부로 내올 수는 없지. 오늘은 한담이나 나누다가 돌아가야 되겠소."

"제 거처가 워낙 누추해서, 감히 드시랄 수가 없습니다."

"허면, 인왕산(仁旺山)이나 바라보며 잠시 걷는 것도 괜찮겠소이다."

"차도 대접할 수 없는 처지임을 용서하십시오."

"괘념치 마시오."

이광사가 앞장 서 집을 나섰다. 그의 뒤를 따르는 식은 그의 갑작스런 방문이 내내 궁금했다. 그가 말한 대로, 그저 얘기를 나누거나 바둑을 두기 위해서 온 것 같지 않다는 생각이 드는 것이다. 자신의

---

* 태산북두(泰山北斗): 한 분야에서 뛰어난 인재.
** 선자옥질(仙姿玉質): 용모도 아름답고 재질도 뛰어남.
*** 평지돌출(平地突出): 미천한 집에서도 인재가 나옴.

추측이 사실이라면 그의 진의가 무엇일까

　새문안 길에서 바라본 인왕산도 북한산의 삼봉(三峰)처럼 암반으로 형성되기는 마찬가지다. 단지 백운대나 인수봉처럼 그리 높지 않다는 것뿐이지만 옛부터 명산으로 알려지고 있다. 그래서 북악을 주산(主山)으로 삼고 목멱산*을 안산(鞍山)으로, 낙산(駱山)과 인왕산을 좌우용호(左右龍虎)로 삼아, 도성(都城)을 세울 때 궁궐터로 지목됐던 곳이기도 하다. 원체 명산이라 그런지 전해지는 얘기도 많다. 누군가 출세하면 그 덕을 보는 이가 많다는 뜻으로 '인왕산 그늘이 강동 팔십 리 간다' 고 했다. 또 조선의 모든 호랑이는 한 번쯤 인왕산을 돌아간다고 하여 '인왕산 모르는 호랑이 없다' 고 했다. 이는 곧 자신을 인왕산에 비유하여, 장안에서 자기를 모르는 사람이 없다는 허세로 풀이했다. 이뿐이 아니다. 사내 장부가 아무리 가난해도 처가의 도움으로 살기 싫다는 의미로 '인왕산 차돌을 먹을 망정 사돈의 밥을 먹으랴' 하는 얘기도 전해진다.

　"최 화우가 보기에 어떠시오? 인왕산이야 말로 명산 아니오?"

　"저도 그렇게 알고 있습니다."

　"이 보시오, 최 화우. 이 참에, 꼭 약조할 것이 있소."

　"…무엇입니까?"

　"최 화우는 어찌 하여, 나한테 말끝마다 공대를 극진히 하는 것이오?"

　"신분과 나이를 생각하면, 당연한 것입니다."

　"신분이란 하늘이 내린 것이 아니라, 사람들이 제 편하자고 만든 것 아니겠소. 한비자(韓非子)가 말하기를, 예의가 많은 자는 속마음이 쇠(衰)한다 하였소. 예의도 지나치면 아첨이 된다는 말이오. 나이 또한 불과 일곱 해 차이밖에 나지 않으니, 친구나 마찬가지 아니오. 그러니, 앞으로는 친구로 지냅시다. 정 거북하면 나를 형님이라 부르시구료. 예의를 지나치게 내세우면, 격의가 생겨 마음의 벗이 되는데 걸림이 될 것 아니겠소. 장차 우리가 관포지교로 발전할지 모르는 일이니, 우선 격식부터 없애는 게 좋겠소."

"차마, 저로서는 못할 일입니다."

"아니오. 서로 예삿말로 합시다. 나는 지금처럼 최 화우로 부를 터이니, 나한테는 형님이라 하시오."

"뜻은 알겠으나…."

"차차 익숙해 질 것이니, 너무 마음에 두지는 말고."

이광사는 이토록 대범한 사람이었다. 식이 중인 출신임을 알면서도, 스스로 신분의 벽을 깨고자 하는 그의 깊은 뜻이 식으로 하여금 오래 감동케 했다.

"우리가 다음에 만날 때는 인왕산 실경을 각자 그려서 견주는 게 어떻겠소?"

"…그렇게 하겠습니다."

두 사람이 헤어지는 길목에서, 이광사는 온화한 표정으로 식을 바라보았다. 그러면서, 기회를 보아 자기 집으로 초대하겠다는 말을 덧붙였다.

식은 그가 사라져 보이지 않을 때까지 한동안 서서 지켜보았다.

---

* 　목멱산(木覓山): 지금의 서울 남산.

마음이 자꾸 흐뭇했다. 그와 벗이 된다는 사실을 아직도 실감할 수가 없었다. 더구나 자기를 형님으로 부르라니…고귀한 친구를 갖지 못한 사람은 사는 가치가 없다고 했다. 중국 속담에도, 친구 없이 살기보다는 죽는 편이 낫다고까지 했다. 그러니, 이광사 같은 사람을 벗으로 두었다는 것이 식에게 어찌 보람이지 않겠는가.

논어에서는 '익자삼우(益者三友) 손자삼우(損者三友) 우직(友直) 우량(友諒) 우다문(友多聞) 익의(益矣), 우편벽(友便辟) 우선유(友善柔) 우편녕(友便佞) 손의(損矣)'라 했다. 즉 도움이 되는 벗이 셋 있고, 해로운 벗이 셋 있다. 정직한 벗, 성실한 벗, 박학한 벗은 도움이 되며, 편벽한 벗, 면유불실한 벗, 편녕한 벗은 해롭다는 뜻이다. 따라서 진정한 친구는 마음을 터놓고 간담상조(肝膽相照)로 지내는 것이다.

이광사가 이처럼 마음을 터놓으면서 정직하고, 성실하고, 박학한 벗으로 다가서 준다면 식으로서는 더 바랄 나위가 없는 것이다.

식이 문 안으로 들어서자, 내내 지켜 서 있었는 듯 돌쇠가 불쑥 다가서는 것이었다. 눈을 잔뜩 부라리는 것으로 보아 또 시비를 걸 모양이었다. 식이 그를 무시하고 지나치려 하자 그가 팔을 낚아챘다.

"귀헌 손님을 그냥 보내서야 쓰겄냐? 다과라도 대접혔어야제."

"나를 찾아온 손님이니, 네가 상관할 일이 아니다."

"음마? 으째서 니 손님이다냐? 마님 뵈러 온 것 같은디, 니가 감히 박대를 해야?"

"상투 국수버섯 솟듯이 괜히 나대지 말고, 네 일이나 해라."

"이 썩을 늠이….."

돌쇠가 숨을 씨근대며 주먹까지 쥐는 것이 여차 하면, 한 방 날릴

기세였다. 식이 코 앞으로 다가서며 실눈으로 사납게 쏘아보자, 이내 그의 주먹이 스르르 풀렸다. 이렇게 매번 미치광이 풋나물 캐듯 설쳐도 식이 눈만 부릅떠도 꼬리를 내리는 놈이었다.

10

임자년(1732)을 맞아, 식이 약관의 나이가 되었다. 비로소 성인이 된 것이다. 공자는 열 다섯에 이미 학문에 뜻을 두었다고 했다. 식이 비록 어릴 때부터 서당에 다니기 시작했으나 그건 어디까지나 어머니의 성화에 떠밀려 갔던 것뿐이었다. 결코 학문에 뜻이 있어서 다닌 건 아니었다. 장차 화가가 되겠다는 꿈도 양구에서 한명기 화사의 깨우침과 천거가 없었으면 혼자서 품을 수 없는 것이었다.

식이 성년 된 것을 축하하는 뜻으로 스승이 조촐한 자리를 만들었다. 이 자리에 이광사도 불렀다. 그가 술과 건어물을 선물로 가지고 왔다. 짐작에, 두 사람이 오늘의 자리를 마련하기로 이미 약속한 듯 싶었다.

음식상이 들여지자 이광사가 술병을 들어 허 석의 잔부터 채웠다. 그러자 스승이 술병을 넘겨받아 이광사와 식의 잔에 차례로 술을 붓고 건배했다.

"식이 어느덧 성년이 되었구나. 세월도 빠르지. 내 집에 온 지 엊그제 같은데."

"선생님께서 이리 성찬을 베풀어 주시어, 오로지 황송할 뿐입니다."

"성년이 된 만큼, 책임도 크다는 걸 알아야 해."

"명심하겠습니다. 선생님의 가르침이 없었다면, 소생이 어찌 오늘에 이르렀겠습니까. 베풀어 주신 은혜, 평생 잊지 않을 것입니다."

식이 눈물을 글썽거리자 이광사가 그의 손을 슬그머니 끌어잡았다. 그의 우정어린 따뜻한 손길이 식의 가슴에 온전히 전해왔다.

"원교 형님한테도 감사합니다. 보잘 것이 한 가지도 없는 저한테 정을 끊지 않으시니, 은혜를 어찌 갚아야 할지 모르겠습니다."

"은혜라니, 당치도 않소. 득어망전*이나 하지 마시오. 언젠가 말했듯이, 우리 사이가 관포지교로 발전할 수 있기를 바랄 뿐이오."

"언감생심, 어찌 그런 마음을 품겠습니까. 형님 말씀을 가슴에 깊이 새기고 있습니다."

술이 몇순 배 돌면서 화기애애한 분위기가 한껏 무르익고 있었다. 스승이 그윽한 눈길로 식을 바라보면서 왠지 한숨을 내쉬는 것이었다. 식이 그 뜻을 헤아릴 수가 없어 내심 불안하기까지 했다.

"너도 이제는 초명을 떼어버리고, 자(字)를 가질 때가 되었어. 자를 갖는 것은 원래 장가를 들어야 하지만, 성년이 되었으니 자를 가져도 무관하느니라. 원교 생각은 어떠한가?"

"옳으신 말씀입니다."

"해서, 내가 생각해 둔 것이 있는데…뛰어날 성(聖)에, 그릇 기(器)를 붙여서 '성기'로 하는 것이 어떨까 싶구먼. 장차 조선 화단에 뛰어난 인재가 되라는 뜻이지. 그리고 또 하나, 유용(有用)도 괜찮겠고. 일테면, 세상에서 쓰임이 많은 사람이 되라는 게야."

"아주 훌륭한 자인 듯싶습니다. 최 화우 생각은 어떻소?"

"저도 형님과 같은 생각입니다. 선생님 뜻에 따를 뿐입니다."

"자를 짓는 김에 호(號)까지 생각하였지만, 웬만큼 제 화풍(畫風)을 익힌 연후에 갖는 것이 좋겠어. 호라는 것은 아명(雅名)이므로, 고상하고 풍류가 있는 사람이 써야 해. 헌데, 식은 습작생을 벗어나지 못하였으니, 호를 갖기에는 아직 이를 것 같구나."

"선생님 말씀이 지당하십니다. 소생, 어찌 방자하게 호를 가지겠습니까."

"그리 생각한다면 되었고…."

그가 왠지 말을 더 이을 듯 입을 달싹대다가 슬그머니 술잔을 드는 것이었다. 아까 한숨을 내쉬는 것도 그렇고, 아무래도 마음에 다른 뜻이 숨어 있는 듯한 느낌이 들었다. 성년을 축하하는 자리를 마련한 것과 자를 지어준 뜻에 다른 의도가 있는 건 아닌지, 궁금하면서도 은근히 걱정마저 들었다.

"식이 내 집에 들어온 지, 그새 오 년이 되었구나. 화필이나 겨우 잡던 것이 이제는 제법 구도를 잡을 정도가 되었어. 많이 발전했어. 그래서 말인데…."

* 득어망전(得魚忘筌): 고기가 잡히면 통발을 잊어, 그동안의 소용을 저버린다는 뜻.

그가 또 말을 잇다 말고 술잔을 들었다. 아무래도 운을 떼기가 어려운 말인 것 같았다. 그러자 이광사가 갑자기 끼어들어 "어차피 하실 말씀이니…"하고, 은근히 허 석의 마음을 채근했다. 식이 영문을 몰라 두 사람을 번갈아 바라보자 스승이 다시 입을 열었다.

"식아. 내가 이제 고희(古稀)를 코 앞에 두었구나. 나이를 먹다 보니, 기력도 쇠하고 정신마저 혼미해져. 이젠 너를 더 가르치기에 힘에 부치는구면. 해서, 너를 독립시키고자 하느니라."

식은 가슴이 철렁 내려앉으면서 무릎이 떨렸다. 결국 그의 집에서 나갈 때가 되었다는 뜻이었다. 갑자기 눈 앞이 캄캄해서 스승도 이광사도 온전한 모습으로 보이질 않는 것이었다. 그야말로 청천벽력과도 같은 선언이었다. 식은 간신히 정신을 수습하고 스승 앞에 황망히 무릎을 꿇었다.

"소생이 미욱하여 선생님 뜻을 헤아리지 못하고 있습니다. 어인 말씀이십니까."

"인생사 회자정리(會者定離)라 하였으니, 그리 놀랄 필요가 없느니라. 네가 이미 성년이 된 마당에, 내 집에 마냥 있을 수는 없지 않겠느냐. 이제부터 더욱 정진하여, 스스로 화풍을 만들어야 할 것이야."

"이미 고애자가 된 소생이 선생님을 사부(師父)로 뫼시면서, 지금껏 풍류사종*으로 받들어 왔습니다. 소생이 잘못한 것이 있으면, 이 자리에서 질타해 주십시오. 그 대신, 떠나라는 말씀만은 거두십시오. 겨우 황구소아**를 면한 소생을 어찌 내치십니까."

"어허, 내 말 뜻을 못알아 듣는 게야? 독립할 때가 되었다는 뜻이거늘."

"선생님…."

식은 이마를 바닥에 붙이고 눈물을 쏟아냈다. 그 모습에, 스승도 이광사도 눈시울을 적셨다. 결국 이광사가 식을 부축하여 일으켜 앉혔다.

"혹시 네 거처가 염려가 된다면, 그건 걱정하지 않아도 되느니라. 마침, 원교가 유할 곳을 마련해 놓고 있음이야."

"최 화우. 어르신 말씀에 따르는 게 좋겠소. 미처 얘기를 못했지만, 이미 어르신과는 의논했기 때문이오. 내 집이 비록 누추하지만, 최 화우와 깊은 벗이 되고 싶어 함께 있기로 한 것이오."

곰곰히 상황을 엮어 보니 그들끼리 이미 얘기가 있었던 것이다. 스승이 식을 내보내야 할 처지이나 당장 갈 곳이 마땅치 않음을 걱정하던 차에, 마침 이광사가 자청하고 나선 것 같았다. 마음이 아픈 스승한테는 다행한 일이고, 이광사가 식과 함께 있게 된 것을 기쁘게 받아들이는 쪽으로 결론을 본 것이다.

"성년이 된 몸으로, 어찌 형님의 신세를 진단 말씀입니까."

"영원히 있을 것이 아니니, 미안해 할 필요는 없소. 장차 거처를 마련할 때까지만 같이 있자는 것이니까. 함께 있으면서 서화를 논하고자 내가 욕심을 낸 것이니, 과히 탓이나 하지 마시오."

"저로서는 고맙고 영광된 일입니다."

"그러면 되었으니, 더는 언급하지 않기로 하오."

그렇게 합의하듯 결정을 내리자, 스승이 비로소 마음을 놓은 듯

---

*   풍류사종(風流師宗): 품격이 맑고 높은 스승.
** 황구소아(黃口小兒): 입이 노란 새 새끼.

술병을 잡아 식과 이광사 잔을 다시 채웠다. 식은 술을 받고서도 선뜻 입에 대지 못하고 내내 고개를 떨구었다. 이광사와 같은 좋은 사람과 깊은 벗이 되는 것은 행복한 일이지만, 스승의 가르침을 떠나 혼자서 화풍을 개척해야 할 일이 두렵고 막막했던 것이다.

    사람은 배우기 위해서 사는 것이고, 살기 위해서 배운다고 했다. 이제 스승의 품을 떠나게 되었으니, 이 진리를 스스로 터득해야 할 기로에 선 것이다.

11

    성기(식)의 새로운 삶이 원교 이광사 집에서 시작되었다. 원교의 집은 서대문 밖 냉천동 뒤 산자락에 오롯하게 들앉아 있었다. 비록 초옥이기는 하지만 아담한 정원도 있었다.

    그뿐만 아니라, 집 뒤쪽으로 돌아가면 암벽 밑에 위치한 후원에 조그마한 별채도 있다. 특히 눈길을 끄는 것은 별채 옆에 있는 정자였다. 꼭 오두막처럼 만들어 소탈하면서도 단아한 주인의 성품이 그대로 드러나 보였다.

    성기가 기거할 곳은 별채였다. 안채와 떨어져 있어 별채라고 하는 것이지, 방 하나에 툇마루가 전부였다. 성기한테는 이곳이 안성맞춤이었다. 주인 식구와 자주 맞닥뜨릴 일이 없어 식객 처지에 마음이 편할 것 같았다.

"성기 마음에 드는지 모르겠소."

"저한테는 너무 과분합니다. 식충이 노릇이나 아니 할는지, 그것이 걱정이지요. 그래서 드리는 말씀입니다만, 저도 밥값은 하고 싶습니다."

"밥값을 어찌 한단 말이오? 갑자기 돈이 생겼을 리는 없고…."

"나무도 해 오고, 청소도 하고, 물도 긷고…."

"허어, 이 사람이…성기를 머슴으로 데려온 줄 아오? 우리는 오로지 벗일 뿐이니, 다시는 그런 말 마시오."

"그래도 제가 어찌 공밥을 먹겠습니까."

"어허, 성기!"

원교의 뜻이 너무 단호해서 차마 토를 더 달 수가 없었다. 집에는 원교 부인과 하인 둘이 있을 뿐이다. 원교 나이 스물 일곱인데 아직 후사가 없다. 집안 내력인 듯 원교도 그의 아버지 이진검의 나이 무려 서른네 살 때 태어났다.

원교는 거의 성기와 붙어 있는 셈이었다. 잠 자고 식사하는 경우 외에는 별채에서 성기와 함께 시간을 보냈다. 성기는 주로 그림을 습작하고, 원교는 서화를 함께 익혔다. 그는 윤 순(尹淳: 1680-1741)에게 붓 잡는 법부터 배워, 진서(眞書) 초서(草書) 전서(篆書) 예서(隸書)를 두루 익히는데 열중했다. 윤 순은 중국 송나라의 미남궁체*에 아주 능한 조선의 명필로 이름을 날리고 있었다.

원교는 서화뿐만 아니라 학문도 깊이 연구했다. 특히 양명학(陽明

學)에 남다른 관심을 가지고 있어, 정제두(鄭齊斗: 1649-1736)한테 가르침을 받고 있었다. 그는 학문과 덕행이 뛰어나 조정 대신들의 천거로 무려 30여 차례나 요직에 임명되었으나, 대부분 거절했을 만큼 오로지 학문연구에만 뜻을 둔 사람이었다.

양명학은 중국 명나라 왕양명(王陽明: 王守仁)이 이룩한 신유가철학(新儒家哲學)의 하나다. 정제두가 처음에는 주자학(朱子學)을 연구했었다. 그러나 후에 지식과 행동에는 통일이 있어야 한다는 양명학 연구로 돌아섰고, 이로써 조선 최초로 이에 대한 사상적 체계를 세우게 된 것이다.

지금의 성기 처지로는 양명학에 문외한일 수밖에 없어, 원교한테 그 이론을 들어야 했다.

"신유가철학이란 어떤 것입니까?"

"간단히 말하자면, 주자학에 대립하는 학문이라 할 수가 있겠소. 이는 주자의 성즉리(性卽理)와 천리인욕설(天理人欲說)에 대항하여, 심즉리(心卽理)의 주관적유심론(主觀的唯心論)을 주창한 것이오. 다시 말해, 주자의 성즉리와 격물치지설(格物致知說)에 회의를 느꼈던 것이지. 그래서, 남송(南宋) 때 유학자인 육상산(陸象山)이 체계를 새로이 확립하여 왕양명에게 계승됐던 것이오. 이때부터 성리학은 주(朱)와 육(陸)의 두 파로 갈리게 된 것이고."

"원교 형님께서 굳이 양명학을 배우고자 함은 무엇입니까?"

"주자가 마음은 기(氣)이고, 마음이 갖춘 도덕성의 이치는 이(理)라 하지 않았소? 그러나 만물일체(萬物一體)와 불교의 삼계유일심(三界唯一心)의 입장에서, 마음이 곧 이(理)라 한 것이오. 격물치지가 무엇이오. 사물의 이치를 연구하고, 이 결과에 따라 지식을 명확히 하자는 것이 아니겠소. 그러나 왕양명은 사물의 이치를 파악하기 전에, 양지(良知) 즉 배우지 않고도 사물의 이치를 깨달을 수 있는 타고난 예지(銳智)가 앞서야 된다고 주장한 것이오. 양지를 길러야 사물의 이치를 바르게 볼 수 있다는 것이지. 그래서 인식(지식)과 실천(행동)은 둘이 아니라, 하나일 수밖에 없는 것이오. 이것이 곧 지행합일(知行合一)이라오."

"이왕 가르치는 김에, 삼계유일심도 설명해 주시지요."

"내가 깊게는 모르나, 삼계는 우리 중생들이 사는 세 가지 세계라 하였소. 즉 천계(天界) 지계(地界) 인계(人界)가 그것이오. 이 삼계의 삼라만상은 자기의 마음에 반영된 현상(現象)인지라, 자기의 마음 이외에는 삼계가 없다는 것이에요. 이것이 바로 삼계유일심이라 할 수 있을 것이오."

"지금껏 설명을 들었습니다만, 들을수록 어렵기만 합니다. 그 심오한 뜻을 깨닫기에는 제 귀가 너무 얕은가 봅니다."

"그림도 결국은 사물을 관찰하여 마음으로 받아들이는 일이니, 사물의 이치를 깨달을 수 있는 예리한 지각과 깊이가 없이는 이룰 수 없는 것 아니겠소?"

"그런 능력이 저한테서 발동할지 모르겠습니다."

"학문과 예술이 어디 아무나 하는 것이겠소. 타고나야지요. 성기한테는 그림에 대해 타고 난 기예와 사물을 관찰하는 혜안이 있는 것

---

* 미남궁체(米南宮體): 중국의 화려한 시체(詩體).

이오. 그렇지 않다면, 어찌 그림에 뜻을 품었겠소. 아니 그렇소?"

"글쎄요…."

성기와 원교는 이런 담론으로 혹은 바둑으로 밤을 하얗게 새울 때가 있었다. 때에 따라서는 박주산채나마 조촐한 술상이 마련되기도 했다. 성기는 그의 집에 유하면서부터 술맛을 조금씩 알게 되었고, 횟수가 거듭될수록 주량도 차츰 늘기 시작했다. 원교의 주량도 웬만했다. 그러면서도 과한 술로 간혹 괴로워할 때가 있으나 성기는 한 번도 그런 적이 없었다. 아마도 술만큼은 잘 소화해 내는 체질을 타고 난 것이 아닌가 싶었다.

오늘 따라 날씨가 매우 화창했다. 원교가 한동안 먼 산을 바라보더니, 갑자기 바깥바람이나 쐬자고 했다. 인왕산 계곡으로 가서 사생(寫生)을 하자는 것이었다. 성기도 마침 그러고 싶었던 터라, 두 사람이 유쾌한 마음으로 집을 나섰다.

인왕산은 성기가 새문안 허 석 집에 있을 때도 늘 바라보던 산이었다. 지금 원교 집에서는 더 가까이 볼 수가 있어 산 자체는 그다지 새로울 것이 없었다.

그러나 산이란 보는 각도에 따라서 그 모양이 다르므로 그때마다 신비로운 것이다. 그래서 마치 용이 날고 봉황이 춤추듯이 아름답고 신령스럽다 하여, 산을 용비봉무(龍飛鳳舞)라고 한 모양이다. 또 팔만대장경에는 '산은 마음의 고요와 고상함이요, 큰 산은 높은 덕이 솟은 것 같다'고 했다.

원교가 계곡을 향해 걷다 말고 잠시 인왕산 바위들을 올려보았다.

성기가 기괴한 모양으로 높이 솟은 암벽과 그 둘레 풍경을 마음의 화폭에 옮기는 동안, 원교는 입을 딱 봉한 채 마치 산의 정기를 음미하고 있는 듯한 표정을 짓고 있었다. 어쩌면 '삼계유일심'과 '지행합일'의 이치를 생각하고 있을지도 모른다.

"용반호거*라 하더니, 산세가 정말 웅장합니다. 그렇지 않습니까, 형님."

"산에서 느끼는 정서가 사람마다 다르다고 하였소. 그래서 공자도 '지자요수(知者樂水)하고 인자요산(仁者樂山)이라 하였고, 지자동(知者動)하고 인자정(仁者靜)이라 하였지. 또 지자락(知者樂)하고 인자수(仁者壽)라' 하였으니, 즉 지자는 물을 좋아하고, 인자는 산을 좋아한다고 했고, 지자는 움직이고, 인자는 조용하다고 하였소. 또 지자는 즐겁게 살고, 인자는 장수한다고 하였으니, 현인들이 이미 산을 두고 많은 의미를 두었던 것 같소."

"형님께서는 지자입니까, 인자입니까?"

"글쎄…물의 흐름을 보면 지자가 되고, 산을 우러러 보면 인자가 된다고 하면, 욕심이 과하다고 하지 않겠소?"

"역시 형님다우신 명언입니다."

"성기는 어느 쪽이오?"

"저 역시 형님처럼 되고 싶지만, 언감생심 저한테 지자와 인자는 당치도 않습니다. 장차 붓을 놀려, 겨우 연명이나 할 처지가 아닙니까."

---

*　　용반호거(龍蟠虎踞): 용이 서리고 범이 쭈그린 듯함.

"한 치 앞을 내다 볼 수 없는 것이 사람일진대, 누군들 알겠소."
 원교는 뜻 모를 한숨을 몰아쉬고는 다시 발을 떼었다. 성기도 그의 뜻을 음미하면서 그저 고개만 주억거렸다.

12

 성기는 모처럼 허 석 스승 집을 찾아갔다. 연로한 스승의 안부가 궁금하여 여러 날 벼르다가 오늘에서야 길을 나섰다. 그의 집과 냉천동 원교 집과는 지척이라 할 수 있었다. 그럼에도 스승 집에서 나온 지 두 달이 지나서야 찾을 만큼 무심했었다.
 두 달 사이에 특별히 달라질 것이 있을 리 없겠지만 안으로 들어서자 예전의 초옥과 마당과 우물 등이 그 자리에 변함 없이 있었다. 오히려 더 초라해 보였다. 마당 구석구석에 잡초가 듬성듬성 솟아 있고, 우물가에는 마치 팽개친 듯이 물통이 나뒹굴고 있었다.
 그 모양을 보자 대뜸 콧등이 저렸다. 그게 모두 머슴 돌쇠의 심술인 것 같아 부아가 치밀기도 했다. 자기가 있었으면 이렇지는 않았을 것이라 생각하니, 당장 돌쇠를 찾아 때려주고 싶은 생각마저 들었다.
 이때 마침 부엌에서 나오는 찬모와 눈이 마주쳤다. 그녀가 반색하며 성기의 손을 덥썩 끌어 잡았다. 반가웠던지, 아니면 오래 소식을 끊어 야속했던지, 대뜸 눈물부터 글썽거렸다. 왠지 그녀의 몸에서 탕약냄새가 났다.

"을매만에 보는 것이? 참말로 야속하구만이라."

"찬모도 그간 별고 없었수?"

"나야 늘 그러제. 헌디, 으쩐 일로 왔다냐?"

"선생님 안부가 궁금해서 왔수. 무고하시우?"

"웬걸. 전 같지 않구만이라. 그새 많이 쇠약해지셔서, 누워계실 때가 많제."

"그래서 약을 다리는 거유?"

"마침, 주부어른이 약을 지어 왔구만이라."

"돌쇠는 어디 갔수?"

"나무 해오라고 쫓아부렀제. 그 썩을 늠 땀새, 내 쏙이 몽땅 타부렀다."

"그 심술이 여전한 모양이구료. 나리는 안에 계시우?"

"계시기는 헌디, 주부어른이 와 계시구만이라."

성기는 그녀가 무슨 말인지 계속 군시렁대는 것을 남겨두고 마루로 올라섰다. 섬돌에 눈에 익은 갓신이 있는 것으로 보아 주부가 와 있는 게 분명했다. 성기는 인기척을 내며 낮은 목소리로 스승을 불렀다. 이내 허 석의 목소리가 새나왔다.

"밖에 누군고?"

"선생님. 성기가 왔습니다."

"성기가 왔다고? 어여 들어오너라."

이어 옷자락 스치는 소리가 나면서 방문이 스르르 열렸다. 주부가 문고리를 잡고 있었다. 성기는 마루에서 큰절부터 올렸다. 그러자 허 석이 '정말, 식이구먼' 하면서, 누웠던 몸을 비스듬히 일으켰다. 찬모 귀띔대로 몸이 많이 불편한 것 같았다.

"오래 찾아뵙지 못하여, 죄송합니다."

"이렇게 왔으면, 되었지. 그래, 잘 지냈느냐?"

"예, 선생님. 하온데, 옥체가 많이 불편하신 듯합니다."

"늙으면 다 그런 게지 뭐. 원교도 잘 있고?"

"예, 선생님."

허 석이 무슨 말인가 이르려고 입을 달싹대다가 이내 밭은기침으로 바뀌었다. 성기는 그의 모습이 안쓰러워 고개를 떨구고 말았다. 주부가 근심스런 낯으로 그를 자리에 눕게 했다. 그러고는 성기에게 눈짓을 보내 우환 중임을 귀띔했다.

성기가 섬돌로 내려서자 찬모가 기다렸다는 듯이 다가와 주인의 병세를 물었다. 기침을 자주 한다고 하자 혀를 차면서 우물로 가 엎어진 물통을 세웠다. 물을 길으려는 눈치여서 성기가 앞서 두레박을 잡았다.

"손님이 이럼 쓰간디."

"손님은 무슨…내가 하던 일 아니우? 물독은 내가 채울테니, 찬모 일이나 허슈."

"미안시러워 그라제."

이때 마침 돌쇠가 나뭇짐을 지고 안으로 들어섰다. 물을 긷고 있는 성기와 눈이 마주치자 그가 걸음을 딱 멈추었다. 성기는 그저 빙

굿이 웃고 말았다. 그러자 그가 짐을 벗어놓고 성큼 다가오더니 두레박을 빼앗아 물부터 들이켰다.

"니가 으쩐 일이다냐? 신수가 훤허구만이라."

"선생님께 안부 여쭈러 왔다. 잘있었냐?"

"머슴이 늘 그렇제. 그란디, 니가 왜 물을 긷는다냐? 이 집에 다시 온 것여?"

"다시 온 것이 아니라, 찬모를 도와주고 있던 중이다."

찬모가 채소 바구니를 들고 부엌에서 나오다가 돌쇠를 보더니 대뜸 눈에 칼부터 세웠다. 그녀가 눈을 희번덕거리면서 돌쇠와 나뭇짐을 번갈아 바라보는 것이, 여차하면 전처럼 빗자루를 잡을 기세였다.

"나무 하러 간 지가 은젠디, 이제 오는 겨?"

"음마? 누가 나 가져가라고, 나무 해놓고 기다린다요? 나무 하기가 을매나 힘든지, 알기나 허요?"

"지랄허고 자빠졌구만이라. 진종일 가서 해온 것이 게우 저것여? 치마폭에 싸들고 와도 저보다는 낫겄다 이늠아."

성기가 보아도, 지게에 얹힌 나무가 한 아름도 안 되었다. 꼴을 보나마나, 산에 가서 낮잠이나 실컷 자고는 내려올 참에 잔챙이를 주워온 게 분명했다. 한심한 놈의 게으름이 여전했다.

"배고픈께, 밥이나 싸게 주쇼이."

"터진 아가리라고…말 방구 뀌는 소리 작작 허고, 나무나 더 해와 이늠아. 그러기 전에는 밥 안 줄팅게."

"찬모가 이 댁 주인이라도 된다요? 같은 전라도끼리 그라믄 안 되지라."

"이 썩을 늠이….”

찬모가 기어이 빗자루를 잡았다. 그러자 돌쇠가 얼른 내빼면서 무슨 욕인가 한참을 씨부렁댔다. 그 뒤에 대고 찬모가 입을 씰룩거리며 치마를 활활 털었다.

성기가 부엌 물독을 다 채우자 찬모가 밥상을 차리려고 부산을 떨었다. 성기가 냉큼 다가가 그녀를 말렸다.

"돌쇠나 차려주구료. 나는 집에 가서 먹으면 되우.”

"손님헌티 도리가 아니제. 한 술 뜨고 가더라고.”

"나는 정말 괜찮으니까, 돌쇠나 주우. 생각해 보면 불쌍한 놈 아니우.”

"불쌍타가도, 허는 짓이 미웅께 그라제.”

성기는 더 머무를 필요가 없다 싶어 마루로 올라가 주인한테 갈 뜻을 고했다. 그러자 문이 열리면서 허 석이 누운 채로 겨우 손만 흔들었다. 입가에 간신히 실려 있는 미소가 성기의 가슴을 아프게 했다.

삽짝을 열고 나서자 마침 돌쇠가 문 앞에 쭈그리고 앉아 있었다. 그 꼴이 몹시 안 돼 보여 성기도 가서 나란히 앉았다.

"밥 차려놨더라. 찬모 혼자서 손이 달려서 그런 것이니, 네가 참아야지 어쩌겠냐.”

"저 년이 나를 못잡아 묶어 안달이 났제.”

"어미 같은 나인데, 그게 무슨 말버릇이냐. 가는 말이 고와야, 오는 말도 고운 법이다.”

"나처럼 배운 것 없는 쌍것이 으쩌겄냐. 아가리 터진 대로 내뱉는 것이제. 나는 그렇다 치고, 식이는 편하제?"

"나도 식객 처지인데, 편할 리가 있겠냐. 머슴 일만 안 할 뿐이다."

"그것만도 워디여. 이늠으 팔자는…내 앞날이 꼭 먹을 갈아 부은 것 같이 깜깜하구만이라."

돌쇠가 고개를 떨구더니 갑자기 눈물을 떨어뜨리는 것이었다. 자신의 인생이 불쌍해서 그러는 것이려니 생각하자 성기 마음까지 울적했다.

"참고 견디다 보면, 좋은 날이 있겠지. 그때를 기다릴 수밖에 없잖냐."

성기 마음도 편치가 않아 얼른 자리를 털고 일어섰다. 그러자 돌쇠가 따라 일어서며 성기 소매를 잡았다. 그의 눈에 아직도 눈물이 그렁그렁했다.

"주인 마님이 저러시다가 돌아가시믄, 나는 으쩐다냐?"

"네가 왜?"

"마님도 안 계신디, 마냥 눌러 있을 수는 없제."

"안방 마님이랑 식솔들 생각도 해야지."

"살림이 궁한디, 으떻게 있겠냐. 내 입 하나락도 줄여야제."

"글쎄다….'

그가 은근히 구원을 바라는 것 같은데 성기도 방도를 알려줄 처지가 못되어 답답하기만 했다. 무슨 말이든 격려를 더 해주려다가 부질없다 싶어 어깨만 두드려 주고는 슬그머니 등을 돌렸다.

13

 해가 중천에서 조금 기울고 있는 시각에, 원교가 느닷없이 운종가로 가자며 따르라고 했다. 특별히 볼일이 있는가 싶었으나 그의 걸음은 전혀 바쁘지 않았다. 마치 한양 구경을 처음 하는 사람처럼 여기도 기웃 저기도 기웃하면서 늑장을 부렸다. 그의 속내를 모르고 있는 성기 역시 그를 따라 느럭느럭 걸을 수밖에 없었다.
 운종가는 여전히 사람들로 북적거렸다. 상품들이 산더미처럼 쌓인 육의전마다 성시를 이루어 대목이 따로 없었다.
 원교가 한 화구상(畫具商)으로 쑥 들어갔다. 주인이 그를 보자 반색하며 아는 체를 했다. 원교의 단골가게인 것 같았다. 성기는 뒤에 처져서 화구가 있는 쪽을 구경했다. 욕심 나는 게 있어도 살 처지가 못되어 그저 눈요기만 할 뿐이었다. 그러는 사이에 원교가 먹과 붓 몇 자루를 사고는 성기한테 다가왔다.
 "성기도 필요한 것이 있으면, 고르지 그러오?"
 "저야 뭐….''
 성기가 무안한 얼굴로 사양의 뜻을 보이자 원교가 선뜻 화선지와 화필을 골라 성기 품에 안겨주는 것이었다. 상대방 마음을 진작에 거니챈 배려인지라 성기로서는 더욱 낯이 뜨거웠다. 하긴 성기의 마음을 알아차릴 사람이 원교 말고 누가 또 있겠는가.

육의전을 빠져나온 원교가 곧장 먹거리가 많은 피맛골로 방향을 틀었다. 초입에 들어서자 갖가지 음식 냄새가 코를 찔렀다. 원교가 입맛을 다시는 것으로 보아, 아무래도 그냥 지나칠 것 같지가 않았다. 그렇지 않으면 굳이 이쪽 길을 택했을 리가 없다. 성기도 마침 배가 출출했던 터라 그의 행보에 은근히 기대를 걸었다.

 결국 생선 굽는 냄새가 진동하는 주점 앞에서 원교가 걸음을 멈추었다. 잠시 안을 기웃대던 그가 성기를 돌아보며 씨익 웃었다. 성기도 그의 마음을 알아차려 웃음으로 답했다.

 원교가 중노미에게 생선 한 마리를 굽게 하고는 주모한테 누름적과 술 한 되를 시켰다. 걸상에 엉덩이를 붙인 성기 입에는 이미 침이 잔뜩 고여 있었다. 주모가 술병과 잔을 탁자에 내려놓자 원교가 병을 잡아 성기 잔부터 채웠다.

 "술 마시기에는 조금 이른 시각이지만, 때로는 낮술 맛이 따로 있지."

 "오늘 형님께서 과용하시는 것 같아, 몸둘 바를 모르겠습니다."

 "별소리를 다 하오. 벗한테 이쯤 못할 것이 뭐 있겠소."

 "저한테 베푼 은혜를 장차 갚을 길이나 있을지, 걱정입니다."

 "어허, 은혜라니. 나는 성기와 같은 화우를 만나 무엇보다 기쁘다오. 그림을 열심히 그려서, 조선 화단에 태두가 되기를 바랄 뿐이오. 성기는 반드시 그리 될 것이고."

 "갑자기 마음이 천근만근입니다."

 "자아, 우선 목부터 축이세."

 원교가 얼굴에 화색을 바르며 술잔을 성기 것과 부딪쳤다. 성기는 잔을 선뜻 입에 대지 못하고 원교의 얼굴을 그윽하게 바라보았다. 생애에 이 같은 훌륭한 벗을 만났다는 사실이 새삼 믿기지 않는 것이었다. 그저 감사하고 행복한 마음 외에는 가질 것이 없었다.

논어에, 군자는 글로써 친구를 만나고 친구를 통해서 인(仁)을 살린다고 했다. 성기는 자신의 인생이 앞으로 어떻게 전개될지는 몰라도 원교와 같은 여형약제*를 통해서 인격을 닦게 되기를 바랄 뿐이었다.

법구경(法句經)에 학무붕류(學無朋類) 부득선우(不得善友) 영독수선(寧獨守善) 불여우해(不與愚偕)라 하여, 나보다 나을 것이 없고 내게 알맞은 길벗이 없거든 차라리 혼자 가서 착하기를 지켜야 할 것이지, 어리석은 사람의 길동무는 되지 말라고 했다.

지금도 그렇지만 앞으로도 원교가 성기한테 '학무붕류'가 될 리는 절대 없을 것이다. 오히려 성기가 원교한테 '불여우해'한 자가 되지 않을는지 그것이 염려될 뿐이다.

이 백(李白)의 시에 낙월옥량(落月屋梁)이 있다. 이는 이 백이 두보(杜甫)를 사모하는 마음을 그린 것이다.

    벗을 꿈 속에서 만나 즐기다가 꿈을 깨니 벗은 간 데 없고,
      지붕 위에 싸늘한 달빛만이 흩어져 처량하구나.

장차 원교와 헤어져 있을 때 이 백처럼 낙월옥량으로 그를 그리워하는 일을 겪지나 않을는지, 지레 걱정이 앞서는 것을 당장 어찌 부인할 수 있단 말인가.

안주가 나왔으나 성기는 차마 젓가락을 들지 못하고 거푸 한숨만 내쉬었다. 그의 마음을 미처 짐작하지 못하고 있는 원교가 얼른 낯빛을 바꾸어 바라보았다. 걱정거리가 생겼느냐고 물었다. 성기가 대답을 못하고 머뭇거리자, 원교도 들었던 젓가락을 슬그머니 내려놓는 것이었다.

"아까부터 한숨을 내쉬고 있으니, 대체 무슨 일이오?"

"잠시, 딴 생각을 하고 있었습니다."

"딴 생각이라면…?"

"형님의 깊은 정을 제가 저버리지나 않을는지, 걱정하고 있었습니다."

"별걱정을 하는구료. 우리 사이에, 그럴 일이 뭐 있겠소."

"물론, 그래야 되겠지요."

"쓸데 없는 생각 말고, 이 안주 좀 드시오. 제법 맛나구먼."

원교가 비로소 이쪽 마음을 헤아렸는지, 젓가락을 성기 손에 억지로 쥐어주었다. 성기는 콧등이 저려오면서, 갑자기 청맹과니가 된 것처럼 안주가 제대로 집어지지가 않았다. 원교가 그것을 보고 다시 성기 술잔을 채웠다.

* 여형약제(如兄若弟): 형제와 같은 벗.

14

성기가 방에서 습작에 열중하고 있는데 느닷없이 돌쇠가 나타났다. 허 석의 병세가 위중해 알리러 왔다는 것이다. 성기는 붓을 내던지고 곧장 원교한테 알렸다. 그 역시 몹시 놀라며 떠날 채비를 서둘렀다. 며칠 전 성기가 허 석을 보았을 때만 해도 병세가 그다지 나쁜 상태는 아니어서 안심하고 돌아왔던 것이다.

성기와 원교가 앞서거니 뒤서거니 하면서 돌쇠를 따라붙었다. 의원이 와 있느냐고 묻자 어제부터 와서 지킨다고 했다.

"대체, 얼마나 위중하다는 거냐?"

"마님을 직접 뵙지 못했응게, 나야 모르제."

"의원 말도 못들었단 말이지?"

"의원이 나 걑은 쌍것헌티 일러 주겠나? 찬모헌티만 들은 것이제."

"아씨헌테는 연락했냐?"

"먼첨 기벨허고, 이리루 곧장 달려왔구만이라."

집에 당도하자, 마침 마당에서 서성대던 찬모가 황망히 다가왔다. 성기를 바라보는 그녀의 눈에 마치 집 나갔던 자식을 맞 듯이 눈물이 그렁그렁했다.

"선생님 병세가 어느 정도란 말이우?"

"의원 말씀이, 오늘을 넘기기 힘들다는겨. 이 일을 으쩌문 좋다냐?"

어깨를 바들바들 떨고 있는 찬모를 남겨두고, 성기와 원교가 성큼 마루로 올라섰다. 이때 마침 약사발을 들고 나타난 그의 부인과 마주쳤다. 원교가 허리를 굽혀 예를 갖추는 동안 성기는 그 자리에 무릎을 꿇어 큰절을 올렸다.

"왔구먼."

"마님, 상심이 크시겠습니다."

"어제만 해도 괜찮을 듯 싶었는데, 오늘 갑자기 저러시는구나."

그녀가 약을 들고 들어가자 성기와 원교도 뒤를 따랐다. 출가한 딸이 이미 와서 아직 약관에 이르지 못한 동생과 함께 아버지를 지켜보고 있었다. 탈진상태인 듯 미동도 않고 누워 있는 환자의 얼굴이 많이 수척하고, 안색도 백지처럼 창백했다. 원교가 의원에게 무슨 병이냐고 묻자, 폐가 급격하게 나빠진 것이라고 했다.

허 석에게 약을 먹이기 위해 부인이 등을 받쳐 세웠으나, 성기와 원교가 와 있는 것도 미처 깨닫지 못하는 눈치였다.

성기는 다시 자리에 눕는 그를 내려보며, 이 상태에서는 소생하기 힘들 것 같은 예감이 주저없이 들었다.

그로부터 날포가 지난 이튿날 해질녘에 갑자기 환자 가족들의 울음이 터지는 것이었다. 성기 직감에, 스승이 운명한 것 같았다. 황망히 방문을 열고 들어서자 짐작대로 그가 기어이 세상을 뜨고 말았다.

성기는 넋을 놓고 망연자실해 있었다. 스승의 주검을 마치 생전의 모습을 지켜보 듯이 한동안 기둥처럼 서 있었다. 살아 있는 것들의 모든 죽음이란 단 불에 나비 죽 듯이 힘 없고 말없이 스러짐을 새삼 깨달을 수밖에 없었다. 성기로서는 생애에 오늘로 두 번째 죽음을 지켜보는 셈이었다. 5년 전 어미의 죽음이 그 첫 번째였다.

사람은 태어나면서부터 이미 죽음이 시작된다고 했다. 그건 짐승도 마찬가지다. 그래서 모든 생명의 죽음은 부중지어(釜中之魚) 즉 가마솥에 든 고기처럼 이미 죽음이 결정되는 것이다. 그래서 사람은 비명횡사를 면하여 자기 명에 죽는 와석종신(臥席終身)을 복이라고 했던 것이다.

어제부터 내린 비가 오늘도 그칠 것 같지가 않았다. 게다가 바람까지 불고 있어 성기 마음이 매우 심란했다. 나뭇가지가 마치 춤을 추듯이 흔들리고 있었다. 그 모습을 가만히 바라보고 있으면 가지와 가지, 잎과 잎들이 서로 몸을 비비며 꼭 교태를 부리는 것처럼 느껴지는 것이다. 나무도 생명이 있는 것이니 정말 교태를 주고 받으며 사랑을 나누고 있는지도 모를 일이다. 사람도 남녀가 통정을 하면 잉태를 하듯이, 그래서 나무도 가을이 되면 열매를 맺는 것일 수도 있다. 바람 부는 날을 기다려 나무도 분명 사랑을 나누고 있는 것이다. 그렇지 않고는 마치 애무하듯이 저토록 부드럽게 비벼댈 수가 없는 것이다.

한낱 나무도 고적할 새가 없구나!

스승의 죽음으로 성기 마음이 오랫동안 울적했다. 그의 가르침에서 떠날 때부터 앞길이 막막했었다. 그러나 이제는 스승의 그림자조차 볼 길이 없으니, 마치 하늘이 무너지고 땅이 꺼지는 절망감마저 드는 것이다. 그건 어머니를 땅에 묻고 났을 때의 감정과는 또 다른 것이었다. 어머니를 여의었을 때는 생존을 걱정했던 것이지만, 지금은 혼자서 조선 화단에 뛰어들어야 한다는 두려움이 가슴을 압박하는 것이다. 곧 스승 없이 스스로 연구하여 모든 걸 깨달아야 하는 무사자통(無師自通)이니, 어찌 두렵지 않겠는가.

이런 마음을 원교한테 털어놓자 그는 의외로 담담하게 받아들였다. 예술은 스스로 연마하는 노력이 더 중요한 것이라며 격려했다.

"성기는 스승에게 이미 많은 것을 배우지 않았소. 이제부터는 자기 세계를 창출해 내는 길만 남았다고 생각하오."

"그걸 알면서도 자꾸 두려운 생각만 드니, 저도 어찌 할 바를 모르겠습니다."

"일찍이 고애자가 된데다가 스승마저 타계하신 탓에, 성기가 형영상조*에 빠진 것이오. 그러나 학문과 예술을 하는 사람 치고, 고독하지 않은 사람이 어디 있겠소. 특히 예술은 영감(靈感)에서 비롯되는 것인데, 그 영감이란 것이 고독하지 않을 때 얻어지는 게 아니지 않소."

"그건 그렇습니다만…."

"그걸 알면 된 것이오. 장차 진정한 화가가 될 양이면, 차라리 더욱 고독해 지는 것이 나을 듯 싶소. 내가 한밤 중에도 글을 소리 내어 읽는 까닭을 성기는 짐작하오?"

"글쎄요…형님의 습관인 줄로 압니다만, 다른 뜻이 있었습니까?"

---

* 형영상조(形影相弔): 자기 몸과 그림자가 서로 불쌍히 여길 만큼 외롭다.

"고독을 이기려고 그런 것이라오."

원교는 책 읽는 버릇이 독특했다. 글 읽는 소리가 어찌나 우렁차고 씩씩한지 집 천정이 들썩거릴 정도였다. 성기가 그 소리에 놀라 잠에서 깬 적이 한두 번이 아니었다. 성기로서는 그런 그의 속내를 미처 들여다 보지 못했던 것이다.

성기는 요즘 개자원화전(芥子園畵傳)을 화본(畵本)으로 삼아 습작하는 중이었다. 〈개자원화전〉이란 중국 청나라 초엽의 화가인 '왕 개(王槪)' '왕 시(王蓍)' '왕 얼(王臬)' 세 형제가 편찬한 화보(畵譜)로서 전4권이다. 여기에는 역대 화론(畵論)의 요지와 안료(顔料) 및 채색, 그리고 산수화의 묘법 등이 기술되어 있다. 그래서 조선 화가들이 '당시화보(唐詩畵譜)' '고씨화보(顧氏畵譜)' '십가재화보(十家齋畵譜)' 등과 함께 이를 화본으로 삼고 있는 것이다.

이러한 화보가 당장은 성기한테 있을 리 없어 원교한테 빌려보고 있다. 그는 〈개자원화전〉 외에 〈고씨화보〉와 〈당시화보〉까지 가지고 있었다. 원교가 서책에 특별히 욕심이 많아 귀한 것들을 소장하고 있다. 그것이 성기한테 큰 도움이 되고 있는 것이다. 스승을 떠나 보낸 그로서는 이러한 서책들을 스승으로 삼아 습작할 수밖에 없었.

원교가 서예에 뛰어났지만 그림도 훌륭하여 산수는 물론이고 특히 초충(草蟲)을 잘 그렸다. 초충의 섬세한 모양을 보고 있으면 그만 넋을 잃을 정도였다. 학문을 깊이 있게 연구하는 마음 가짐이 그림에서도 드러나는 것 같았다.

성기는 잠시 붓을 내려놓고 정자로 나갔다. 며칠 전 내린 비로 나뭇잎마다 싱싱하지 않은 것이 없고, 한낮의 햇살을 받아 눈이 부실 정도였다. 온갖 새들이 나뭇가지 사이로 날아다니며 한껏 목청을 돋구고 있었다.

어떤 환쟁이도 자연보다 아름답게 그려낼 자는 없으리라!

그럴 것이다. 자연을 신의 예술이라 했고, 신이 지은 서책이라고 했다. 인간의 예술에는 오류가 있어도, 자연에는 오류가 있을 수 없는 것이다.

성기가 반짝이는 나뭇잎의 광채와 노래하는 새들에 넋을 놓고 있을 때 원교가 인기척도 내지 않고 다가왔다. 성기 모습을 한참 지켜보고 있었는 듯 빙그레 웃으며 옆에 와 앉았다.

"무엇에, 그리도 마음을 빼앗기고 있는 것이오?"

"저것들을 무심히 보고 있었습니다."

성기가 팔을 들어 나무와 새들과 태양을 가리키자, 그 뜻을 알고 있었다는 듯이 말없이 고개를 끄덕였다.

"실은, 나도 보고 있었소. 초탈한 마음으로 보고 있으면, 자연처럼 아름다운 것이 없을 것이오."

"저도 그런 생각을 하였습니다. 어떤 환쟁이가 있어, 저것들을 그려낼 수 있겠습니까."

"그래서 선인들이 천석고황(泉石膏肓)을 자주 노래하지 않았겠소. 세속에 물들지 않고, 자연 속에 살고 싶은 고질병이지요. 마음을 비운 사람이라면, 권세와 물욕과 명예가 없는 곳에서 살고 싶은 것이오."

"우리 속담에, 동네마다 후레아들 하나씩은 있다고 했습니다. 사람이 사는 곳에는 선한 사람만 있는 게 아니고, 악한 사람도 섞이기 마련이지요. 선하고 악한 사람들과 어울려 살아야 하는 것이 또한 인생이니, 선경(仙境)은 그저 마음에서만 그리워할 뿐입니다."

"바로 그것이오. 학문하고 예술하는 사람은 곡학아세(曲學阿世)나 하지 아니하고 살면, 그게 곧 자신의 선경 아니겠소."

원교가 껄껄껄 웃음을 터뜨리며 성기 손을 슬며시 끌어 잡았다. 성기는 그가 하는 대로 가만히 맡겨두었다. 그러고는 다시 눈을 들어 반짝이는 나뭇잎과 지저귀는 새들과 쏟아지는 햇살을 올려보았다. 갑자기 평화가 내려앉은 것 같은 느낌이었다.

15

벌써 삼 년째 가뭄이 계속되면서 전국이 기근으로 허덕이고 있었다. 보릿고개를 맞으면서, 굶어죽을 수밖에 없는 사람이 칠만여 명이나 된다고 했다. 궁여지책으로, 이태 전부터 금주령까지 선포해 놓고 있었다. 이를 어기는 자에게는 사형에 버금가는 중벌이 내려졌다. 게다가 전염병까지 퍼지면서, 백성들의 신음과 원성이 하늘을 찔렀다.

병진년(1736)을 맞으면서 성기가 원교 집에서 나왔다. 나이 스물다섯이 된 처지에 마냥 눌러 있을 수가 없었다. 온 나라가 기근으로 신음하고 있는 상황에서, 원교 집이라고 무관할 수가 없었다. 양식을 절약하고자 식구들이 하루에 두 끼만 먹고 있었다. 그것도 한 끼는 죽으로 때웠다. 이런 마당에, 어찌 염치 없는 식객 노릇을 하겠는가.

게다가 원교한테 아들 긍익(肯翊)이 생겼다. 그의 나이 무려 서른둘에 얻은 첫아이다. 그러니, 성기 한 입이라도 줄여야 되지 않겠는가. 물론, 원교가 펄쩍 뛰며 만류했다. 그에게는 독립하고 싶다는 이유로 둘러댔다. 성기도 내심 그럴 뜻이 있었던 건 사실이다.

"성기가 먹으면 얼마나 먹는다고, 나를 이리 민망케 하오?"

"실은, 진작부터 독립하고 싶었습니다."

"허면, 그동안 불편했던 것이오?"

"그런 뜻이 아닙니다. 언젠가는 이래야 되지 않겠습니까."

"내가 성기의 마음을 어찌 모르겠소. 그러나, 당장 어찌 먹고 산단 말이오? 집이 가난하면 신주(神主)가 굶고, 물에 빠져도 주머니밖에 뜰 것이 없다고 했으니, 성기가 그짝 날까 걱정 되는구료."

"궁하면 통한다는 말도 있습니다. 설마, 산 사람 입에 거미줄이야 치겠습니까. 책력(冊曆)을 보아가며, 길일(吉日)에만 밥 먹으면 되지요. 무엇보다 가난한 집에는 강도가 들지 않을 것이니, 두려울 것이 없어 좋지 않습니까."

"그도 그렇겠지요. 허나, 빈 자루가 바로 서지 못하는 것처럼 가난이 오래 가면 초심이 꺾이기 쉽다지 않습니까. 그것도 염려하지 않을 수 없는 것이고, 〈사기(史記)〉에서도, 빈천(貧賤)하면 벗이 적다고 했어요. 그른 말이 아니니, 장차 어찌 하려오?"

"아니면 말지요. 빈천을 멸시하는 자와 어찌 벗하겠습니까."

성기는 자기를 걱정하는 원교 마음을 알면서도, 짐짓 허세를 부린 것이다. 다행히도 거처할 곳은 마련해 두었다. 이럴 때를 대비해서, 폐가 하나를 점찍어 둔 곳이 있다. 목멱산 골짜기에 누군가 살다가 버리고 간 집으로, 꼭 흉가 꼴이었다. 설사, 흉가면 어떠랴. 지붕과 벽이 있어 비와 바람은 충분히 막을 수 있다. 떨어져 나간 문짝은 고쳐 달고, 뜯어진 창호지는 다시 바르면 될 것이고, 마침 아궁이는 멀쩡해서 내려앉은 구들장만 손 보면, 불을 넣을 수가 있다. 이 정도면 훌륭한 거처가 아닌가.

목멱산 골짜기에서 성기의 새 삶이 시작되었다. 우선 필요한 침구와 솥단지, 그리고 그릇 따위는 원교의 도움을 받았다. 양식도 보름 정도 먹을 것을 그가 마련해 주었다. 당장은 크게 아쉬울 건 없었다. 그러나 이 양식이 떨어지면, 그 후부터는 굶어야 될 판이었다.

성기가 기어이 팔 그림을 그리기 시작했다. 굶지 않기 위해서는 그 수밖에 없었다. 목숨을 유지해야 장차 화가의 뜻을 이룰 수 있지 않겠는가. 돼지는 죽어서야 그 가치를 알게 된다고 했다. 예술하는 사람 역시 마찬가지일 것이다. 그러나 일찍 굶어 죽는다면 가치 있는 예술작품을 어떻게 남기겠는가.

하루에 그림 하나씩은 어떻게든 그려냈다. 구도가 단순한 것은 두 개도 만들었다. 자고 밥 먹는 시간 외에는 종일 그림만 그려 차곡차곡 쌓아 두었다. 대개는 산수화지만, 간혹 초충과 기명절지도 그렸다. 이제 양식이 떨어지면 이것들은 들고 저자로 나갈 생각이었다.

아침 겸 점심으로 식사를 막 끝낼 무렵, 삽짝 밖에서 웬 사내가 주인을 불렀다. 이곳으로 거처를 옮긴 후, 원교 말고는 처음 찾은 사람이었다. 그는 혼자 온 것이 아니라, 열 살쯤 돼 보이는 계집아이 하나를 달고 있었다.

"이댁 주인을 뵈러 왔습니다."

"내가 주인이오만, 무슨 일로 오셨소?"

"옳게 찾았습니다. 잠시, 들어가도 되겠습니까?"

"…그러시오."

성기가 길을 터주자 그가 성큼 들어섰다. 아이가 그의 뒤를 쭈뼛쭈뼛 따라붙었다. 얼굴 판이 서로 닮아 부녀간임이 분명했다.

"저는 김생만이라고 합니다. 이원교 어르신을 아시는지요?"

"알다마다요. 그런데, 무슨 일로…?"

"이 아이가 제 여식(女息)입니다만, 좀 맡아주실 수 있으신지요?"

"…맡다니요?"

"그림을 가르쳐 주시라는 말씀입니다."

"원교께서 그리 말씀하셨습니까?"

"그렇습니다."

원교가 성기의 생활을 염려한 것이다. 먹고 살 방도로, 사숙(私塾)의 길을 터주려는 배려일 것이다. 성기는 콧등이 저려, 잠시 말문을 닫아야 했다. 아무리 형우제공*이라 한들, 원교와 같이 깊은 우애를

---

* 형우제공(兄友弟恭): 형은 동생을 우애하고, 동생은 형을 공경함.

어디서 또 볼 수 있겠는가. 앞에 사람만 없다면, 목을 놓아 울었을 것이다.

"이 아이한테 소질이 있습니까?"

"저는 잘 모르지만, 원교 어르신께서 그리 말씀하셨습니다."

"지금 사시는 곳이 어디신지요?"

"명례방*골에 삽니다."

"그럼, 그 먼 곳에서 이곳까지 오간다는 말씀입니까? 더구나, 어린아이가."

"어찌, 어린 여식을 혼자 나다니게 할 수 있겠습니까. 화사님께서 받아만 주신다면, 아예 여기서 유숙케 할 생각입니다."

"예? 이 아이를 이곳에서 유숙케 하신다는 말씀입니까?"

"화사님께서 허락만 하신다면야…애, 길녀야. 너는 그리 할 수 있겠다고 했지?"

그러자 아이가 머리를 끄덕이며 아비를 흘끔 올려보았다. 그 눈에 반짝 눈물이 비치는 것을 성기가 거니챘다. 어린 나이에 제법 총명해 보였다. 반듯한 이마 아래로 눈망울이 초롱초롱 맑았다. 깊은 인중 밑으로 꼭 다문 입이 야무져 보이기도 했다.

"아비 처지에 말을 삼가야 하겠지만, 때로는 슬기가 있는 아입니다. 게다가 제 스스로 그림 배우기를 원하니, 여식이라 해서 막을 수만은 없었습니다. 그러니, 화사님께서 맡아주시면 고맙겠습니다."

"글세올시다…."

성기로서는 참으로 난감한 일이었다. 나이가 어린 것은 괜찮으나 계집아이라는 것이 마음에 걸렸다. 어려도 계집은 계집인 것을 어찌 한집에서 기거한단 말인가.

"보시다시피, 집이라고 하기에는 누추하기 짝이 없습니다. 그러니, 어찌 이런 곳에서 머물도록 하겠습니까."

"그건 괘념치 마십시오."

"어쨌든, 당장은 대답하기 어렵습니다. 그러니, 좀더 생각하시어 결정하는 게 좋을 듯 싶습니다. 제 대답은 원교 선생을 통해서 듣도록 하시지요"

성기는 그들이 돌아간 뒤에도 한동안 정신이 멍한 채로 있었다. 꼭 무엇에 홀린 느낌이었다. 계집이라고 해서 그림을 그리지 말라는 법은 없다. 그러나 그 당사자가 자기한테 배운다는 인연이 기이한 것이다. 기생학교에서는 어린 계집아이한테 서화를 가르친다고 들었다. 그러나 사숙하며 배운다는 얘기는 아직 듣지 못했다.

내일 원교를 찾아갈 생각이다. 그가 천거한 아이니 만큼, 그와 상의하는 것이 옳을 듯싶었다.

* 명례방(明禮坊): 지금의 서울 명동.

16

 명례동 남자가 나귀를 끌고 다시 나타났다. 지난 번 그 아이도 함께 왔다. 나귀 양 옆구리에는 고리짝과 또 다른 짐이 걸려 있었다. 아이의 옷가지와 침구인 듯했다. 원교한테 이미 얘기를 듣고 오는 길인 것 같았다.
 이들 부녀가 왔었던 그 이튿날, 성기가 원교를 찾아갔다. 아이를 천거한 내막을 듣고 싶었다. 그는 성기가 찾아올 것을 이미 예상하고 있었는 듯 보자마자 빙긋이 웃기부터 했다.
 "그래, 혼자 사는 재미가 어떻소?"
 "짐작할 만한 일 아니겠습니까? 그건 그렇고, 어제 웬 남자가 어린 여식을 데리고 와서는…."
 "허어, 성질도 급하지. 그 사람이 벌써 찾아갔소?"
 "형님께서 잘 아시는 사람입니까?"
 "그 김 가라는 자가 저포전을 열고 있는 모양인데, 나도 실은 처음 만난 사람이오. 나와 가끔 교유하는 선비가 하나 있는데, 그가 보냈다면서 온 것이라오."
 "헌데, 어찌 저를 천거하셨습니까?"
 "그 김 가 얘기를 듣다 보니, 문득 성기 생각이 난 것이지요. 설마, 그냥 배우겠다고 하겠소? 성기 생활에 조금이나마 보탬이 될까

해서, 그리 한 것이오."
 성기가 짐작한 대로, 자신의 궁핍한 생활을 염려해서 배려한 것이었다. 그날 원교가 들은 얘기로는, 김 가의 여식이 매우 딱한 처지였다. 여식이 세 살 때 김 가가 마침 상처를 하여 새 여자를 들였다. 그런데, 계모가 아이를 새로 낳으면서부터 전처 소생을 못살게 굴었던 모양이다.
 "계모라는 것이 원체…꼭 '팥쥐 어멈'처럼 전처 소생을 학대한 모양이오. 마침 그 아이한테 총기가 있었던지, 어깨너머로 글동냥도 하고 환 치기를 좋아하더라는 거예요."
 "허면, 서당에 보낼 일이지…."
 "못된 계모 밑에서, 쉽지 않았겠지요. 그래서, 아예 두 계집을 떼어놓을 양으로 누구한테든 유숙을 시킬 작정을 한 것이오. 아이가 마침 그림 배우기를 원하여, 내가 성기를 천거한 것이고. 성기가 마뜩치 않으면, 물러도 괜찮소."
 "원교 형님께서 보시기에, 아이한테 재주는 있습니까?"
 "그러니까, 천거한 게 아니겠소."
 "갑작스런 일이라 원…."
 "잘 가르쳐 보시구료. 누가 아오? 장차, 빼어난 여류화공이 태어날지."
 성기는 그날부터 팔자에 없는 선생이 되어, 열 살짜리 어린 계집 아이와 동거 아닌 동거를 시작했다. 마침 건넌방이 하나 있어 다행이었다. 월사금은 약간의 식량을 대주는 것으로 합의를 보았다.
 원교가 전한 얘기대로 아이한테 재주가 있는 것 같아 보였다. 천자문 책의 첫장을 더듬더듬 읽을 줄 알았다. 또 서툴기는 해도 붓 잡는 손끝이 부드러웠다.

그뿐만이 아니라 부엌일도 어설프지 않았다. 아마도 계모한테 시달리며 익히게 된 것이 아닐까 싶었다. 밥 하고 상 차리는 손이 아무져서 성기가 나설 일이 하나도 없었다. 고사리 같은 손이 때로는 안쓰럽기는 해도 어차피 배울 일이다 싶어 가만 두었다. 성기가 도와주는 일은 장작을 뽀개 처마 밑에다 쌓아두는 것뿐이었다.

길녀에게 우선 천자문부터 가르쳤다. 불학무식한 화공들이 있다는 얘기는 들었으나, 영민한 아이가 까막눈이 되도록 놔둘 수가 없었다. 글을 통해서 세상 이치를 먼저 깨닫게 하는 것이 옳을 듯싶었다.

"길녀야. 부엌 일이 힘들지 않느냐?"

"집에서 하던 일이라, 힘들지 않습니다."

"글 배우는 건 어떻고?"

"재미있습니다. 그런데, 그림은 언제 가르쳐 주시어요?"

"천자문부터 떼거라. 그런 연후에, 배울 것이다."

길녀가 낭랑한 목소리로 글을 따라 읽는 것을 보고 있으면 성기 마음도 덩달아 맑아지는 느낌이었다. 아직 젖내도 털어내지 못한 어린 것이 한 번도 자세를 흐트러뜨린 적이 없어 꾸중할 일이 없었다. 눈망울을 초롱초롱 굴리고 있으면, 마치 이 세상 아이가 아닌 듯한 착각이 들었다.

마침 원교가 찾아왔다. 올 때마다 빈손인 적이 없었다. 술과 안주를 챙겨오곤 했다. 그러지 말라고 해도, 가난한 환쟁이한테 어찌 술을 얻어먹을 수 있겠냐면서 걸걸걸 웃는 것으로 성기 마음을 편케 했다.

"그래, 훈장 하는 기분이 어떠시오?"

"제가 어찌 훈장이라 할 수 있겠습니까. 조금 먼저 배운 것이 있어, 물려줄 뿐입니다."

"가르쳐 보니, 어떻습니까?"

"지금은 천자문부터 읽힙니다. 그걸 뗀 후에, 붓 잡는 법을 가르칠까 합니다. 아이한테 제법 총기가 있어, 잘 따르는군요."

"아이는 그렇다 치고, 성기는 요즘 어떤 그림을 그립니까?"

"내다 팔 그림을 그리고 있었습니다. 식량 떨어질 때를 대비해야 되지 않겠습니까."

"저 아이 아비가 식량은 대주기로 하지 않았습니까?"

"앞으로 몇 달이 될지 몇 해가 될지는 모르지만, 제가 마냥 데리고 있을 수는 없지 않겠습니까."

그러자 원교가 그림을 보자고 했다. 그 사이에 그린 것이 그럭저럭 이십여 점이나 되었다. 원교가 많은 분량에 놀라면서 그림을 하나하나 펼쳐보기 시작했다. 성기는 마치 검사를 받는 기분으로 그의 표정을 흘끔흘끔 살폈다. 원교가 때로는 놀라기도 하고, 때로는 감탄을 내뱉기도 했다.

"내가 몇 점 가져가도 되겠소?"

"아직 습작품인 걸 가져서 무엇 하시게요?"

"누구한테나 습작기는 있는 법 아니오. 내가 다섯 점만 가져가겠소."

그가 스무 점 중에서 다섯을 골랐다. 산수화 석 점과 초충, 매화 그림이었다. 그것을 원교 자신이 소장할 뜻으로 고른 것인지, 아니면 다른 생각이 있는 것인지, 성기로서는 그의 속내를 알아차릴 수가 없었다.

원교는 자기가 가져온 술 두 병을 다 비우고 나서야 일어났다. 그와의 환담은 늘 즐거웠다. 또 그에게서 배울 것도 많으니, 단순히 손님으로 대접하는 좋은 친구일 뿐만이 아니라 진정 이로운 벗이 아닐 수 없었다. 그래서 참된 친구를 발견하기보다는 바다가 마르기를 기다리는 편이 더 쉽다고도 했다. 논어에서도 군자는 학문에 의해서 교제하고, 교우(交友)에 의해서 인격을 닦는다고 했다.

성기는 골짜기를 내려와 큰길이 트인 곳까지 그를 배웅했다. 취기가 웬만큼 오른 원교가 기분이 좋은 듯 흥얼흥얼 노래도 하고, 시조도 읊고, 때로는 성기와 어깨동무도 했다. 좋은 벗을 만나는 것도 인생의 큰 복이라고 생각하자, 성기는 자신도 모르게 눈시울을 적셨다.

17

성기가 그림 다섯 점을 들고 집을 나섰다. 원교가 지난 번 가져간 것 외에 나머지 열다섯 점 중에서 고른 것이다. 양식이 떨어져 나선 건 아니다. 양식은 길녀 아비가 때 맞춰 대주고 있어, 아직 굶을 걱정은 없다. 단지, 세상 사람들이 자신의 그림을 어떻게 받아들일지 궁금해서 내놓으려는 것이다.

무작정 화상(畵商)을 찾아갔다. 한 달 전, 팔 그림이 있다고 하자 화상 주인이 가져와 보라고 한 적이 있었다. 성기가 무명 화공임을 알아, 우선 장래성이나 보자는 뜻인 것 같았다. 그날 주인이 표암(豹菴) 강세황(姜世晃)·김두량(金斗樑)·심사정(沈師正) 등을 거명하면서, 그들의 그림이 호가(好價)라고 귀띔했다. 원교를 통해 그들의 그림을 본 적이 있어 귀에 선 이름은 아니었다. 화력(畵歷)이 있는데다가 이름이 나 있는 사람들이라 처음에는 주눅이 들었었다. 그러나 지레 겁 먹을 필요가 없다는 생각에 오늘 배짱으로 나선 것이다.

화상 주인이 성기 그림을 펼쳐보면서 대뜸 고개를 갸웃대는 것이었다. 마음에 차지 않는다는 뜻이려니 생각하자 얼굴이 뜨거워 서 있기가 민망했다.

"그림을 배운 지 얼마나 되시었소?"

"허 석 어른한테 오 년을 배우고, 그 이후로는 혼자 습작을 하였습니다."

"허 석이라…화단에서는 빛을 보지 못하셨지. 허나 이 그림들을 보니, 습작을 많이 한 듯합니다."

"값을 받기는 하겠습니까?"

"글쎄요…그림을 구하려는 사람들이 으레 명망 있는 화사를 찾아요. 어쨌든, 이왕 가져왔으니 두고 가시지요. 혹시 원하는 사람이 있을지 모르니까."

문전박대는 아니었으나 성기의 기분이 좋지 않았다. 자신이 무명 화가임은 인정하지만, 그림 자체로 평가할 생각을 않는 그들이 서운하고 불쾌했다. 그 자리에서 그림을 회수할 생각도 했으나 화상들을 감정적으로만 대할 일이 아니다 싶어 꾹 참았다.

성기가 맥이 빠진 걸음으로 터덜터덜 걷고 있는데, 저만치서 빙그레 웃으며 다가오는 사람을 발견했다. 뜻밖에 옛날 고향의 김관묵이었다. 장안에서 벌써 세 번째 만나는 셈이었다. 그를 보자 마치 죽었다던 형제를 만난 기분으로 반가웠다.

"관묵이 형님을 또 만나다니, 반갑수."

"메추리, 아니 식은 그동안 어떻게 지냈어? 아직도 스승 집에 머물러 있는가?"

"아니우. 스승이 돌아가셔서, 지금은 독립했수."

"그 새 장가를 들었단 말야?"

"웬걸. 폐가를 얻어서 혼자 사우."

성기는 허 석 집에서 나와 원교 집에 얹혀 살았던 그간의 사정을 대충 들려주었다. 그러자 그가 고개를 주억거리며 음식 냄새가 진동하는 피맛골 쪽으로 고개를 기웃거렸다. 성기를 만나 회포를 풀고 싶은 마음이 얼굴에 역력하게 드러났다.

"형님. 오늘은 제 집으로 가는 게 어떻겠수?"

"자네 집에?"

"집에서 술을 받아다가 마시면 좋잖우. 안주야 김치 하나면 되는 것이고."

"자네한테 폐가 되지 않겠어? 더구나, 그림을 그린다니…"

"우리 사이에, 괜한 말이우."

성기 주머니에 몇 닢이 있었다. 그러나 피맛골 음식값이 만만치 않아 그 돈으로는 어림도 없었다. 관묵이가 낼 수도 있겠으나, 번번이 미안한 일이라 꾀를 낸 것이다.

집에 당도하니 마침 길녀가 제 방에서 글을 읽고 있었다. 관묵이가 아이의 낭랑한 목소리를 듣고는 성기와 그쪽을 번갈아 보며 어리둥절한 표정을 지었다. 대뜸 글방을 차렸느냐고 물었다. 성기가 웃으면서 대충 설명을 하자, 그제서야 고개를 끄덕였다.

성기가 건넌방에 대고 길녀를 부르자 그녀가 쪼르르 달려왔다. 얼굴이 깨끗하고 총기 있게 생긴 길녀를 관묵이가 넋을 잃고 바라보았다.

"손님이 오셨으니, 항아리를 들고 술도가에 다녀오너라."

"안주는…?"

"김치 하나면 될 것이다."

길녀가 나가자 관묵이가 방 안을 휘 둘러보았다. 벽에 붙여놓은 그림들을 보며 감탄을 멈추지 않았다. 그의 안력으로는 대가의 그림을 보는 것 같았기 때문이다. 메추리 꼴에 어찌 이런 훌륭한 그림을 그릴 수 있는지 신기했던 것이다.

"조선에, 인물 났구먼."

"그게 무슨 소리유?"

"내가 진작에 싹수를 알아 봤지만, 이렇게 그림을 잘 그릴 줄은 미처 몰랐다는 말이지."

"아직 멀었수."

이때 길녀가 술동이와 술상을 들여놓았다. 오는 길에 술이 넘쳤는지 그녀 머리카락에서 여태 술방울이 흘러내리고 있었다. 안주가 김치뿐만이 아니고, 어느새 만들었는지 시래기 술국까지 준비했다. 탐탁하게 구는 그녀가 새삼 기특했다.

 이튿날, 성기는 오랜만에 허 석 집을 찾았다. 주인 남자가 없는 집에서 식구들이 어떻게 사는지 궁금했다. 한 번 맺은 사제(師弟) 인연은 죽을 때까지 이어지는 것이라 했다. 그럼에도 자주 들르지 못한 죄가 늘 가슴을 눌렀다.
 삽짝을 열고 들어서니 돌쇠는 안 보이고, 예전의 찬모가 우물에서 채소를 씻고 있었다. 그녀가 성기를 보자 마치 낯선 사람을 대하 듯 멍하니 바라보기만 했다. 그 새 많이 늙어 있었다.
 "잘 있었수, 찬모."
 "아니, 이게 누구여?"
 "식이 왔소. 안방 마님께서는 무고하시우?"
 그제서야 찬모가 앞치마에 손을 닦으며 성큼 다가섰다. 그녀의 눈에 또 눈물이 고였다. 그간에 고생이 많았음을 대변하는 것 같아 성기 마음도 아팠다.
 "마님께 인사부터 드려야 되겠수."
 "안 계시당께. 친정 오라버님한테 우환이 있어, 도련님이랑 거게 가셨구만이라."
 "돌쇠는 어디 갔수?"
 "그 잡것이 기어이 집을 나가부렸구만이라."

성기도 이미 예상했던 일이었다. 주인이 죽으면 제 입 하나라도 줄이겠다는 뜻을 전에 들은 적이 있었다. 그게 충정인지, 배신인지, 성기로서도 쉬 단정을 내릴 수가 없었다.
주인 남자가 없는 집안 살림이 얼마나 궁색할 것인가는 묻지 않아도 알 만한 것이다. 허 석이 대대로 물려받은 재산이 없는 형편이라 더욱 어려울 것이다. 틀림없이 친정의 도움을 받거나, 아니면 장자가 무슨 방도를 마련하는 것이다.
성기는 심란한 마음으로 집을 한 바퀴 둘러보았다. 뜰 구석구석에 잡초가 무성하고, 땔감이 없어 처마 밑이 텅 비어 있었다.
찬모가 하던 일을 계속하고 있는 동안 성기는 말없이 지게를 둘러메었다. 그러자 찬모가 놀라서 종종걸음으로 다가왔다.
"지게는 왜 져?"
"땔나무가 하나도 없지 않수."
"그랴도, 이러믄 안 되는디…"
진작부터 나무가 귀한 판이라 찬모도 더는 말리지 않았다. 성기는 삽짝을 나서면서 거푸 한숨만 쉬었다. 그림만 많이 팔 수 있다면 스승 집에 식량까지 사주고 싶은 심정이었다. 그러나 당장은 나무나 해놓는 것으로 송구한 마음을 때울 수밖에 없었다.
성기는 산을 오르면서 자신의 미래를 생각했다. 나름대로 그림에 일가를 이루었던 스승의 곤궁한 삶을 떠올리자 성기도 슬그머니 자신감을 잃어갔다. 조선의 화단도 앞에서 이끌어주고 뒤에서 밀어줘야 화사의 길이 트이는 것이다. 그러나 사고무친인 혈혈단신을 누가 이끌어주고 밀어준단 말인가. 끝도 한도 없이 막막한 미래만이 자기를 기다리고 있는 것 같아 갑자기 다리에 맥이 탁 풀리는 것이었다.
 길은 하나뿐이다. 화단의 인재들과 자주 교유하는 일이다. 성기가 화단에서 주목을 받으려면 그 길밖에 없을 것이다. 그림 들고 화상만 들락거려서 될 일이 아닌 것 같았다.
 그러나 화가들이라고 해서 모두가 친교를 맺을 수 있는 건 아닐 것이다. 때로는 어떤 자가 오히려 해가 되는 수도 있을 것이다. 그래서 속담에 '동무 사나워 뺨 맞고' '개를 따라가면 칙간으로 간다' 고 했다.
 원교 같은 인물과 많이 교유할 수만 있다면….

18

 길녀가 성기 집에 머문 지 그 새 2년이 되었다. 나이도 어느덧 열두 살이 되어, 눈여겨 보면 제법 처녀 티가 날 때가 있었다. 그 동안 천자문은 물론, 동몽선습과 소학언해까지 배웠다. 그뿐만 아니라, 그림 습작도 많이 했다. 주로 성기 그림을 모사하거나, 눈앞에 보이는 산수 실경을 열심히 그렸다. 성기가 열다섯 살 때 허 석 밑에서 습작하던 때를 생각하면 오히려 나으면 나았지 못할 것이 없어 보였다. 그림에 천부적인 소질이 있었던 아이였다. 그래서 자청하여 그림을 배우고 싶었던 모양이다.

　그녀가 2년 동안 있으면서 성기를 스승 이상 하늘처럼 받들었다. 성기의 손과 발이 되어 지극정성을 보였다. 성기로서는 고맙고 편하기가 이를 데 없었다.

　그러나 길녀를 마냥 데리고 있을 수가 없었다. 성기 나이도 두 해를 더해 스물일곱 살이 되었다. 그도 이제는 집에만 처박혀 우물안 개구리처럼 생활할 수가 없었다. 세상을 두루 돌아다니며 견문을 넓힐 때가 된 것이다.

　그러나 길녀만 집에 남겨두는 것이 걱정스러웠다. 겨우 열두 살밖에 안 된 처자한테 흉가나 다름없는 폐가를 어찌 혼자 지키게 하겠는가.

　마침 원교가 왔길래 이런 사정을 얘기했다. 원교 역시 성기 생각과 다르지 않았다. 재주가 아까워 더 가르쳐야 할 일이지만 성기의 포부 또한 존중할 수밖에 없었던 것이다.

　"아무래도, 성기가 아비를 찾아가 입장을 말하는 게 좋겠소."

　"제 생각도 그렇습니다. 헌데, 저 아이를 생각하면 차마 못할 짓이지 뭡니까. 저리 배우고 싶어하는 아이한테 너무 박정하지 않습니까."

　"허나, 성기 인생도 있는 것이오. 두루 견문을 넓혀야, 좋은 그림을 생산할 수 있는 것이 아니겠소."

　"그래서 형님께 의논하는 게 아닙니까."

　성기는 원교가 돌아간 후에도 며칠 동안 번민만 거듭했다. 이러지도 저러지도 못하는 진퇴양난에 빠져 버렸다. 적당한 때를 봐서 길녀 아비를 찾아갈 생각으로 잠정적인 결론을 내려놓고 있는 중이었다.

오랜만에 북한산 실경을 보러갔다. 원래는 원교와 함께 갈 생각으로 그를 찾아갔으나, 집에 손님이 오기로 약속이 돼 있다면서 사양했다. 결국 성기 혼자서 외로운 산행이 되었다. 산은 변함없이 그 자리에 있었으나, 어찌 된 일인지 볼 때마다 그 모양은 물론이고 느낌마저 다른 것이다. 그게 바로 산의 오묘함이었다. 그건 아마도 산이 품고 있는 정기 때문이 아닌가 싶기도 했다. 그래서 산 앞에 서면 항상 두려운 것인지도 모른다.

해질녘이 되어 집으로 돌아왔다. 오는 길에 술도가에 들러 술 한 병을 샀다. 집에 가서 반주로 곁들일 생각이었다.

그러나 집에 있어야 할 길녀가 보이지 않았다. 냇가로 빨래하러 갔는가 싶어 마루에 걸터앉아 기다렸으나, 해가 곧 질 판인데도 나타나지 않는 것이었다. 딱히 갈 만한 곳이 없는 처지에 이상한 일이었다. 아비한테 갈 생각이었다면 성기가 집을 나설 때 미리 얘기했을 것이다. 그러나 전혀 그런 기미가 보이지 않았다.

도적이 훔쳐갔나…?

얼굴이 반반한 아이라 혹시 그랬을지도 모른다고 생각하자 불안해서 견딜 수가 없었다. 성기는 그제서야 황망히 방으로 뛰어들었다. 건넌방에는 없었다. 혹시? 하고 안방 문을 열었다. 역시 없었다. 뒷간에도 없었다. 어둠이 이미 삽짝을 넘어와 마당을 기어다니고 있어 더욱 불안했다.

서둘러 방에 불을 밝혔다. 어둠이 서서히 걷히면서, 연상 위에 뭔가 놓여 있는 게 보였다. 서찰 같았다. 성기는 손을 부들부들 떨며 피봉을 열었다. 매끄럽지 못한 서체가 간지를 가득 채워놓고 있었다.

― 삼가 선생님께 올리옵니다.
소녀 선생님을 뫼신 지 벌써 두 해가 되었습니다.
소녀가 처음 선생님 문하에 들어왔을 때는 한낱 병아리에 불과했었습니다. 그런 미천하고 어린 것을 마다하지 않으신 선생님을 생각하면, 백골난망한 그 은혜가 하늘에 닿았다 할 것입니다.
배운 것이 없어 무식하기가 깜깜한 밤중과 같고, 말이나 소한테 의복을 입힌 것과 같고, 살아 있는 송장이요 걸어다니는 고깃덩이에 불과한 계집이 언감생심 천자문과 소학언해까지 깨우치게 되었습니다.
어디 그뿐이옵니까. 붓도 잡아보지 못한 소녀가 감히 난을 치고, 산수를 그리고, 기명절지를 그리고, 초충을 화폭에 담을 만큼 숙성하였습니다. 이 모든 것이 선생님의 가르침이 없었다면, 어찌 그에 다다를 수 있었겠습니까.
그럼에도 선생님을 떠날 수밖에 없는 가련한 처지가 되었습니다. 소녀가 아비 슬하를 떠나 있으면서, 한 번도 어버이를 사모하지 않은 적이 없었습니다. 제 어찌 어미 소가 송아지를 핥으며 귀여워하는 것 이상의 아비의 정을 모르겠나이까. 자식은 부모를 비치는 거울과 같다고 선생님께서 말씀하셨습니다. 그러나 소녀의 방종이 아비를 욕되게 하였으니, 그 죄는 영영 씻을 수 없을 것입니다.

하늘 같으신 선생님.

소녀 이제 선생님을 떠나 기생학교로 갈 작정을 하였습니다. 소녀가 계모한테 다시 돌아갈 수 없는 것은 심신의 고달픔을 피하고저 하는 것이 아니옵고, 이 여식 때문에 아비가 겪을 마음의 고초를 덜어드리기 위한 것임을 헤아려 주십시오. 제 한 몸 눈 앞에 없으면 계모 마음도 편하고, 아비 마음 또한 편할 것 같아서 택한 길입니다.

선생님.

선생님께서 이 계집 때문에 발이 묶여 있음을 뒤늦게 깨달았습니다. 이제 조선팔도를 두루 다니시어, 견문을 마음껏 넓히십시오. 그리하여 장차 조선 화단에 큰 인물이 되시기를 축원하고 또 축원할 것입니다.

하늘 같으신 선생님.

소녀 이제 스승님이 계신 북한산을 향해 하직 배례하고 떠납니다. 아무쪼록 옥체 보전하시고 또 보전하시어, 조선 화단에 우뚝 서신 거봉이 되시기를 간절히 축원하나이다.

선생님께서 돌아오시면 잡수실 진지를 아랫목에 묻어 놓았습니다. 그리고 소찬도 상에 마련해 두었사오니, 거르지 마시고 드십시오.

늘 강녕하신 옥체로 계십시오.

우매한 소생 길녀 올리나이다.

성기는 서찰을 접지 못하고, 망연자실한 채 눈물만 글썽거렸다. 열두 살밖에 안 된 아이의 심지가 이토록 깊을 줄은 미처 생각하지 못했었다. 집으로 들어가지 않는 이유가 계모의 학대 때문이 아니고 아비 마음을 배려한 것이라니, 참으로 갸륵하다.

그래도 하필 기생학교를 택하다니, 그녀로서는 그 길밖에 없었던 것일까? 기생이 되는 길 또한 쉽지만은 않을 것인데 어린 것이 그런 길을 작정했다니….

서찰을 다시 읽어보니, 지난 번 원교와 나눈 얘기를 길녀가 엿들은 게 분명했다. 그래서 자신이 스승의 발을 묶었다고 생각한 것이다. 길녀에게는 참으로 미안한 일이었다.

그러나 어쩌랴. 이제 와서 기생학교로 달려가 그녀를 빼올 수도 없는 노릇 아닌가. 그럴 수 있다면 그건 아비의 몫일 것 같았다. 이제 성기가 할 일은 이 서찰을 아비한테 보여주는 것뿐이다.

19

이튿날, 성기는 길녀가 남긴 편지를 들고 원교한테 달려갔다. 그녀의 처지가 너무 애처로워 혼자 간직할 심정이 아니었다. 길녀가 좋은 집안에서 태어나 교육만 잘 받을 수 있다면 장차 훌륭한 규수가 되고도 남을 것이다. 그런 아이가 고작 기생이 되다니…

성기는 원교 앞에 앉자마자 대뜸 길녀의 서찰부터 내밀었다. 영문을 모르고 있는 그에게 어서 읽어보라고 채근만 했다. 성기는 서찰을 읽어내리는 원교의 표정을 살폈다. 그 역시 차츰 표정이 굳어지면서 자주 한숨을 내쉬었다. 거푸 두 번이나 읽었다.

"원교 형님 생각은 어떠십니까?"

"유구무언이오. 어린 것이 어찌 이토록 심지가 깊을 수가 있소? 이 아이는 이미 아이가 아닌 듯하오."

"안타까울 뿐입니다."

"기생이 팔자에 있었나 보오. 사람 팔자는 독에 들어가서도 고치지 못한다고 했으니, 우리가 어쩌겠소. 안타깝지만 하는 수 없지. 아비도 알고 있소?"

"형님한테 먼저 달려오는 길입니다. 아비한테도 알려야 되겠지요?"

"물론이오. 부모 되기는 쉬워도 부모답기는 어렵다더니…그 아비도 이 사실을 알면, 억장이 무너지겠구료."

두 사람이 서찰을 가운데 놓고 한동안 무구포로 일관했다. 마치 제 여식의 일인 것처럼 가슴이 메어지는 기분에 사로잡혀 있었다.

원교 집에서 나온 성기는 그 길로 길녀 아비한테 달려갔다. 그의 저포전까지 쉬지 않고 뛰었다. 마치 길녀가 죽었다는 소식을 전하러 가는 사람처럼 황망한 마음을 지우지 못했다. 성기가 그토록 놀랐으니 아비 마음은 오죽하랴 싶어, 소식을 전해주는 일조차 두려웠다. 서찰을 읽다가 기절할지도 모를 일이다.

저포전 안으로 들어서자 마침 아비가 손님과 흥정을 하고 있는 중이었다. 성기는 짐짓 시치미를 떼고 물건을 고르는 척했다. 흥정에 정신이 팔려 성기가 들어서는 것도 모르는 눈치였다.

한참만에 손님이 물러갔다. 셈을 마친 아비가 그제서야 성기를 알아보고는 자리에서 벌떡 일어났다. 성기는 헛기침을 내뱉으며 그의 눈치부터 살폈다. 별다른 기미가 보이지 않았다. 길녀 소식을 전혀 모르고 있는 것 같았다.

"기별두 없이, 화사님께서 어인 일이십니까?"

"볼일이 좀 있어서…."

"제 여식은 어떡하고 있습니까? 말썽이나 부리지 않는지 원…."

"실은, 댁의 따님 문제로 왔습니다. 혹시, 아이한테 무슨 얘기 못 들었습니까?"

"무슨 말씀인지…."

성기가 비로소 서찰을 꺼내 아비한테 내밀었다. 그러자 성기와 서찰을 번갈아 보며 웃던 표정을 굳혔다. 성기는 그 앞에 마냥 서 있기가 민망해서 비스듬히 비켜섰다.

그가 서찰을 읽어가면서 손끝을 부들부들 떨었다. 얼굴이 납빛으로 변하면서 곧 뒤로 넘어가고 말 조짐을 보였다.

기어이 그가 서찰에 얼굴을 묻고 오열하기 시작했다. 성기도 등을 돌리지 않을 수가 없었다. 아비 가슴이 갈갈이 찢어질 것이다.

"길녀가 지금 어디 있다는 말씀입니까?"

"돌아와 보니, 이미 떠났습니다."

"죽일 년."

"…길녀한테 하시는 말씀입니까?"

"제 계집이 죽일 년이지요. 그 착한 것한테 어찌 했길래, 그 어린 것이 이 같은 마음을 먹었겠습니까?"

"저나 원교께서도 안타까워하고 있습니다. 장차 어찌 할 생각입니까?"

"당장 데려와야지요. 자식한테 어찌 기생질을 시킨답니까."

"허나, 길녀가 마음을 단단히 먹은 것 같습니다. 원교 뜻도 그렇고. 어쨌든, 앞으로의 일은 아버지가 잘 알아서 판단할 문제인 것 같습니다. 워낙 심지가 깊은 아이라…."

성기는 자신이 더 관여할 문제가 아닐 것 같아, 인사를 하는 둥 마는 둥하고 서둘러 저포전을 나왔다. 경황이 없을 것이니 아비가 배웅조차 하지 않았다. 성기는 저자를 빠져나오면서 길녀의 얼굴이 눈에 삼삼하여 자주 발을 헛디디곤 했다.

성기는 집으로 돌아오는 길에 또 술도가에 들러 술을 두 병이나 샀다. 길녀가 없는 썰렁한 집안 공기를 떠올리자 차마 맨손으로 들어갈 수가 없었다.

성기는 골짜기를 타박타박 오르면서 술병 하나는 연신 입을 틀어막고 있었다. 길녀가 불쌍하고 안타까운 마음은 어디로 사라지고, 이제는 야속한 생각으로 바뀌고 있는 것이다.

못된 년 같으니라구!

그는 술 한 모금을 넘길 때마다 욕을 내뱉었다. 어린 것이 사내의 가슴을 이토록 저리게 할 줄은 상상도 못했는데 현실이 돼 버렸다. 어린 년이 벌써부터 사내 마음을 아프게 하니 장차 기생이 되면 구미호가 되고도 남을 년으로 악담을 쏟아냈다.
 요망한 년!
 성기는 집에 당도하자마자 곧장 길녀 방으로 들어갔다. 그러고는 그녀가 남긴 그림을 찾아 구석구석 뒤졌다. 그러나 단 한 점도 찾아내지 못했다. 필경 제가 지닌 것이 분명했다. 그뿐만 아니라, 그녀가 쓰던 침구조차 없었다. 흔적을 남기지 않기 위해 어디엔가 버린 게 분명했다. 끝까지 나이답지 않은 짓을 했다.
 태생이 모진 년이었어!
 갑자기 분노가 일었다. 두 해를 가르쳤건만, 고작 이런 배신을 당하는가 싶었다. 아이한테 품는 마음으로는 지나친 것 같으면서도 야속한 마음은 어쩔 수가 없었다.
 자신이 열다섯 살에 고애자가 된 처지라 길녀를 자식처럼 혹은 동생처럼 생각해서 정성껏 가르쳤다. 그건 자신이 외로운 처지라 동병상련의 심정으로 그랬을 것이다. 그래서 그녀가 더욱 야속한지도 모른다.
 결국 술 두 병을 다 비웠다. 빈속에 마신 술이라 취할 법도 한데 정신은 오히려 말똥말똥했다. 마루에 걸터 앉아 있으니 조금 이지러는 졌으나 달이 밝게 떠오르고 있었다. 그 달이 성기 마음을 또 쓸쓸하게 했다. 이제야 말로 정말 혼자가 되었다는 생각이 들면서 고독이 엄습해 오는 것이었다. 갑자기 땅속에 묻혀 있는 어머니 얼굴이 떠올랐다.
 지금쯤, 백골이 진토가 되었겠구나!
 생전에 어머니가 아니었으면 지금쯤 불학무식한 천덕꾸러기가 돼 있었을 것이다. 글이 다 무엇이고, 그림이 웬말인가. 이집저집 다니면서 동냥질이나 했을 것이다.

어머니가 자식 공부만큼은 모질게 시켰다. 삯바느질에, 온갖 험한 일을 마다 않고 월사금을 만들었다. 그런 어머니라, 자식이 조금이라도 게으름을 피우면 가차없이 매를 들었다. 어릴 때는 어머니가 야속하고 밉기까지 했었다.

하루는 동네 아이들과 노는 일에 정신이 팔려 그만 서당을 빼먹은 적이 있었다. 그러고는 서당에 다녀온 것처럼 어머니를 속였다. 그 사실을 알게 된 어머니가 서당도 보내지 않고 꼬박 이틀을 굶기는 것이었다.

그토록 혹독하게 공부를 시켰다. '무식한 도깨비는 부적(符籍)도 모른다' 는 속담을 곧잘 인용했다. 사람이 살면서 제일 서러운 것이 무식한 것과 배고픔이라는 것이다. 무식한 사람한테는 으레 배고픔이 따르기 마련이라고 했다.

사람이 무식하면 왜자간희(矮子看戱)한다고 했다. 즉 키가 작은 사람이 큰 사람 틈에 끼어서 구경할 때 앞 사람의 이야기만 듣고는 마치 제가 본 것처럼 아는 척한다는 뜻으로, 자신은 아무 것도 모르면서 남이 그렇다고 하니까 덩달아서 따라 하는 짓이다.

만약 어머니의 독려가 없었다면 성기야 말로 어로불변(魚魯不辨)할 만큼 무식한 처지가 아니었겠는가. 그뿐만 아니라, 동가식서가숙(東家食西家宿)하면서 남의 문전이나 기웃거렸을 것이다.

그래서 사흘 굶어 담 아니 넘는 놈 없고, 배고픈 자는 잠도 없고, 굶주린 자는 자고 있을 때도 먹는 꿈을 꾼다지 않는가.

성기는 자신의 어머니야 말로 삭발모정의 본보기라 생각하며 새삼 눈시울을 적셨다.

어머니, 불효자를 용서하십시오.

20

술도가 문턱이 달토록 드나들었던 성기가 모처럼 화필을 잡았다. 거의 한 달을 길녀의 늪에서 벗어나지 못해 전전긍긍했었다. 콩알만 한 아이의 빈 자리가 너무 크다는 걸 두고두고 실감했다.

연일 술로 하루하루를 보냈다. 눈만 뜨면 마루에 걸터앉아 삽짝을 바라보았다. 그럴 리 없다고 생각하면서도, 혹시 길녀가 들어설지 모른다는 기대감을 차마 버리지 못했던 것이다.

그러고 있을 때, 마침 원교가 찾아와 성기를 모질게 질타하는 것이었다. 한낱 어린 아이 하나 때문에, 금쪽 같은 시간을 허비할 거냐고 따졌다. 성기로서는 달리 변명할 말이 없었다. 실은 길녀 내보낼 생각을 성기가 먼저 하지 않았던가. 조금도 야속해 할 입장이 아닌 것이다.

다행히 손이 굳지 않아 붓은 마치 춤을 추듯이 현란했다. 산이면 산, 나무면 나무, 물이면 물 할 것 없이 성기 뜻보다 붓이 앞장 서 내달렸다. 화훼도 그렇고 초충도 그랬다.

오랜만에 집을 나선 성기는 화상부터 찾았다. 지난 번에 맡겼던 그림이 어찌 됐는지 궁금했다. 다행히 한 점이라도 팔렸으면 좋겠지만, 안 팔렸어도 실망하지 않기로 마음을 굳게 먹었다. 화상 주인이 그를 보자 왠지 혀부터 차는 것이었다.

"사람이 어찌 그리도 무심하시오?"

"무슨 말씀입니까?"

"맡겨놓은 그림이 궁금하지도 않으시오? 그림이 진작에 팔려서 허는 소리요."

"원하는 사람이 있었다니, 다행이군요."

"값을 후하게 받지는 못했소."

"제가 무명 환쟁인데, 어찌 후한 값을 바라겠습니까."

주인이 그림 값으로 내민 돈은 오십 냥이었다. 그림 한 점에 열 냥씩 쳐준 모양이다. 그 중에서 구전으로 열 냥을 떼었다. 비록 낮은 값이기는 해도, 성기로서는 기쁘기 그지 없었다. 자신의 그림을 원하는 자가 있다는 사실만으로도 기쁜 것이다.

"그림이 또 있소이까?"

"있기는 합니다만…."

"허면, 몇 점 더 가져 오시구료. 좋다는 사람이 더러 있으니까."

성기는 화상에서 나오자마자 곧장 원교한테 달려갔다. 가는 길에 술과 건어물을 푸짐하게 샀다. 자신의 그림 값으로 그에게 술을 대접할 수 있다는 사실에 마음이 흐뭇했다. 지금껏 그에게 신세만 져온 터라 아까울 것이 없었다.

원교는 성기의 입이 귀에 걸려 있는 것을 보고 의아해 했다. 나쁜 일은 아닌 것 같아 다행이지만, 성기의 표정이 그토록 밝은 모습은 전에 본 적이 없기 때문이다. 더구나 술과 안주까지 들고 온 것을 보면, 뭔가 좋은 일이 있기는 있는 모양이다.

"대체, 무슨 일이 있었길래…?"

"제 그림이 팔렸지 뭡니까?"

"그림이 팔리다니, 그게 무슨 말이오?"

성기가 전후사정을 낱낱이 털어놓았다. 원교가 그제서야 마음을 놓아 함께 웃었다. 고작 돈 사십 냥을 받고 흐뭇해 하는 그의 천진한 마음에 그만 콧등이 저렸다.

"그리도 좋소?"

"좋고 말구요. 제 그림에 호감을 가진 사람이 있다는 게 얼마나 다행입니까. 만약에 한 점도 팔리지 않았다면, 제가 얼마나 낙담했겠습니까."

"허긴, 그렇겠소. 헌데, 그것으로 양식이나 살 일이지 술은 왜 산 것이오?"

"오늘처럼 기쁜 날, 형님께 술 대접을 아니 한대서야 말이 됩니까?"

"원 싱겁기는…허나, 장차 대가가 될 사람의 그림 값으로는 너무 적지 않소. 다음에도 또 그 값이라면, 절대 팔지 마시오."

"아직은 제 처지가 그렇잖습니까. 제 이름 석 자가 널리 알려지면, 그때 가서 값을 올리면 되지요."

"어쨌든, 좋소. 이왕 사온 술이니, 마십시다."
 정자에다 술상을 차려놓고 두 사람이 주거니 받거니 한참 마시고 있는데 누군가 찾아온 사람이 있었다. 그는 원교를 보자 대뜸 형님이라고 불렀다. 아직 약관이 됐을까 말까 한 홍안의 청년이었다. 잠시 후, 원교가 사촌동생이라며 그를 성기한테 소개했다.
 "이광려(李匡呂)라고 합니다."
 "나는 최성기라고 하오."
 그러자 원교가 광려를 자세히 소개했다. 그는 경자생(1720)으로, 원교의 숙부인 이진수(李眞洙)의 둘째아들이다. 원교보다는 열다섯 살이 아래고, 성기와는 여덟 살 차이가 났다. 원교 집안이라 그 역시 인물이 수려하고, 얼굴에 총기가 넘쳐 흘렀다. 원교 말로는 문장도 잘 짓고, 서체 또한 일취월장한다고 했다. 성기가 원교를 처음 봤을 때 느꼈던 것처럼 장차 대성할 청년이 분명했다.

 원교와 헤어진 성기는 술도가에 들러 술 두 병을 사들고 집으로 돌아왔다. 왠지 마음 한 구석이 자꾸 허전한 것이다. 오랜 시간을 좋은 벗과 즐겁게 보냈는데도 그 기억들이 어디론가 감쪽같이 숨어버려, 여태 혼자 있었던 것 같은 기분만 드는 것이었다. 마루에 걸터앉아 술병으로 연신 입을 틀어막았다.
 아무래도 팔아버린 그림 때문인 것 같았다. 값을 적게 받아서가 아니라, 자신의 분신을 팔아버린 아쉬움 때문인 것 같기도 했다. 화공의 길로 들어섰으니, 화상이나 구매자들의 흥정에 따라 그림 값이 결정될 것이다. 결국 그들이 자신의 목을 옥죄면서 그림을 받아갈 것이 분명하다. 그렇다면 자신은 그림을 생산하는 기능공에 불과하고, 그림은 한낱 상품에 지나지 않을 것이다.

앞으로는 그림을 헐값에 내놓지 말라고 원교가 단단히 일렀다. 결코 빈말이 아니었다. 예술가의 자존심을 중히 여기라는 뜻이었다. 자중자애하지 않으면, 결국 남으로부터 멸시를 당한다는 것이다.

"인간의 허영심은 악덕의 원천이고, 자존심은 밝은 미덕의 원천이라고 하였소. 중국 제(齊)나라 때 검오(黔敖)라는 자가 흉년에 밥을 지어서 굶주린 자들을 먹이는데, 한 사람이 피폐한 모습으로 오는 것을 보고 '불쌍하구나. 와서 밥을 먹어라.' 했더니, 그가 '나를 불쌍타 하여 먹으라는 밥을 먹지 않아서 이 지경에 이르렀소.' 하면서, 끝내 먹지 않았다고 하오. 자존심 없는 사람처럼 비굴한 자가 없다는 말도 있소. 그만큼 자존심은 자신의 인격을 존중하는 마음과 행동이라는 것이오."

"사람이 자존심 때문에 굶어 죽는다면, 예술도 함께 죽는 것 아니겠습니까."

"내 말은 지나친 겸양은 자신의 기를 스스로 죽인다는 것이오. 사람한테 기가 없으면, 무엇을 할 수 있겠소. 더구나, 예술하는 사람이 말이오. 차라리 하루에 한 끼만 먹고, 나머지 두 끼는 자존심으로 배를 채우시구료."

성기는 원교의 이 충언이 계속 마음을 아프게 했다. 마치 상처를 철사로 후비는 것 같았다. 역시 원교다운 충정이고, 성기한테는 정문일침(頂門一鍼)과 같았다. 그래서 사기(史記)에서도 '쓴 말은 약이고, 달콤한 말은 병'이라고 했던 것이다.

21

　신유년(1741)을 맞아 성기 나이 서른이 되었다. 이 해에 그는 초명인 식(埴)을 북(北)으로 개명했다. 그리고 '칠칠(七七)'이라는 자(字)를 더 만들어 쓰기로 했다. 이름을 북으로 바꾼 것은 '埴'의 흙토변(土) 두 개를 합한 것이고, 자는 '北'를 둘로 쪼개 이를 멋대로 변형시켜서 '七七'로 한 것이다.

　이 후부터 그림에 '崔北'과 자 '七七'을 병행하여 썼다. 그뿐만 아니라, 만나는 사람마다 개명한 이름과 자를 알렸다. 그가 자를 굳이 '칠칠'로 한 것은 자신의 외모와 생활 방식을 역설적으로 비유한 것이다. 즉 막히고 거칠 것이 없다는 뜻의 '칠칠하다'에서 빌어온 것이라고 스스로 해명했다. 인생을 자신의 주관대로 살겠다는 오기이기도 했다.

　그래서 원교가 최 북의 그림에 화제를 넣으면서, '埴'과 비슷하면서도 같은 글자인 전서체(篆書體) '식'을 쓰기도 했다. 즉 '식'에 '七'자가 두 개 들어 있는 모양이라, '칠칠'이라는 자가 자연스럽게 드러나도록 한 것이다. 최 북의 성품을 어느 누구보다도 잘 알고 있는 그가 벗의 의중을 존중한다는 의미가 있었던 것이다.

　최 북의 자가 '칠칠'로 알려짐으로써, 세상 사람들한테는 웃음거리로 조롱되기도 했다. 심지어 어린 아이들까지 그를 보고 칠칠이라고 놀려대는 것이었다. 그래도 그는 전혀 개의치 않았다. 오히려 그런 아이들한테 다가가 머리를 쓰다듬는 것이다.

이 즈음에 최 북한테 새 벗이 생겼다. 이단전(李亶佃)이라는 여항시인(閭巷詩人)이다. 원교 소개로 알게 되었으나 최 북이 그와 마음과 잘 통했다. 그는 호로 필재(疋齋) 또는 필한(疋漢) 인재(因齋) 등을 두루 썼으나 주로 필재를 많이 썼다. '疋' 자는 하인(下人) 두 글자를 합친 것이다.

이는 그가 미천한 출생이라 스스로 낮추고자 함이었다. 그의 어머니 유(兪)씨가 노비였기 때문이다. 또 그가 평소에 평량자*를 잘 쓰고 다녀, 사람들이 그를 이평량(李平凉)이라 부르기도 했다.

최 북이 바로 이런 점들에 호감을 가진 것이다. 나이는 최 북보다 두 살 많았으나 서로가 호형호제했다. 원교가 그와 친교를 갖는 것은 시(詩)를 아주 잘 지었고, 서예에도 매우 능하기 때문이다.

필재는 평소에 큰 자루를 메고 다녔다. 어디를 가든 좋은 글이나 글씨를 발견하면 그때마다 그것을 얻어 담기 위한 주머니였다. 그만큼 글과 글씨에 욕심이 많은 사람이었다.

최 북이 산수를 화폭에 담고 있는데 마침 필재가 찾아왔다. 가끔 있는 일이라 놀랄 일은 아니었다. 그저 반가울 뿐이었다. 그는 원교와 마찬가지로 빈손으로 오는 법이 없었다. 술과 안주를 꼭 사들고 왔다. 가난한 환쟁이한테 얻어먹을 수는 없다는 것이다.

* 평량자(平凉子): 패랭이.

"작업 중인데, 괜히 찾아온 것 같소이다."

"괜히라니요. 필재는 언제 와도 반길 것이니, 조금도 괘념치 마시오."

"원교와 같이 오려고 했는데, 마침 출타 중입디다. 그래서 혼자 왔소."

"어쨌든, 잘 오셨소. 안주까지 챙기셨으니, 주인은 상만 내놓으면 되겠구료."

입이 벌써 귀에 걸린 최 북이 아랫목에다 밀어둔 개다리소반을 들고 왔다. 소반 위에는 밥 찌꺼기가 딱딱하게 말라붙은 빈 그릇과 묵은 김치 그릇만이 덩그렇게 올려져 있었다. 최 북도 그 모양새가 민망했던지, 빈 그릇과 수저를 황망히 치웠다.

"내 사는 꼬라지가 이렇소."
"새삼스럽게 왜 그러시오. 혼자 사는 몸이니, 어쩔 수 없잖소."
"그렇기는 합니다만…자아, 우선 목부터 축입시다."

필재가 가져온 안주는 북어였다. 그것을 쭉쭉 찢어서 고추장에다 찍어 먹는 것으로 더 없이 훌륭한 안주가 되었다. 마음이 통하는 벗이 앞에 있고, 게다가 술과 좋은 안주가 있으니, 이보다 더 흐뭇할 일이 어디에 또 있겠는가.

술이 몇 순배 오가고 있을 때 삽짝 밖에서 누군가 최 북을 찾았다. 원교의 음성 같았다. 최 북이 방 문을 열자, 정말 원교가 빙긋이 웃고 서 있었다. 최 북의 입이 개구리처럼 찢어지며 그를 맞아들였다. 왠지 오늘은 원교 손에 아무 것도 들려 있지 않았다.

"원교 형님께서 어인 행차십니까?"

"칠칠이 화사가 어찌 지내는지, 궁금해서 왔소."

"잘 오셨습니다. 마침, 필재가 와 계십니다."

"필재가요?"

원교가 방으로 들어서자 필재가 일어나 정중하게 예를 갖추었다. 그러는 동안 최 북은 부엌으로 나가 술잔 하나를 더 가지고 왔다. 세 사람이 마주하니 방 안에 더욱 생기가 도는 것 같았다. 원교가 술상을 내려보며 갑자기 혀를 찼다.

"문 밖은 화풍난양(和風暖陽)인데, 골방에 갇혀 있다니…."

"마침, 필재께서 술을 들고 오시지 않았습니까. 그러니, 어찌 마시지 않을 수 있습니까."

최 북이 원교에게 술을 따르려고 하자 왠지 그가 마다했다. 아무래도 다른 뜻이 있는 눈치였다. 최 북이 술병을 다시 내려놓자 원교가 입을 달싹거렸다.

"오늘은 밖에서 한 잔 하는 게 어떻소?"

"밖이라 하시면…?"

"바람이나 쐬자는 거지요."

"원교 형님 뜻이 정 그러시다면…."

술상을 그대로 둔 채 세 사람이 집을 나섰다. 건들바람이 아주 상쾌했다. 최 북과 필재는 전작이 있었는데도 걸음은 가벼웠다. 호형호제하는 벗 셋이 모였으니 앞에 거칠 것이 없었다. 필재가 원교한테 행선지를 물었으나 선뜻 대답을 하지 않았다.

운종가 대로에서 낯선 골목으로 들어서자, 원교가 〈청수옥淸水屋〉이라는 현판이 걸린 한 기방 앞에서 걸음을 멈추는 것이었다. 최 북과 필재가 뜨악한 표정으로 원교를 비스듬히 바라보았으나, 그는 아무런 내색도 하지 않았다.

"원교 형님. 여기는 기생집이 아닙니까?"

"칠칠이가 기생집에 겁을 먹다니요?"

"너무 갑작스런 일이라…."

이때 머슴이 나와 대문을 활짝 열었다. 원교가 성큼 안으로 들어서고, 최 북과 필재가 쭈뼛쭈뼛 뒤를 따라붙었다. 원교한테는 초행이 아닌 눈치였다.

셋이서 잠시 정원을 둘러보고 있는데, 방 문이 열리며 기생 서넛이 몰려나왔다. 그들 중 하나가 마당에까지 내려와 맞았다.

"원교 나으리, 어서 오십시오."

"잘 있었는가. 내 귀한 분들을 뫼시고 왔네."

그러자 그녀가 최 북과 필재를 향해 등을 굽혔다. 분 냄새가 코를 찔렀다. 절색은 아니지만 제법 반반한 얼굴에 교태가 흘렀다. 원교가 그녀의 귓전에 대고 무슨 말인지 속삭이자, 그녀가 고개를 끄덕이며 최 북과 필재를 흘끔 곁눈질했다.

그녀의 안내를 받아 방으로 들어서자, 뒤섞인 화장품 냄새가 또 코를 찔렀다. 최 북은 냄새가 역겹기도 하여, 잠시 숨을 멈춰야 했다. 아직 시중 들 기생들이 들어오기 전이라, 최 북과 필재는 방 안 풍경부터 둘러보았다. 최 북으로서는 기방 출입이 처음이다. 가구와 장식품들이 신기했다. 순간, 길녀 얼굴이 갑자기 떠오르는 것이었다. 그녀가 남긴 서찰에 기생학교로 가겠다던 문구가 있었다. 그녀가 정말 기생이 되었다면 지금쯤 기방에 있을 나이였다.

잠시 후 술상과 함께 기생 셋이 따라 들어왔다. 그 중에 고개를 숙인 채 모로 서 있는 계집이 하나 있었다. 우두머리 기생의 지시에 따라 그 계집이 최 북 옆에 앉았다. 차례로 이름을 대는 동안 그녀만 계속 고개를 들지 않았다. 그러자 원교가 이름을 대라고 채근했다.

"…수련(睡蓮)이라고 합니다."

"수련이는 옆에 계신 최칠칠 선생을 모른다고는 아니 하겠지?"

"…."

"원교 형님. 이 아이가 저를 어찌 안다는 말씀입니까? 제가 기방에는 처음인 걸요."

"칠칠이. 그 아이를 자세히 보시오."

비로소 최 북이 수련을 향해 얼굴을 돌렸다. 왠지 낯설지 않은 얼굴이었다. 어디서 본 듯도 하고, 흔한 얼굴인 듯도 했다. 그러자 수련이 갑자기 자리에서 일어나 큰절을 올리는 것이었다.

"선생님. 길녑니다."

"무엇이라? 네가 정녕 길녀라는 말이냐?"

"…그렇습니다."

"기생학교에 들어간다더니, 결국 이리 되었구나."

"배은망덕한 소녀를 꾸중하십시오."

수련이 기어이 눈물을 떨어뜨리며 어깨를 떨었다. 최 북은 차마 바로 볼 수가 없어 슬그머니 돌아앉았다. 그녀를 가르쳤던 두 해의 기억들이 주마등처럼 머리를 스쳤다. 열두 살에 떠나 삼 년이 흘렀으니, 수련의 나이도 어느덧 열 다섯이 되었다. 어릴 적부터 고왔던 얼굴이라 성숙한 지금의 모습은 이름처럼 한 떨기 수련화 같았다.

22

 최 북은 봉창을 뚫고 들어온 햇살에 눈이 부셔 잠에서 깼다. 아직도 비몽사몽이었다. 어제 청수옥에서 술을 너무 많이 마신 탓이었다. 원교와 필재와 기생들 틈에서 술을 마신 것까지는 기억하겠는데, 그 이후가 생각나지 않았다. 마침 달이 있어 길이 그리 어둡지는 않았겠지만 집에까지 무사히 올 수 있었던 게 신기했다. 혹시 원교나 필재 중에 하나가 데려다 줬는가 싶어 기억을 더듬었으나, 생각나는 게 아무 것도 없었다.
 그래도 어제 술을 많이 마신 것만은 기억할 수가 있었다. 원교나 필재가 권한 탓도 있겠지만, 그보다는 스스로 많이 마셨다. 의도적이었다면 수련이 때문이었을 것이다. 막상 기생이 되어 옆에 앉은 그녀의 모습에 기가 막히고 가련했을 것이다.
 그녀는 옆에 앉아 있으면서도 술시중은 들지 않았다. 최 북이 따르지 못하게 했다. 아직도 그의 마음 속에는 길녀의 어릴 적 문하생 모습만 남아 있었던 것이다. 귀 밑에 솜털도 벗지 못했던 그때의 모습만이 생생한데, 어찌 술을 따르라고 하겠는가. 최 북에게만큼은 기생일 수가 없었다.
 원교는 그녀가 청수옥에 있다는 사실을 이미 알고 있었다. 그러면서도 숨긴 것은 최 북의 마음을 헤아린 것이었고, 나중에 놀라게 하려는 의도도 있었다고 했다. 원교를 야속해 할 필요는 없다.

 그런데도 기생이 된 길녀의 모습과 맞딱뜨리게 한 그의 속셈이 조금은 원망스러웠다. 총명했던 그녀의 어릴 적 모습만 기억할 수 있도록 배려하지 못한 원교의 마음이 아쉬운 것이다.

 최 북이 세수하려고 방을 나서려는데, 눈길을 거슬리게 하는 것이 있었다. 방 한쪽에다 밀어 놓았던 개다리소반이었다. 어제 필재와 술을 마시다가 원교가 나타나는 바람에 고스란히 놔두고 간 술상이다. 당연히 술잔과 찢겨진 북어와 김치 보시기만 있어야 하는데, 소반에 웬 상보가 덮여 있는 것이다. 집에 상보가 있을 리 없다.

 그는 정신을 수습하려고 머리를 말대가리처럼 흔들며 눈을 부릅떴다. 분명 누군가 왔다 간 흔적이었다. 그렇다면 잠 든 사이에 온 모양인데, 대체 누구란 말인가.

 마치 위험한 물건이 숨어 있는 것처럼 조심스럽게 상보를 걷어냈다. 순간, 또 놀랐다. 소반 위에 낯선 음식들이 여러 가지 올려져 있는 것이 아닌가. 전이 있고, 구운 생선도 있고, 나물도 있었다. 그뿐만 아니라, 새로 지은 밥과 술국까지 있는 것이다. 밤새 누군가 왔다 간 것이고, 여자가 분명했다.

 최 북은 황망히 문을 열고 나갔다. 방 문 앞에도 사람의 흔적이 있었다. 대야에 맑은 세숫물과 함께 수건이 가지런히 놓여 있는 것이다.

 누가 왔었을까?

 그는 다시 방으로 들어가 여자의 흔적들을 꼼꼼히 살피는데, 소반 밑에서 서찰을 발견했다. 정신을 차려 서찰을 조심스럽게 폈다.

— 하늘 같으신 선생님

소녀의 무례함을 용서하십시오.

어제 선생님을 모셔드리고, 아침 진짓상을 마련하고 가옵니다.

천하디 천한 술집 계집이 되어 선생님을 뵙는 순간, 너무 송구하여 가슴이 찢어지는 것 같았습니다.

선생님.

어제 소녀의 천한 꼴을 외면하시던 선생님의 모습에, 숨을 쉴 수가 없었습니다.

선생님의 자상하시고 지엄하신 가르침을 고작 기생짓에 묻어둔 소녀의 배은망덕은 죽을 때까지 지울 수 없는 죄입니다.

소녀가 천한 꼴로 바뀐 것을 저의 팔자소관으로 생각하오니, 선생님께서는 조금도 불쌍타 생각지 마십시오.

선생님.

부디 진지 거르지 마시고, 옥체를 강녕하게 보존하십시오.

열나흘 날 아침에
수련이 올리나이다.

세상에 이럴 수가….

어제 그녀가 집까지 바래다 준 것도 기억 못하는 자신이 부끄럽고 한심스러웠다. 그렇게 자신을 데려다 놓고는, 꼭두새벽에 일어나 밥상을 차렸던 것이다. 그렇다면, 이 집에서 밤을 지냈다는 뜻이다.

급히 건넌방으로 달려갔다. 그녀가 있을 리 없다. 방에다 어떤 흔적도 남겨놓지 않았다. 잠도 자지 않고, 꼬박 앉은 채로 밤을 새운 것이다. 그럴 동안에 자신은 고주망태가 되어 잠귀신한테 묶여 있던 것이다.

최 북은 아침을 먹는 둥 마는 둥하고 곧장 원교한테 달려갔다. 원교가 땀으로 옷이 흠뻑 젖은 그를 보자 한참을 멍하니 바라보기만 했다. 최 북이 그에게 서찰을 내밀었다.

서찰을 읽고 난 원교는 마치 이런 일을 예상했던 것처럼 빙긋이 웃었다. 순간, 최 북의 가슴에 부아가 치밀었다.

"형님은 다 알고 계셨습니까?"

"무엇을 말이오?"

"그 계집이 집에 왔다 간 것 말씀입니다."

"그 아이가 자청해서 모셔다 드리겠다고 하길래, 그러라고 했을 뿐이오. 집 방향이 서로 다르니, 필재나 내가 바래다 줄 수는 없지 않겠소."

"그건 그렇습니다만…저만 까맣게 모르고 있었습니다."

"그 아이가 음식을 만드는 동안 다소 시끄러웠을텐데, 그것도 모르고 마냥 잠만 잤다는 말이오?"

"결국 그렇게 되고 말았습니다. 이토록 망신스러울 데가 있습니까."

"나는 칠칠이가 그 아이와 합방이나 하지 않았는지, 궁금했는데…."

"형님. 어린 아이를 두고, 어찌 그런 말씀을 하십니까."

"농으로 하는 말이오. 내가 그 아이를 두 차례 먼저 보았지만, 기생질 하기에는 아까운 아이였소."

"무슨 말씀입니까?"

"말을 조리 있게 하는데다가, 행동거지도 사대부집 규수보다 못할 것이 한 가지도 없더이다. 그게 다 칠칠이가 잘 가르친 때문이 아니겠소."

"결국, 기생 되라고 가르친 셈이 되었지요."

"그리 자책할 필요는 없소이다. 서찰에도 있듯이, 그 아이 팔자가 그런 걸 어쩌겠소."

"다시는 그 아이를 보지 않을 것입니다."

"아니, 왜 그러시오?"

"차마, 그 아이를 기생으로 대할 수 없다는 말씀입니다."

"그건 염려할 일이 아닌 것 같소. 내 짐작에, 그 아이는 곧 다른 기방으로 옮길 게 분명합니다. 그것도 아주 먼 곳으로 말이오."

"왜 그렇게 생각하십니까?"

"어제 불편해 하는 칠칠이 표정을 살피던 그 아이가 내심 그런 생각을 하는 것 같았소. 하늘 같은 스승 앞에, 기생의 몸으로 또 나설 수가 있겠소?"

"차라리, 그게 낫겠습니다."

그건 사실이다. 그녀와 다시 마주치고 싶은 생각이 없었다. 자신의 마음도 불편하거니와, 그녀 또한 송구한 일이 아니겠는가.

그러나 쇠심줄처럼 질긴 것이 사람의 인연이라 장담할 수는 없는 일이다. 피하려고 해도 우연히 생기는 기회만큼은 어쩔 도리가 없는 것이다.

인연도 하늘의 뜻이니….

23

 최 북이 시인묵객(詩人墨客)인 혜환재(惠寰齋) 이용휴(李用休)와 새로운 친교를 맺었다. 원교와 필재를 통해서 알게 되었다. 그는 진사시*에 합격했으나, 스스로 '포의지사**'를 자처하며 시서(詩書)에만 정진하고 있었다.
 그러한 인품이라, 원교나 필재와 서로 통하지 않을 리가 없었다. 나이 또한 크게 차이가 나지 않았다. 그는 무자생(1708)으로 원교보다는 세 살이 아래고, 필재보다는 두 살 위다. 그러므로 임진생인 최 북이 네 살 아래인 셈이다.
 이용휴도 최 북한테 호감을 가지고 있었다. 남에게 오만하게 보일 만큼 자존심이 강하면서도 정이 많은 그의 성품에 반한 것이다. 그는 최 북의 자 '七七'의 의미를 새롭게 해석했다. 산수를 잘 그리는

---

*   진사시(進士試): 과거시험에서 소과(小科)・진사과 시험.
** 포의지사(布衣之士): 벼슬 없는 선비.

최 북의 화격(畵格)에 감탄하여, 당(唐)나라 때 계절과 무관하게 꽃을 피운 도술(道術)로 이름을 떨친 은칠칠(殷七七)에 비유하여 칭송했던 것이다. 그 후로 최 북은 자신의 자에 대해서 더욱 자부심을 가졌다.

이들 네 사람이 모처럼 한자리에 모였다. 장소는 원교네 정자였다. 필재와 혜환재가 술과 안주를 들고 와 당연히 술자리가 마련되었다.

원교, 필재, 혜환재가 비록 서화(書畵)에 두루 능하지만 최 북처럼 전문적인 화사는 아니었다. 최 북도 초서(草書)를 잘 써 세인의 입에 오르내리고는 있지만, 오로지 걸출한 화가로 인정 받고 싶었다.

네 사람이 한 자리에 모이자 처음에는 세상사로 이야기가 시작됐다가, 결국은 시서화로 돌아오고 말았다. 그러던 중에 필재 이단전이 갑자기 최 북을 넌지시 바라보며 화제를 돌렸다.

"칠칠이는 요즘 어떤 그림을 주로 그리시오?"

"딱히 정해놓을 필요가 있겠습니까. 마음 내키는 대로, 붓 가는 대로 그리는 거지요."

"지난 번 집에 갔을 때 나한테 보여준 '미법산수도(米法山水圖)'는 참으로 감탄할 만한 것이었소."

"감탄이라니요. 그저 습작인 걸요."

"표암*이 그린 미법산수도를 본 적이 있는데, 그와는 화풍이 조금 다르다는 걸 느꼈소."

"같은 미법이라도, 그리는 사람에 따라서 조금씩 차이는 있겠지요."

미법산수란 중국 북송(北宋) 시대의 문인화가인 미불(米芾)과 미우인(米友仁)의 성을 따서 붙여 전하는 산수화풍이다. 미점**을 구사하여 비 온 뒤의 습윤(濕潤)한 분위기를 연출하는 화풍이다.

그러나 표암의 미법산수화가 다소 복잡한 구도인 반면에, 최 북의 것은 비교적 단순하여 여백의 미를 한껏 살렸다. 표암이 가깝게는 송림 사이에 사찰 형태의 가옥을 들어앉히고, 강을 사이에 두고 멀리 산봉우리가 우뚝 솟아 있는 구도를 썼다.

이에 비해서 최 북은 강 건너 멀리 산자락과 강안(江岸) 언덕에 소나무 서너 그루만 넣었다. 그리고 강에 배 한 척만 외롭게 떠 있을 뿐이다. 여백이 많아 고요와 쓸쓸한 기운이 물씬 풍겼다.

술이 몇 순배 돌자 혜환재 이용휴가 최 북을 넌지시 바라보며 입을 달싹댔다. 할 말이 있는 듯했다.

"언제, 나하고 안산(安山)에 한 번 가지 않겠소?"

"어인 일로 그러십니까?"

"마침, 숙부 되시는 성호(星湖) 이 익(李瀷) 어른이 안산에 계시오. 내가 언젠가 뵙는 자리에서 칠칠이 얘기를 했더니, 궁금해 하시더이다."

"그런 훌륭한 어른을 뵙는다면, 저한테는 영광이지요."

"안산에 가면 표암도 만날 수 있으니, 같은 화사끼리 잘 통하리라 믿소이다."

"소문에 들으니, 표암이 신분도 그렇거니와 원체 학처럼 고아한

---

* 표암(豹菴): 강세황의 호.
** 미점(米點): 붓을 옆으로 뉘어서 가로 찍는 점법.

사람이라 하더이다. 그러니, 나 같은 미천한 것이 어찌 마주 대할 수가 있겠습니까."

"어허. 겸양이 지나치시오. 누가 신분을 겨누자고 했소이까? 화사끼리 교유를 트라는 얘기지요."

"혜환재 뜻이 그러하시니, 굳이 마다할 까닭이 없겠습니다."

최 북도 이 익에 대해서는 여러 차례 귀동냥이 있어온 터라, 언제든 만나더라도 그다지 낯선 얼굴이 아닐 것 같았다. 그는 여주(驪州)가 본관으로, 신유생(1681)이다. 학문이 매우 깊어 지난 을유년(1705)에 증광시*에 합격했으나, 마침 그의 형 이 잠(李潛)이 당쟁으로 희생되자 벼슬을 버린 채 경기도 안산에 머물며 학문에만 정진했다. 그는 유형원(柳馨遠)의 학풍을 이어받아 이미 실학(實學)의 중추가 되어, 천문·지리·의약·율산(律算) 등을 연구하는데만 몰두했다.

정미년(1727)에도 선공가감역**으로 임명되었으나 사양하고 오로지 저술에만 힘쓸 만큼 올곧은 선비였다.

그는 또 당쟁의 폐단을 지적했다. 당쟁은 이해관계로 생기는 것으로 양반이 실제적인 실업에 종사하지 않고도 관직에 오르고, 불합리하게 재산을 축적한다는 것이다. 이를 막기 위해서는 양반계급의 생업종사와 잡다한 과거제도를 지양하여, 관리들의 승진에 신중을 기할 것을 주장했다.

그러나 최 북은 그러한 이 익보다는 표암 강세황이 더 만나고 싶었다. 비록 신분의 차이는 있으나, 같은 화사라는 동류의식을 앞세워 그림에 대해 얘기를 나누고 싶은 것이다. 그가 마침 계사생(1713)이어서 최 북과는 한 살 터울이니, 나이로 말한다면 허물 없이 지낼 수 있는 것이다.

표암은 그의 선친이 정2품의 홍문관 대제학에 올랐을 만큼 당당한 사대부 출신이다. 아직 서른의 나이에 불과하지만 그의 시서화는 이미 깊이가 있어, 안산 인근에는 물론이고, 멀리 한양에까지 그 명성이 퍼져 있는 중이었다. 원체 정통의 양반 가문인데다가 기품이 있어, 그를 대하는 이들로 하여금 대뜸 기부터 죽인다는 것이었다.

출신이 미천에 가까운 최 북으로서는 같은 화사의식을 가질 수 없는 처지임을 잘 알고 있었다. 그러나 최 북은 그림에 관한 것만큼은 자신을 결코 비하시키고 싶지 않았다. 비하는커녕 오기가 앞서 조금도 굴할 생각이 없는 것이다.

어떤 사람인지, 만나보면 알겠지.

그로부터 한 달쯤 지나 혜환재 이용휴가 필재 이단전과 함께 아침 일찍 최 북을 찾아왔다. 숙부 이 익을 만나러 안산에 가는 길인데, 동행하지 않겠느냐는 것이었다. 최 북이 선뜻 대답을 못하고 망설이자, 간 김에 표암까지 만날 생각이라는 것이다.

"이런 기회가 흔치 않을 것이니, 같이 갑시다."

"지난 번에 얘기는 있었지만, 이렇게 빨리 가게 될 줄은 몰랐습니다."

"주저할 게 뭐 있습니까. 그저 바람 쐬러 간다고 생각하시구료."

*   증광시(增廣試): 나라에 경사가 있을 때 임시로 보던 과거제도.
**   선공가감역(繕工假監役): 토목·건축의 감독.

필재까지 끼어들어 채근하는 바람에 최 북도 어쩔 수 없이 서둘러 행장을 꾸렸다. 나귀 한 필 없이 안산까지 걸어야 할 판이었다. 그래도 마음이 통하는 벗끼리 동행하는 것이니, 그다지 힘든 여정은 아닐 것 같아 따라 나선 것이다.

안산에 당도했을 때는 이미 해질녘이 되었다. 도중에 국밥집에 잠시 들른 것 말고는 거의 강행군이라, 세 사람 모두 기진맥진했다. 우선 노독부터 풀어야 했으므로 그날 밤은 이 익의 행랑채에서 하룻밤을 묵었다.

24

여러 해 계속되고 있는 가뭄이 임술년(1742)에 들어와서도 이어지고 있었다. 게다가 4월에 들어서면서, 일부 지방에서 돌던 여역*이 전국으로 확산되었다. 이 전염병으로, 여역발황**까지 얻은 이들이 부지기수였다. 죽어가는 이웃이 하루에도 수십 명이 되고, 전국적으로는 수백 수천 명이 된다고 했다.

어제까지도 살아 있던 사람이 이튿날 숨을 거두고, 옆에서 누워 자던 형제가 눈을 뜨지 못하는 경우가 집집마다 일어났다. 이러다 보니 인심까지 흉흉했다. 이웃한테는 말할 것도 없고, 형제끼리도 죽그릇을 앞에 놓고 눈에 칼을 세우는 일이 빈번했다.

이 모두가 오랜 가뭄과 기근 때문이었다. 가뭄은 천재(天災)이니, 사람의 힘으로는 어찌 할 도리가 없는 것이다. 그야말로, 야무청초***였다.

중국 우(禹) 임금의 9년 홍수 때와 탕(湯) 임금의 7년 가뭄 때에, 먹을 것이 없는 사람 중에는 자기 자식을 파는 이들이 있었다. 이에 탕 임금은 장산(莊山)의 금으로 돈을 만들어 아들을 도로 찾게 해주고, 우 임금도 역산의 금으로 곤궁한 사람을 구원했다고 한다.

각 고을마다 현감이 나서서 기우제를 지내고, 관곡을 풀어 굶주린 백성들을 구휼했다. 굶주린 자들과 병든 자들이 특히 많은 고을에는 영조임금이 내탕전****까지 내렸다. 그러나 이것은 궁여지책일 뿐, 근본적인 해결책은 못되었다.

온 나라가 전염병과 기근으로 허덕이는 마당에 최 북이라고 예외일 수는 없었다. 그 역시 궁핍하게 지내기는 여느 집과 마찬가지였다. 전부터 식량이 넉넉치 못하여 하루에 두 끼만 먹어 왔었다. 그러나 요즘에는 두 끼 먹는 것조차 버거워, 낮 한 끼로 하루를 견디고 있었다.

재산이 많은 사대부집을 제외하고는 저마다 살림이 어렵다 보니,

---

*　　여역(癘疫): 전염성 열병.
**　　여역발황(癘疫發黃): 황달을 겸한 열병.
***　야무청초(野無靑草): 가뭄으로 땅에 풀이 없음.
**** 내탕전(內帑錢): 임금의 사유재산.

그림을 찾는 이들이 차츰 줄어들었다. 그 영향이 최 북한테까지 미치는 것은 당연했다. 더구나 아직 명성을 떨치지 못하고 있는 그의 그림까지 찾을 리 만무한 것이다. 지난 해만 해도 그의 그림을 원하는 자가 제법 있었다. 굳이 정통성에 매이지 않는 거침없는 화격에 호감을 갖는 사람들이었다. 따라서 그림 값을 후하게 매겨 한 점당 오륙십 냥을 받았다. 몇 해 전, 한 점에 고작 열 냥을 받았던 시절에 비하면 격세지감이 아닐 수 없는 것이다.

그러나 요즘에 와서는 오십 냥은커녕 스무 냥 받기도 어려웠다. 화상 측의 얘기로는 아예 그림을 찾는 사람이 없다는 것이다.

"재산가들은 돈을 어디에 쓴답니까?"

"그 사람들이 어디 그림을 사기 위해 재산을 모은 것입니까? 재산을 쌓아두는 재미로 돈을 버는 것이지요."

"동냥하는 셈 치고, 가난한 환쟁이 그림을 사주면 그것도 덕을 쌓는 일일 터인데…."

"모르시는 말씀입니다. 아흔 아홉을 가진 재산가들이 나머지 하나를 마저 채우기 위해 안달하는 속성이 있지요. 그래서 재산을 모으게 된 것이기도 하구요."

"허긴…그림 한 점 팔아, 그날로 다 써버리는 나 같은 환쟁이와는 다르겠군요."

"그래서, 자고로 예술하는 사람이 늘 가난한 법 아닙니까. 어쨌든 기다려 보시지요. 언젠가는 태평성대가 오지 않겠습니까."

"태평성대가 오기나 할는지 원…."

가뭄이 계속되다 보니 논밭이 거북이 등처럼 갈라지고, 도랑에도 물이 전혀 흐르지 않았다. 그뿐만이 아니었다. 집집마다 우물마저 말라서 당장 식수 걱정을 해야 했다. 어느 한 곳에 물이 있으면 저마다 물통을 들고 나타나 한바탕 전쟁을 치르곤 했다.

이런 판에, 신통한 일이 있는 것이다. 마을 사람들이 온통 식수 걱정을 하고 있는데, 유독 최 북의 우물만이 마르지 않는 것이었다. 샘이 마르기는커녕 여느 때처럼 물이 가득했다. 최 북이 생각해도 신기한 일이었다. 다른 집 샘은 다 말랐는데 유독 자신의 샘만 끄떡없어, 마을의 모든 샘물이 마치 최 북의 집으로만 모인 것 같았다.

이로 인해, 온 마을 사람들이 모두 최 북의 집으로 모여들었다. 그들이 하루에도 수 차례 물을 퍼 가건만 전혀 샘이 마르지 않는 것이었다.

최 북은 물통을 지고 오는 자들을 한 번도 막은 적이 없어, 마당은 아낙네들과 아이들로 늘 북적댔다. 아낙네들 중에는 물 인심이 고맙다며, 감자를 삶아 오는 이도 있었다.

흉가처럼 방치됐던 곳에서 이처럼 물이 마르지 않는 것을 두고, 혹자는 경계하는 이들도 있었다. 집 터 어디엔가 묻혀 있는 송장이 썩어서 그 물이 흐르는 것인지도 모른다며 발길을 돌리기도 했다.

해질녘에 한 아낙이 머슴애 하나를 달고 나타났다. 물을 길러 온 것이려니 생각하고 무심히 넘겼다. 그러나 그들한테 당연히 있어야 할 물통이 없는 것이다. 아낙이 입을 달싹대며 쭈뼛거리는 품으로 보아, 아무래도 다른 일로 온 것 같았다.

"물을 길러 온 것이 아니시오?"

"화사 나으리께 드릴 말씀이 있어서 왔습지요."

"무엇이오?"

"저희 집에 식솔들이 많아서, 허구헌날 밥을 굶고 있습지요. 그래서 어느 한 입이라도 줄여야 될 판이라, 이렇게 염치 불구하고 왔습니다요."

"허면, 밥을 얻으러 왔다는 것이오?"

"그게 아니오라…"

그녀의 얘기는 자식놈 중에 하나를 머슴으로 써달라는 것이다. 그러고는 아이와 함께 무릎을 꿇고 눈물로 애소하는 것이었다. 그제서야 그들의 모양새를 자세히 들여다 볼 수 있었다. 모자가 다 피골이 상접해 있는 형상이었다. 입성만으로도 거지나 다를 게 없었다.

게다가 영양실조로 얼굴이 누렇게 떠 있고, 너무 말라서 광대뼈가 곧 살을 뚫고 나올 지경이었다. 차마 살아 있는 사람의 얼굴이라고 할 수가 없었다.

"사정은 딱하나, 나는 머슴이 필요 없는 사람이오."

"나으리. 적선하는 셈 치시고, 제발 이 아이 하나만 거두어 주십시오. 어떤 험한 일이라도 할 것입니다요."

"허어. 나도 하루에 한 끼로 겨우 사는 처지인데, 어찌 머슴을 둔다는 말이오."

"나으리께서 드시는 진지에서 한 숟갈만 떼어 주시면, 그걸로 족할 것입니다요. 벌써 사흘째 아무 것도 먹은 게 없는 아입니다. 제발, 불쌍한 처지를 헤아려 주십시오. 이 은혜는 평생 잊지 않을 것입니다."

"허어, 이런 낭패가 있나…."

최 북이 어찌 할 바를 모르고 망연해 있자, 아이가 무릎걸음으로 다가와 그의 정강이를 껴안는 것이었다. 몸을 떨며 애소하는 아이의 눈이 십 리나 들어가 있고, 앙상한 몸피는 꼭 삭정이처럼 보였다.

"네 이름이 무엇이냐?"

"만수라고 부릅니다요."

결국 아이를 받아들일 수밖에 없었다. 모자가 너무 애절하게 사정하는 바람에 더는 거절하지 못했다. 갑자기 고애자가 됐던 자신의 어린 시절이 떠올랐던 것이다.

최 북은 양식을 조금 내어 죽부터 끓이도록 했다. 아이의 어미도 차마 그냥 보낼 수가 없었다. 가는 길에 쓰러지고 말 것처럼 위태롭게 보였던 것이다. 자식이 사흘을 굶었다는데, 어미 입에 무엇이 들어갈 수 있었겠는가.

문제는 이것으로 끝나는 것이 아니었다. 이 소문이 어떻게 돌았는지, 이튿날 다른 아낙 둘이 제 자식을 데리고 온 것이다. 하루에 한 끼만 먹여주면, 머슴으로 맡기겠다고 떼를 쓰는 것이었다. 하나는 어린 여식이었다.

참으로 난감한 일이었다. 최 북 처지에, 어찌 세 아이를 거둘 수가 있겠는가. 저마다 늘어놓는 사정이 딱하기는 하지만 거절할 수밖에 없었다.

그러자 마당에 주저앉아 울음을 터뜨리는 것이었다. 어찌나 서럽게 우는지, 차마 눈을 바로 뜨고는 볼 수 없는 정경이었다. 최 북이 자신의 처지를 아무리 설명해도 막무가내로 억지를 부리는 것이었다. 그들의 하소연을 듣고 있다가는 결국 말려들 것만 같아, 마당에 버려둔 채 방으로 들어가 버렸다.

젠장. 가난 구제는 임금도 못하는 것을….

25

최 북은 9월에 들어서자마자, 행장을 꾸려 금강산으로 떠났다. 그에게는 초행이라, 원교 이광사와 필재 이단전이 동행했다. 풍악산*의 절경이 보고 싶기도 하거니와, 단풍이 우거진 명산을 화폭에 담고 싶은 욕심이 있었던 것이다.

이들 세 사람은 오대산을 시작으로 관동팔경 · 죽서루 · 망양정 · 경포대 · 청간정 등 동해안으로 해서 내금강으로 가는 것을 여정으로 정했다.

산에 오르는 동안 땀이 온몸에 흥건하다가도, 쉴 적마다 금세 땀이 식어 한가가 전신을 휘감곤 했다. 그러나 이미 단풍이 들시 시작한 골짜기의 오색찬란한 풍경이 너무 황홀해서 추위쯤 곧 잊어버렸다.

최 북이 풍광명미**한 눈 앞의 절경을 마음의 화폭에다 담고 있는 동안, 원교와 필재는 저마다 시를 중얼거리며 아름다운 풍광을 감상했다. 그러던 중에, 원교가 형조판서를 지냈던 조명리(趙明履)의 시를 소리 내어 읊었다.

> 설악산 가는 길에 개골산(금강산) 중을 만나
> 중더러 물은 말이 풍악(楓嶽)이 어떻더니
> 이사이(요즘) 연하여 서리 치니 때 맞았다 하더라

"도천***께서 이 때를 잘 맞추셨구료."
"그러게 말씀입니다. 단풍은 날씨에 따라서 미색이 좌우된다 하지 않습니까. 날씨가 맑아서 햇빛을 가득 머금었을 때의 단풍은 그지없이 아름답지만, 그렇지 못한 때의 단풍은 이처럼 곱지 못하다고 하더이다."
"그렇겠습니다. 오죽했으면, 청나라 사람들이 '원생고려국 일견금강산(願生高麗國一見金剛山)'이라 했겠습니까. 원컨대, 고려에 태어나서 금강산을 한 번 보고 죽으면 원이 없겠다는 뜻이지요."
"중국에 제 아무리 명산이 있다 하더라도, 어디 풍악산에 견주겠습니까."
"그렇고 말구요. 헌데, 칠칠이는 아까부터 무슨 생각을 그리 하시오?"
"이 풍광명미한 절경을 보고 있자니, 환쟁이 처지가 갑자기 부끄럽다는 생각이 듭니다."

*   풍악산(楓嶽山): 가을의 금강산.
**   풍광명미(風光明媚): 맑고 아름다운 산수의 경치.
***   도천(道川): 조명리의 호.

"부끄럽다니요?"

"저를 비롯해서 환쟁이들 그림이 모두 사위스럽다는 생각이 든다 이 말씀입니다. 제 아무리 잘 그린다고 해도, 이 기기묘묘한 조화를 어찌 화폭에 담을 수 있겠습니까. 허무하기까지 합니다."

"인생이 원래 허무한 것 아닙니까. 오욕칠정이란 결국 인간에게 지워진 업보에 다름이 없는 것이니, 그것으로부터 벗어나는 길만이 참다운 삶이라고 했어요. 생야일편부운기(生也一片浮雲起) 사야일편부운멸(死也一片浮雲滅)이라. 즉 사람이 세상에 태어남은 한 조각 구름이 뜨는 것과 같고, 사람이 죽는다는 것은 한 조각 구름이 사라지는 것과 같다는 뜻이지요. 결국 잘난 사람 못난 사람 할 것 없이, 한 조각 구름에 지나지 않아요."

"한 조각 구름이라…."

서둘러 떠나자는 원교의 제안이 있어, 세 사람이 다시 길을 떠났다. 조금 전까지만 해도 해가 중천에 있었건만, 어느새 산정(山頂)에 걸릴 만큼 시간이 꽤 흘렀다.

며칠 후 세 사람이 구룡연(九龍淵)에 당도했다. 구룡연은 금강산에 있는 폭포 중에서 가장 길고 큰 구룡폭포에 의해서 뚫어진 못이다. 크고 작은 아홉 개의 폭호(瀑壺)가 마치 용이 왔다가 빠져나간 듯한 모양을 이루고 있어 붙여진 이름이다. 가장 큰 못의 깊이가 무려 서른 자에 이른다. 이 폭포의 상류에 있는 여덟 개의 연못도 골짜기로 흘러내리는 물줄기에 의해서 마치 구슬처럼 이어져 있었다. 쉰셋의 부처한테 쫓긴 아홉 마리 용이 여덟 개의 못과 아홉 개의 폭호

속에 숨었었다는 전설이 전해진다.

　구룡연에는 마침 단 한 장으로 이뤄진 넓은 반석(盤石)이 있었다. 여기에 최 북 일행이 자리를 틀고 앉았다. 세 사람이 각자 술 서너 병씩을 차고 왔기 때문에 반석은 곧장 술상이 되었다.

　안주는 북어 한 가지뿐이었으나 이런 절경에서 안주 쯤 뭐가 대수이겠는가. 마음이 서로 통하는 벗과 폭포가 쏟아지는 절경이 있는데 무슨 안주가 더 필요하겠는가.

　땀을 식히기 위해 저마다 상의를 벗어 던지고는 급히 술부터 한 잔 들이켰다. 술이 식도를 타고 내려가면서 속을 알싸하게 찔렀다. 그러나 등짝을 흘러내리던 땀이 폭포가 뿌리는 찬 물안개에 식으면서 오스스한 한기가 금세 몸뚱이를 휘감았다.

　최 북은 두 잔째 술을 넘기면서 자신도 모르게 '좋구나, 좋아.' 하고 무릎을 쳤다. 경치가 좋다는 것인지, 술맛이 좋다는 것인지, 원교와 필재가 가늠을 못하고 멀뚱하게 바라보기만 했다. 그러자 최 북이 또 '정말, 좋구나. 좋아.'를 목이 터져라 외치는 것이었다.

　"칠칠이는 대체 무엇이 좋다는 게요? 술맛이오, 아니면 절경이오?"

　"여기 것 모든 게 다 좋아요. 경치도 좋고, 벗도 좋고, 술맛도 좋고. 아니 그렇습니까?"

　"그야 두 말할 필요가 없지요."

　"나는 이 자리에서 죽어도 여한이 없을 것 같습니다."

　그러면서 최 북은 술을 끊임없이 마셔댔다. 원교가 천천히 마시라고 만류해도 듣지 않고, 미치 여러 해 술에 굶주렸던 사람처럼 폭음

하는 것이었다.

술이 거의 동이 날 즈음, 최 북이 갑자기 자리에서 벌떡 일어나는 것이었다. 소피를 보려는가 싶어, 원교도 필재도 대수롭지 않게 생각했다. 그러나 최 북이 개개 풀린 다리로 반석 끝을 향해 휘청휘청 걸어가는 것이었다. 반석 끝은 곧 깊은 못이었다.

아무래도 위태롭다 싶어, 그를 만류하기 위해 원교가 자리에서 일어섰다. 그때였다. 최 북이 몸을 흐느적대면서 갑자기 엉엉 우는 것이 아닌가. 그것도 잠시, 울음을 딱 그치더니 이번에는 실소하듯이 껄껄껄 웃어대는 것이었다.

그때까지만 해도 그가 술에 취해서 그러려니 했다. 그러나 거기서 그치는 것이 아니었다. 갑자기 고함을 질러댔다.

"천하 명인 최 북은 마땅히 천하 명산에서 죽어야 한다!"

그러고는 말릴 새도 없이 구룡연을 향해 몸을 날리는 것이 아닌가. 순간적으로 벌어진 일이라, 원교와 필재가 미처 손을 쓸 수가 없었다.

아래를 내려 보니, 최 북이 못 한가운데서 허우적거리며 수면 위로 떴다 물 속으로 가라앉기를 반복했다. 원교와 필재는 차마 뛰어들지를 못하고 그저 발만 동동 굴렀다.

이때 마침 지나가던 젊은 사내 하나가 최 북의 꼴을 보고는 곧장 못으로 뛰어드는 것이었다.

최 북이 운 좋게 목숨을 건졌다. 그가 대취한데다가 물 속이 워낙 깊어, 젊은 과객이 아니었으면 영락없이 죽은 목숨이었다.

그를 반석에 눕혀놓았는데도 한동안 정신을 차리지 못했다. 그러자 젊은 과객이 최 북을 제 무릎에다 엎어놓고는 물을 전부 토하게 했다. 물을 어찌나 많이 먹었는지, 아마 한 말은 쏟았을 것이다.

비로소 의식이 돌아온 최 북이 벌떡 일어났다. 그러더니 휘파람 소리를 내며 숨을 길게 내뿜는 것이었다. 그 소리가 어찌나 크고 여운이 길었던지, 인근의 숲이 태풍을 맞은 것처럼 진동하여 까마귀들이 모두 놀라서 날아가 버리는 것이었다.

원교와 필재는 놀란 가슴을 쓸어내리며 한참을 우두망찰할 수밖에 없었다. 객쩍게 부리는 혈기 치고는 이보다 더할 것이 없을 듯 싶었다.

"이 보시오, 칠칠이. 다시는 상종 못할 위인이구료. 너무 놀라서, 내 숨이 끊어지는 줄 알았소."

"헤헤. 나도 모르게 그리 된 것입니다. 내가 구룡연에서 죽었으면, 천하 명산을 더럽힐 뻔했습니다."

"알기는 아는구료."

최 북은 옷이 홀딱 젖은 탓에, 마치 학질에 걸린 사람처럼 몸을 오들오들 떨었다. 마침 해가 기울기 시작하면서 골짜기를 타고 내려온 한기가 여간 찬 게 아니었다. 더 앉아 있다가는 얼어죽기 십상이어서 세 사람은 하산을 서둘렀다.

26

　여행을 마치고 집에 돌아온 최 북은 곧장 금강산 전경(全景)을 그리기 시작했다. 한양으로 돌아오는 길에 표훈사(表訓寺)에 들러 잠시 머물렀었다. 거기서 초를 잡아 그려놓았던 밑그림이 있어, 금강산 전모가 생생하게 되살아 났다. 점묘법*을 써 만이천 봉의 장대한 전경을 부감**으로 재현했다. 여기에 호생관(豪生館)이라는 새로운 관지***를 넣었다.

　금강산 여정에 동행했던 원교와 필재가 이 〈금강전경도〉를 보고는 혀를 내두르며 탄복했다. 최 북의 진가를 비로소 확인하는 듯한 감회에 젖었다. 전에 본 적이 있는 〈미법산수도〉에 비하면 매우 치밀하고 섬세한 구도였다. 그의 성격에 또 다른 면을 보는 것 같았다. 게다가 호생관이라는 새로운 호에 어리둥절했다.

　"칠칠이한테 또 한 번 놀랐소이다. 어찌 이리도 섬세할 수가 있소?"

　"수레는 수레로되 소가 끌면 우차(牛車)요, 말이 끌면 마차(馬車)가 아닙니까. 인간사라는 것이 경우에 따라 다르니, 금강산에서 금강산을 그려야지요."

　"옳으신 말씀이오. 헌데, 호생관은 무슨 뜻으로 지은 것이오?"

　"글자 그대로, 붓을 놀려 먹고 산다는 뜻이지요. 허니, 앞으로 호생관을 기억해 두시는 것이 좋을 듯싶습니다."

"뜻이 정녕 그러하다면야…."

"자아, 두 분께서 이왕 어려운 걸음 하셨으니, 이리 담소만 할 일이 아닙니다."

"게다가 〈금강전경도〉를 완성하셨으니, 더욱 뜻 깊은 자리가 되겠소이다."

최 북이 벌써 입을 개구리처럼 찢어 사동(使童) 만수를 불렀다. 그는 최 북이 금강산으로 떠나기 전에 들인 아이였다. 어미와 함께 느닷없이 찾아와 머슴이 되겠다고 자청했던 그 녀석이었다. 며칠 데리고 있어 보니, 똘똘하지는 않아도 그렇다고 미욱하지도 않았다. 밥이나 먹여주면 그런 대로 쓸모가 있겠다 싶어 눌러 앉힌 것이다.

최 북의 〈금강전경도〉가 입소문을 타고 한양 바닥에 널리 퍼져 나갔다. 그러자 그림을 보기 위해 낯선 환쟁이들이 여럿 찾아왔고, 화상에서도 입맛을 다시며 덤벼들었다. 후한 값으로 팔아주겠다는 것이다.

그러나 최 북은 팔지 않겠다고 딱 잘라버렸다. 원교와 필재의 훈수가 이미 있었기 때문이다. 이제부터는 스스로 값을 높이라는 것이다. 입에 풀칠은 하는 형편이니 헐값에 내놓지 말라고 했다. 백 번 옳은 말이다 싶어 최 북도 그들의 의견에 따르기로 한 것이다.

---

* 점묘법(點描法): 채색점을 찍어 그리는 화법.
** 부감(俯瞰): 높은 곳에서 내려다 봄.
*** 관지(款識): 낙관(落款)

그러나 화상들은 집요했다. 온갖 교언영색을 써 어떻게든 그림을 손에 넣으려고 했다. 최 북이 상상도 못했던 거액을 제시하면서 회유했다. 그럴수록 최 북은 요지부동이었다.

"이 보시오, 최 화사. 그림이란 혼자 보려고 그리는 게 아니잖습니까."

"이미, 볼 사람은 다 보고 갔소이다."

"한양만 해도, 보지 못한 사람이 더 많지 않겠습니까."

"허어. 그렇다고 내 그림을 운종가에다 걸어놓을 수는 없지 않겠습니까?"

"제가 대대로 내려오면서 화상을 하고 있습니다만, 명화는 간직할 사람이 따로 있는 법입니다. 재산을 많이 모았다고 해서, 까막눈인 쌍것들이 지녀서야 되겠습니까? 개발에 편자지요. 혹여, 그것들의 손에 들어간다면 그림을 욕되게 하는 것입니다."

"어쨌든, 돌아들 가시오. 나는 전혀 내놓을 생각이 없습니다."

"그러면, 이렇게 하심이 어떻겠습니까?"

"무슨 말씀이오?"

"서너 점 모사(模寫)를 해 주십시오. 그 역시 후한 값으로 팔아 드리겠습니다."

그것 역시 거절했다. 그것도 원교의 충고였다. 모사품이 장안에 나돌게 되면, 필시 그것을 또 모사하는 자가 생긴다는 것이다. 그렇게 되면 으레 조악한 그림이 양산되기 마련이고, 결국 원작자의 명예만 실추된다고 했다. 그 역시 옳은 말이었다.

최 북이 아직 곤하게 자고 있는데, 만수가 들어와 흔들어 깨웠다. 밖에 손님이 찾아왔다는 것이다. 실눈을 떠 봉창을 올려보니 해가 중천에 있을 시각이었다. 다시 눈에 풀칠을 하려고 하자 만수가 또 흔들었다. 어제 마신 술 때문에 아직도 비몽사몽 중에 있었다.

"무슨 일이냐?"

"손님이 오셨습니다요."

"누구라 하더냐?"

"안국동 대감 댁에서 오셨다고 합니다요. 나으리를 꼭 뵙겠다고 하는 뎁쇼."

"무슨 일로?"

"그건 쇤네가 모릅니다요."

"누군지는 모르나, 귀찮구나."

"지체가 높은 댁에서 오신 것 같습니다요. 어서 일어나셔요."

만수가 하도 성화하는 바람에 마지못해 몸을 세웠다. 아직 잠이 덜 깬 부수수한 얼굴에 눈에는 눈꼽이 찐득하고, 머리는 쑥대강이었다.

최 북이 입을 투르르 털며 방 문을 열자, 마루 끝에 웬 낯선 남자가 걸터앉아 있었다. 갓을 쓰고 있는 것으로 보아 상놈은 아닌 것 같았다. 최 북을 보자 그가 비로소 일어섰다.

"무슨 일로 오시었소?"

그러나 그는 대답은 않고 시답잖은 최 북의 모양새를 훑어 내리기에 눈이 바쁘게 굴렀다. 그러고는 이내 얼굴을 찡그렸다. 장안에 소문이 났다는 화사의 몰골 치고는 하도 볼품이 없어 믿기 어렵다는 표정이었다. 혹시 사람을 잘못 찾아온 것이 아닌가 싶은 모양이다.

"무슨 일로 찾아 왔느냐고 묻지 않소."

"여기가 최칠칠 집이 맞소이까?"

"이 아이한테 들어서 알고 있을 터인데, 왜 묻는 것이오?"

"허면, 그 화사는 어디 계시오?"

"내가 최칠칠이오."

그러자 그가 또 믿기 어렵다는 표정을 지으면서도 어정쩡하게 예를 갖추었다. 그 태도가 거만하기 짝이 없었다. 최 북의 삼사가 서서히 뒤틀리기 시작했다.

"…그렇소이까. 나는 안국동에 사시는 이한서 대감의 심부름으로 온 김 집사(執事)올시다. 화사께서 금강산 그림을 가지고 계신다고 해서 왔소이다."

"그렇기는 하오만, 왜 그러시오?"

"그 그림을 대감께서 사시겠다는 뜻을 전하러 왔소이다. 값은 섭섭지 않게 드리겠다고 말씀하시었소."

"그 얘기라면, 더 들을 필요가 없겠소. 나는 누구한테도 그 그림을 내놓지 않을 것이라 전하시오."

최 북이 문을 닫으려고 하자, 그가 마루로 올라설 자세를 취했다. 그러면서 얼굴을 험악하게 일그러뜨렸다.

"값을 후하게 쳐준다고 하지 않았소."

"이 보시오. 여기는 그림을 그리는 곳이지, 화상이 아니란 말이오. 대감인지 곶감인지, 가서 그리 전하시오."

최 북이 기어이 문을 닫아 버렸다. 그러자 밖에서 '아주 못돼 먹은 성깔이구먼. 대감한테 혼쭐이 나야 정신을 차릴 셈인가?' 하고 소리를 지르는 것이었다. 그 소리에 속이 부글부글 끓어오른 최 북이 다시 문을 열었다. 어찌나 거칠게 열었는지, 그만 문짝이 떨어져 나갔다.

"쇠죽이나 퍼먹고 뒈질 놈 같으니. 뭣이 어째? 대감한테 혼쭐이 난다고? 대감이 와서 비대발괄해도 어림없다고 전하거라. 불쌍놈 같으니라고."

성이 안 풀린 최 북은 그를 향해 침을 퉤퉤 뱉었다. 그제서야 그가 뒷걸음질로 물러갔다. 그것을 보고 만수가 안절부절 못하고 발을 동동 굴렀다.

"나으리. 대감이 와서 주리를 틀면 어쩌려고 그러십니까요."

"이런 망할 놈. 개소리 말고, 술이나 받아 와."

"또 드십니까요?"

"이놈이…"

최 북이 눈을 부라리며 만수한테 목침을 냅다 던졌다. 그제서야 꽁지가 빠지게 삽짝을 빠져 나갔다.

27

이튿날, 필재가 찾아와 최 북의 얘기를 듣고는 배를 잡고 웃었다.

그때까지도 분이 안 풀린 최 북은 그의 박장대소에 어제 뒤틀렸던 심사가 다시 꿈틀거렸다. 마치 필재가 당사자인 것처럼 보이는 것이었다.

"왜 웃으십니까?"

"칠칠이 문전박대가 통쾌해서 그럽니다. 이한서라는 자가 환쟁이한테 함부로 대한다는 소문이 있소. 돈푼깨나 모은 모양이나, 실은 반열에 오른 자가 아니랍니다. 집사놈이 칠칠이한테 겁을 주려고 대감을 사칭한 것뿐이지요."

"미친 놈 같으니. 이 최칠칠을 뭘루 보고…."

"헌데, 그 자가 그림에 욕심이 많다고 하더이다. 내 생각에는 그 작자가 직접 나타날 것으로 짐작되오."

"올테면 오라지요. 그런 졸부한테는 절대 줄 수가 없으니, 똥바가지를 씌울 밖에요."

"허허. 재미있는 구경거리가 되겠소이다."

필재의 예상이 딱 맞았다. 며칠 후, 이한서라는 자가 집사를 앞세워 정말 나타난 것이다. 그날도 최 북이 전날 마신 술기가 미처 가시지 않은 상태라 몰골이 말이 아니었다. 저잣거리를 떠도는 거렁뱅이 꼴과 다를 것이 없었다.

이한서가 최 북의 모양새를 보고는 하도 기가 차, 대뜸 무시하기로 작정을 했다. 그의 속내를 거니챈 최 북은 가슴 속에서 불방망이를 잔뜩 틀어줬었다. 여차 하면 일격을 가할 생각이었다.

최 북의 심사를 더욱 뒤틀리게 한 것은 그가 삽짝 안으로 들어설 때부터 보인 오만방자한 태도였다. 말구종까지 대동한 그가 노새에서 내리지도 않고 마당으로 들어선 것이다. 그러고는 '여기 최칠칠이라는 자가 누구인고?' 하고 대뜸 하대를 했다. 예의에 어긋나도 한참 어긋나는 짓이었다. 그 행태를 지켜보고 있는 최 북의 가슴에는 이미 불방망이가 뜨겁게 달궈져 있었다.

"내가 최칠칠이네."

"며칠 전, 내 집사를 문전박대했다는 게 사실인가?"

"그럴 까닭이 있지 않았겠는가."

"허면, 내가 누구인지는 아는가?"

"양반을 사칭하는 이한서라고 들었네."

"저런, 고얀…지금, 양반을 사칭했다고 했는가?"

"그런 소문이 돌고 있지. 아니면 그만이고."

"헛소문을 들었겠지. 그건 그렇고, 〈금강전경도〉를 내놓겠는가, 아니면…."

"아니 내놓겠다면, 어쩔 셈인가?"

"내 집에 끌려가 곤장을 맞을 수밖에 없지."

"건방을 떨어도, 제 분수를 알아야지. 반열에도 오르지 못한 주제에, 곤장을 친다? 허어. 지나가던 개가 웃을 일이로군."

"저런 방자한 놈이 있나. 이 봐, 집사. 저놈을 당장 끌어내거라."

그러자 집사가 쭈뼛쭈뼛 몸을 사리며, 주인과 최 북의 눈치를 번갈아 살폈다. 이때 최 북이 자리에서 벌떡 일어나더니, 왠지 뒤꼍으로 뛰어가는 것이었다. 이한서와 집사가 영문을 몰라 어정쩡하게 지켜보고만 있었다.

잠시 후에 나타난 최 북이 느닷없이 똥바가지를 들고 나타나는 것이 아닌가. 똥 냄새가 진동했다. 이한서와 집사가 코를 틀어쥐고는 놀라서 뒷걸음질을 쳤다. 그러자 최 북이 눈을 부라리며 그들 앞에 똥을 질금질금 뿌리기 시작했다. 그들의 얼굴이 납빛으로 변하면서 뒤로 물러섰다.

"어쩔테냐? 당장 물러가겠느냐, 아니면 이 똥바가지를 뒤집어 쓰겠느냐?"

"저런 고얀 놈이 있나…."

"아무래도 말로는 아니 되겠구나."

최 북이 똥바가지를 이러저리 흔들더니 이한서와 집사한테 기어이 똥을 뒤집어 씌웠다. 냄새가 더욱 진동하여 최 북 자신도 코를 막을 수밖에 없었다.

이한서와 집사가 입을 퉤퉤거리며 삽짝 밖으로 도망을 쳤다. 최 북은 그들을 겨냥해 똥바가지를 던져버렸다.

그날의 똥바가지 사건이 며칠 새에 입소문으로 장안을 떠돌았다. 그에 대해서 의견이 분분했다. 평소 이한서에 대해 나쁜 감정을 가졌던 자들은 아주 통쾌하다고 했고, 일부에서는 최 북의 괴팍한 성격을 나무라는 자들도 있었다. 그러거나 말거나 최 북은 더욱 당당했다. 그 사건 이후로 최 북의 그림에 대해서 더욱 관심이 쏠렸다.

장안에 떠도는 소문을 듣고, 원교와 필재와 혜환재가 약속이나 한 듯이 한꺼번에 나타났다. 그들 셋은 마당에 들어서자마자 코부터 움켜쥐었다. 그때까지 똥 냄새가 가시지 않았던 모양이다. 코를 쥐고 있는 원교가 코맹맹이를 소리로 소문이 사실이냐고 물었다.

"무슨 소문을 들으셨기에 그러십니까?"

"이 뭣인가 하는 자한테 똥바가지를 씌웠다면서요?"

"그런 일이 있기는 있었지요."

"그 자가 어찌 했길래, 그렇게까지…."

최 북이 웃음을 걸걸걸 쏟아내면서, 그날의 상황을 낱낱이 일렀다. 그러자 원교 일행이 허리를 젖혀가며 웃어댔다. 그러는 사이에 혜환재가 갑자기 낯빛을 바꾸는 것이었다.

"그냥 웃어 넘길 일만은 아닌 것 같소이다. 칠칠이가 심히 걱정되오."

"제가 걱정되다니, 무슨 말씀이십니까?"

"그 자한테 오만방자한 구석이 있기는 하나, 조정에 권세 있는 자와 줄이 닿아 있다고 합니다. 그러니, 칠칠이한테 해악을 끼치지 않을까 염려된다는 말씀입니다."

"어느 놈이든 올테면 오라지요. 뒷간에 똥이 넘쳐 있으니까요."

"허면, 또 똥을 씌우겠다는 말씀이오?"

"가당찮게 구는 자한테는 똥이 약이지요."

"칠칠이 강골에는 당할 자가 없겠구료."

"숭어가 뛰니까 망둥이도 뛴다고, 별 쓰레가 같은 놈이 양반행세를 하는 세상입니다. 그런 놈은 혼쭐을 내야 되지 않겠습니까."

"칠칠이 말이 백 번 옳소이다. 자아, 그런 의미에서 술상이나 차립시다 그려."

이때였다. 밖에 나갔던 만수가 숨이 턱에까지 차 헐레벌떡 뛰어드는 것이었다. 마치 호랑이라도 만난 것처럼 얼굴이 하얗게 질려 있었다. 최 북이 웬 방정이냐고 나무라는데도 오들오들 떨기만 했다.

"대체, 왜 그러느냐?"

"큰일 났습니다요, 나으리."

"저런 방정하고는…왜 그러느냐고 물었느니라."

"어서 몸을 숨기셔야 하옵니다. 지금 장정들이 이리로 몰려오고 있습니다요. 필시, 나으리를 잡으러 오는 겁니다요."

그러자 혜환재가 기어이 올 것이 왔다며 혀를 찼다. 원교와 필재가 영문을 몰라 서로의 얼굴을 바라보고 있자, 최 북이 갑자기 벌떡 일어나더니 또 뒷간 쪽으로 내달리는 것이었다. 잠시 후 나타난 최 북의 손에 역시 똥바가지가 들려 있었다.

바로 그때, '최칠칠이 나오너라.' 하는 고함과 함께 장정 셋이 삽짝문을 밀고 들어서는 것이었다. 면면들이 하나같이 험상궂게 생긴 자들이었다.

최 북은 눈 하나 깜짝하지 않고 서서 똥바가지를 이리 흔들 저리 흔들하고 있었다. 그러자 장정들이 대뜸 코부터 감쌌다.

"내가 최칠칠이다. 웬놈들이냐?"

"오오라. 쌍판이 메추리처럼 생긴 자라더니, 바로 네놈이었구나. 우리는 이한서 대감의 분부를 받고 왔다. 네놈을 끌고 오라 하셨다."

이한서의 하수인들이 분명했다. 그때까지 내내 상황을 지켜보고 있던 원교가 자리에서 벌떡 일어났다. 그러고는 눈을 호랑이처럼 부릅떠 고함을 질렀다.

"네 이놈들. 당장 물러가지 못할까. 가서, 이한서라는 작자를 이리로 끌고 오렸다."

"댁은 누구슈?"

"저런 고얀 놈이…."

이때 장정 중에 하나가 불쑥 나서더니 '아이고, 원교 나리가 아니십니까요.' 하고는 그 자리에서 대뜸 무릎을 꿇는 것이었다. 그러고는 나머지한테 눈을 부라려 빨리 무릎을 꿇으라고 윽박질렀다. 그제서야 놈들이 어정쩡하게 꿇어앉았다.

"가서, 이한서한테 이르거라. 차후로, 최칠칠 화사한테 패악을 부렸다가는 내가 용서치 않을 것이다."

"이한서 대감께서 최칠칠을 꼭 데려오라고 하셨습니다요."

"어허. 그래도 말귀를 못알아 듣겠느냐? 이 보시게, 칠칠이. 저것들 아가리에다 그 똥을 먹이시구료. 그래야 정신을 차릴 모양이오."

그러자 최 북이 다시 똥바가지를 두어 차례 흔들었다. 그제서야 장정들이 삽짝을 빠져나가 뒤도 돌아보지 않고 내뺐다.

28

최 북이 화구통을 어깨에 메고 방을 나섰다. 장단지에 각반까지 두른 것을 보아 먼길 떠나는 것이 분명했다. 어제까지 아무 말도 없던 그로서는 갑작스러운 행장이었다. 만수가 주인의 속내를 몰라 멀뚱하게 바라보기만 했다.

"며칠 집을 비울 것이니, 그리 알거라."

"어디로 떠나십니까요?"

"그건 나도 모른다. 발이 가는 대로 따라갈 것이다."

"언제 오십니까요?"

"약조할 수가 없느니라. 양식은 있을 것이니, 네놈은 그거나 파먹고 있거라. 그리고, 누구든 내 방에 들이지 말아야 한다."

"도둑이 들어도, 가져갈 것이 없는뎁쇼?"

"이놈아. 벽에 붙어 있는 그림이 곧 재산이니라."

"나으리를 찾는 손님이 오시면, 무엇이라 아룁니까요?"

"네놈은 모른다고 하면 되느니라."

"지난 번 그 대감이 또 오면 어떡하굽쇼?"

"똥이나 먹여 보내거라."

그러고는 뒤도 돌아보지 않고 삽짝을 빠져나갔다. 정한 곳이 있어 바삐 갈 일이 아닌 듯, 그의 걸음은 유유(悠悠)했다. 그의 뒷모습을 지켜보는 만수는 그저 고개만 갸웃거릴 뿐이었다.

해거름이 되어 최 북이 당도한 곳은 경기도 화성이었다. 오래 걸었던 탓에 다리도 아프고 배도 고팠다. 그는 곧장 저잣거리로 접어들어 주막으로 들어갔다.

내일이 장날이라 그런지 주막에 손님이 제법 많았다. 그는 술청에 앉자마자 국밥과 술 한 되를 시켰다. 안을 기웃거리다 보니 마침 봉놋방*이 있었다. 오늘 밤, 한 데서 이슬 맞을 일은 없을 것 같아 안심이 되었다.

　이튿날, 저자로 나선 최 북은 이곳저곳을 기웃거리며 여유롭게 시간을 보냈다. 낯선 고장에서 낯선 사람들을 구경하는 재미도 괜찮았다.

　나무 그늘 밑으로 들어가 잠시 다리를 쉬고 있는데, 길 건너에 웬 사람들이 빙 둘러서서 무엇인가를 구경하고 있었다. 최 북도 그들이 궁금하여 슬그머니 다가갔다. 사람들 틈을 비집고 안을 들여다 보니, 환쟁이 하나가 쪼그리고 앉아 그림을 그리고 있었다.

　그의 솜씨가 궁금하여 최 북도 턱을 괴고 앉아 붓놀림을 지켜보았다. 실경이 아닌 마음 속의 산수를 그리는 중이었다. 재주가 아주 없는 것은 아니나, 그림을 제대로 배운 적이 없이 어깨너머로 익힌 솜씨가 분명했다.

　그리기를 마친 그가 어설픈 필체로 〈갑자 하계 최북 칠칠화甲子夏季崔北七七畵〉라는 문구까지 써 넣었다. 그뿐만 아니라, 뻔뻔스럽게 낙관까지 누르는 것이었다.

　최 북은 경악한 나머지, 하마터면 비명을 지를 뻔했다. 당사자가 앞에 있는 자리에서 이름을 사칭하고 있는 것이다. 최 북은 그의 다음 행동을 더 지켜보기로 하고, 일단은 자신을 숨기기로 했다.

　이때 웬 중늙은이가 그에게 다가앉으면서 그림값을 물었다. 그러자 그가 잠시 뜸을 들이더니 스무 냥은 받아야 하는데, 열다섯 냥만 내라고 했다. 구매자가 열 냥이면 사겠다면서 흥정을 했다. 환쟁이

*　　봉놋방: 나그네들이 하룻밤 묵어가는 방.

가 잠시 난감한 표정을 지으면서 응할 뜻을 비쳤다. 그러자 구매자가 갑자기 정색을 하며 물었다.

"임자가 정말 최칠칠이 맞소?"

"내 어찌 거짓을 말하겠소."

"헌데, 한양에서 이름이 난 화공이 어찌 화성에까지 와서 그림을 판단 말이오?"

"객지이다 보니, 노자가 떨어졌지 뭐요."

구매자가 비로소 안심을 한 듯 옆구리에서 돈을 꺼내려고 했다. 그들이 하는 얘기를 듣고 있는 최 북의 가슴이 뜨겁게 달아 올랐다. 엉터리 환쟁이의 천연덕스런 입놀림에 기가 찰 뿐이었다.

최 북이 구매자를 앞질러 먼저 돈을 꺼내 환쟁이한테 내밀었다. 그러자 그가 최 북을 의구심이 가득한 눈길로 바라보았다.

"스무 냥을 낼 터이니, 그 그림을 나한테 주구료."

"이 분과 먼저 약조를 했는데…?"

"당신은 많이 받을수록 좋지 않겠소."

"나야 뭐…"

최 북이 그에게 돈을 던지고는 마치 강탈하 듯이 그림을 손에 넣었다. 그러더니, 느닷없이 그림을 박박 찢는 것이 아닌가. 그 환쟁이는 물론이고, 구경꾼들 모두가 의아해서 최 북을 지켜보기만 했다.

"아니, 그림을 왜 찢으시오?"

"당신이 정말 최칠칠이란 말이지?"

"…그렇소."

"예끼, 고얀 놈 같으니라고…내가 바로 최칠칠이다."

"뭣이, 당신이 최칠칠이라고? 그렇담, 그걸 증명해 보일 수 있소?"

"이리 뻔뻔할 수가 있나. 내가 바로 최 북이라니까. 당장 관가에 가서 시비를 가려볼테냐, 아니면 여기서 사실을 고백하겠느냐."

그제서야 그의 얼굴이 납빛이 되어 사지를 바들바들 떨었다. 무슨 말인가 하려고 입을 달싹대면서도 선뜻 말을 꺼내지는 못했다.

"내가 네놈한테 돈을 준 것은 꼴이 불쌍해서 그리 한 것이고, 그림을 찢은 것은 어설픈 솜씨로 이 최칠칠을 욕되게 했기 때문이야. 허니, 차후로는 이런 사칭을 하지 않도록 해. 약조하겠느냐?"

"여부가 있겠습니까? 다시는 화성땅에 나타나지 않을 것입니다요."

"허면, 다른 곳에 가서 또 사칭할 생각이더냐?"

"아닙니다. 다시는 붓을 놀리지 않겠습니다요."

"고얀 놈 같으니라구…."

최 북은 자리를 뜨면서 찢은 그림에다 불을 붙여 아예 흔적을 없애버렸다. 그제서야 구경꾼들이 고개를 끄덕이며 최 북의 실체를 오랫동안 바라보았다. 그가 기이한 짓을 잘한다는 소문을 어렴풋이 듣기는 했어도 장본인을 직접 확인하고 나니, 비로소 그의 성품이 새롭게 인식되는 것이었다.

저자를 빠져나오면서 최 북은 자꾸 웃음이 터졌다. 비록 비싼 돈을 주고 산 그림을 불에 태우기는 했어도 통쾌했다. 그뿐만 아니라, 자신의 이름을 도용할 만큼 유명해진 듯하여 기분이 나쁘지는 않았다.

그는 갑자기 마음이 울쩍하여 곧장 주막 쪽으로 방향을 틀었다.

이때였다. 뒤에서 '선생님.' 하는 나직한 여자 목소리가 들렸다. 처음에는 어렴풋이 들었다. 그러자 재차 부르는 것 같았다.

비로소 뒤를 돌아보았다. 멀찍감치 웬 여인이 쓰개치마를 두르고 서 있는 것이었다. 그때까지도 다른 사람을 부르는가 싶어 사방을 둘러보았다. 그러나 남정네라고는 자기 혼자뿐이었다.

그녀가 최 북 앞으로 조심스럽게 한 걸음 한 걸음 다가왔다. 자기를 찾는 여인이 분명한 것 같아 그 자리에 서서 기다렸다.

"나를 찾았소?"

"…선생님. 수련입니다."

"수련이…그럼, 길녀라는 말이냐?"

최 북이 그녀 앞으로 성큼 다가갔다. 틀림없이 길녀였다. 2년 전, 마지막 본 그때의 선연한 모습이 그대로 남아 있었다.

"기억하시는지요…"

"오냐. 기억하고 말구."

"선생님을 여기서 뵙게 될 줄은 상상도 못했습니다."

"너야 말로, 여긴 어쩐 일이더냐?"

"말씀드리기 송구하오나, 실은…."

그녀가 말을 잇지 못하고 슬그머니 고개를 숙였다. 그동안 사연이 있었겠다 싶어 최 북도 다그치지 않았다. 이 년 전, 원교한테 이끌려 〈청수옥〉이라는 기방에 갔다가 뜻하지 않게 그녀와 맞닥뜨린 후 헤어지고는 오늘 처음이었다.

잠시 그녀와의 인연을 되새기는 동안, 수련이는 여전히 말없이 발끝만 내려보고 있었다. 처녀 티가 완연했다. 그녀를 보지 못한지 오래 됐으니, 지금의 나이 열 예닐곱 쯤 되지 않았을까 싶었다.

29

최 북이 그 길로 수련이한테 이끌려 간 곳은 〈매화옥梅花屋〉이라는 기방이었다. 그녀가 몸담고 있는 곳이었다. 하긴 배운 게 도둑질이라고, 기생이 기방 생활을 아니 하면 살 도리가 없었을 것이다. 그래도 한양 〈청수옥〉에서 봤을 때보다는 기생의 자태가 많이 세련돼 보였다. 하늘거리며 걷는 모습에서 제법 교태까지 흐르는 것 같았다.

기방이라고는 하나, 한양에 비하면 어설프기 짝이 없었다. 기생들 얼굴이나 몸매도 그렇거니와, 기방도 여염집이나 별반 다를 게 없어 보였다. 오로지 화장품 냄새만 진동할 뿐이었다.

그러나 최 북은 그런 것쯤 개의치 않았다. 수련이를 뜻하지 않게 만나 이끌려 왔을 뿐, 기생들 시중 받으러 온 것이 아니므로 상관할 필요가 없었다.

잠시 후 수련이 몸단장을 새로 하고 들어서더니 큰절로 인사를 차렸다. 최 북은 절을 받으면서도 그녀를 길녀로 받아들여야 할지 기생 수련으로 받아들여야 할지, 선뜻 판단이 서지 않는 것이었다. 어찌 보면 길녀이고, 어찌 보면 수련인 것이다.

"선생님. 그동안 옥체 만안하셨습니까?"

"나는 그렇다 치고, 너는 어쩌다가 여기까지 오게 되었느냐?"

"말씀 올리기 송구할 따름입니다. 실은….'

그녀는 그간의 사정을 털어놓을 서두를 찾지 못하는 듯 한참동안 입만 달싹거렸다. 최 북이 그 속내를 헤아려 채근하지 않았다. 그녀의 눈에 이미 이슬이 맺혀 있어, 최 북의 마음 역시 척척하게 젖어 있는 중이었다.

〈청수옥〉에 최 북이 원교와 함께 다녀간 이후, 수련이는 지체 없이 그곳을 떠나 다른 기방으로 옮겼다는 것이다. 마음 아파하는 스승의 얼굴을 떠올리자 더는 머물러 있을 수가 없었다는 것이다. 그 이전에 이미 그녀의 아비가 찾아와 기생질을 그만두라고 윽박지르는 바람에, 어차피 그곳을 떠나 다른 곳으로 피할 생각을 하고 있던 참이었다. 그때 마침 최 북이 나타났던 것이다.

수련이 한양 외곽으로 자리를 옮겼으나 아비가 용케도 찾아냈다. 거기도 더 있을 곳이 못된다는 생각에, 기방을 몇 차례 전전하다가 결국 화성에까지 오게 되었다는 것이다.

"허면, 네가 이곳에 있는 걸 아비는 모른다는 말이냐?"

"아직은 그렇습니다. 하오나, 아비가 작심을 하고 찾는다면….'

"허나, 되돌리기에는 너무 늦은 것 같구나."

"소녀 마음도 그렇습니다."

이때 문이 열리며 술상이 들여졌다. 최 북이 시킨 것도 아닌데 수련이 알아서 마련한 것이었다. 최 북은 그저 헛기침만 뱉을 뿐이었다.

"선생님의 허락도 받지 않고 들였습니다. 용서하십시오."

"이왕 들여온 것이니, 술을 마셔야 되지 않겠느냐."

최 북이 그녀의 마음을 미리 헤아려 주저하지 않고 잔을 들었다. 그러자 그녀가 손끝을 파르르 떨며 술병을 잡았다. 술 따르는 법이 아주 익숙해 보였다. 그것이 또 최 북의 마음을 안쓰럽게 했다.

"기생이 된 후에도, 그림을 그렸느냐?"

"선생님께는 송구한 말씀이오나, 소녀의 처지가 이러해서…."

"붓을 놓았다는 뜻이겠구나."

"…간간이 붓은 잡습니다."

"어차피 화공이 되지 못할 것인데, 그림은 그려 무엇 하겠느냐. 부질없는 짓이지. 허나, 나이를 먹으면 기생질도 못할 것인데, 그때는 어떡할 셈이더냐?"

"아뢰옵기 방자한 말씀이오나, 춘향이처럼 이도령과 같은 남정네를 만나지 못할 바에는 돈을 벌어 기방을 크게 차릴 생각입니다."

"이왕 들어선 길이니…."

그렇게 시작한 술자리가 밤 늦도록 이어졌다. 술은 많이 마셨지만, 다행이도 수련이가 전혀 기생으로 보이지 않았다. 그녀가 어린 탓도 있겠으나, 그보다는 그녀의 길녀 시절이 또렷하게 되살아나기 때문이었다.

최 북이 갑자기 술상을 한쪽으로 밀어놓았다. 수련이 의아해서 이유를 묻자, 대답은 않고 옆에 놓아둔 화구통을 여는 것이었다. 그러고는 수련이로 하여금 먹을 갈게 했다.

"그림을 그리십니까?"

"너와 이렇게 조우하였으니, 너한테 그림 하나 남겨야 되겠구나."
"소녀한테는 영광입니다."

수련이 먹을 가는 동안, 최 북은 화재(畵材)를 생각하느라고 한참 동안 눈을 감고 있었다. 수련은 먹을 갈면서도 현실이 믿기지 않아 스승 몰래 제 허벅지를 꼬집어 보기도 했다. 스승을 다시 만나리라고는 상상도 하지 않았기 때문이다.

최 북이 화선지를 펴더니 이내 붓을 들었다. 붓 끝이 춤을 추듯이 날렵하게 종횡무진했다. 수련은 숨을 죽인 채, 붓 끝을 따라 눈을 바삐 굴렸다. 금세 산수의 밑그림이 모습을 드러냈다.

그림을 완성한 최 북이 '계해 성하 길녀 수련위화 최칠칠'*을 화제로 넣고 〈호생관 최북豪生館崔北〉 주문방인을 눌렀다.

"이 화재는 어딘지요?"
"내가 금강산을 다녀온 적이 있어, 그 중에 한 곳을 그린 것이다."
"황홀합니다."
"내가 다녀간 정표로 남기는 것이니, 간직하거라."
"소녀한테는 더 없는 영광입니다."

화구통을 정리한 최 북이 그만 일어설 뜻을 비치자, 침방이 마련돼 있다면서, 제가 앞서 일어났다. 최 북이 극구 사양하는데도 뜻을 굽히지 않았다.

"선생님을 언제 또 뵈올지 모르는 처지라, 이리 가시게 할 수는 없습니다."
"나는 봉놋방에서 자면 되는 것이야."
"아니 됩니다. 하늘 같으신 선생님을 어찌 봉놋방에서 주무시게 할 수 있겠습니까. 소녀는 그리 못합니다."

"허어, 참…"

최 북도 더는 고집을 부릴 수가 없어 그녀를 따라 침방으로 옮겼다. 그녀가 이미 잠자리를 봐 놓은 듯 침구가 단정하게 펴 있었다. 수련이 다시 방을 나간 사이에 최 북은 비스듬히 몸을 눕혔다. 비로소 눈이 자꾸 감겼다.

잠시 후 다시 들어온 수련이 수건과 대야를 바닥에 내려놓았다. 손과 발을 씻으라는 뜻이었다. 최 북이 머뭇머뭇 망설이자 대야를 가깝게 밀어놓았다. 최 북이 마지 못해 손을 씻었다. 그러자 '발도 씻으십시오.' 하고는 주저 없이 다가와 최 북의 버선을 벗기려 들었다. 최 북은 자신도 모르게 몸을 뒤로 뺐다.

"선생님. 오늘은 기생 수련이가 아니오라, 길녀입니다."

"내게도 손이 있어."

"소녀가 씻겨드리고 싶습니다. 허락해 주십시오."

"허어, 참…."

최 북이 우물쭈물하는 사이에, 버선이 이미 벗겨져 발이 물 속에 들여졌다. 그녀의 가녀린 손이 발에 닿을 때마다 간질간질하여 몸이 허공에 뜨는 느낌이었다. 그녀가 정성스럽게 발을 닦는 동안, 그녀가 기생 길에 들어서도록 방치했던 지난 날이 갑자기 후회스러웠다. 그때 적극적으로 말리지 못한 죄책감이 가슴을 저리게 했다.

* 癸亥盛夏吉女睡蓮爲畫崔七七: 계해년 여름 길녀 수련이를 위하여 최칠칠이 그리다.

"내가 죄인이로구나."

"어인 말씀이십니까?"

"그때 너를 잡아뒀어야 했어. 그랬으면, 기생이 되지 않았을 것이야."

"선생님. 사람 팔자는 독 안에 들어가도 피하지 못한다고 했습니다. 소녀는 오로지 선생님께 죄송할 뿐이옵고, 이 길을 후회하지는 않습니다."

"세상을 잘못 만난 것일 뿐, 네 탓은 아니니라."

"소녀는 선생님의 가르침을 더 받지 못한 것만 한탄할 뿐입니다."

수련의 눈물이 대야에 방울방울 떨어졌다. 그 눈물이 곧 비수가 되어 최 북의 가슴을 콕 콕 찌르는 것 같았다.

30

최 북은 화성을 다녀온 이후, 집에 틀어박혀 오로지 그림 제작에만 매달렸다. 너무 몰두한 나머지 끼니를 잊을 때도 있었다. 안달이 난 만수가 식사 때를 알려도 귀담아 듣지를 않았다.

그러다가 해가 뉘엿뉘엿하면 곡기는 마다하고 술만 찾았다. 일단 술을 시작하면 으레 두서너 되를 마셔야 했다. 그래서 술도가 문턱이 닳도록 술 심부름하는 만수만 바빴다.

　요즘 그가 주로 그리는 화재는 산수지만, 때로는 그 안에 인물을 등장시킬 때도 많았다. 그 인물은 거의 혼자여서, 고독한 분위기를 자아냈다. 눈보라가 휘몰아치는 악천후에 홀로 귀가하는 노인의 모습이나, 수양버들이 늘어진 강가에서 낚시하는 사공의 모습이 그러했다. 그들은 곧 고독한 최 북 자신의 모습이기도 한 것이다.

　오늘 아침에 시작한 그림을 늦은 밤이 되어서야 완성한 최 북은 심신이 지쳐 있었다. 그는 붓을 던져놓고 마루로 나왔다. 마침 휘영청 밝은 달이 중천에 덩실하게 떠 있었다. 달을 보자 곧장 술 생각이 동하여 만수를 불렀다. 주인의 마음을 이미 꿰뚫고 있는 녀석이 알아서 준비해 놓고 있어, 술상이 금세 나왔다. 그때마다 기특해서 그는 좀체로 만수를 꾸짖지 않았다.

　"진지는 안 잡수십니까요?"

　"이놈아. 달이 있고, 술이 있는데, 밥이 웬말이냐. 술은 넉넉히 받아왔느냐?"

　"여부가 있습니까요. 미리 다섯 되를 가져왔는뎁쇼."

　"기특하구나."

　"도가에 술값이 밀렸다는뎁쇼."

　"떼어먹지 않는다고 해라."

　"너무 많이 밀려서, 다음에 올 때는 꼭 술값을 받아오라고 했습니다요."

　"그림으로 때우면 되느니라."

　"그림이 너무 많아서, 돈으로 달라는뎁쇼."

"허면, 네놈이 그림을 팔아서 갚으려므나."

"나으리도 참…제가 들고 나가면, 누가 사겠습니까요."

"아니면 말고."

그렇게 시작한 술을 앉은 자리에서 석 되째 비우고 있었다. 청명한 하늘에 걸린 달은 밤이 깊어갈수록 푸른 빛을 고즈넉하게 쏟아냈다. 거기에, 개가 종종 짖어대는 소리와 부엉이 우는 소리가 최 북을 더 깊은 고독에 빠뜨렸다.

취기가 오르면서, 달 속에 갑자기 수련의 얼굴이 들어가 있는 것이었다. 화성〈매화옥〉을 떠날 때, 서럽게 울던 그녀의 모습이 지금껏 마음을 아프게 했다. 그녀의 울음은 꼭 친정 아비를 떠나 보내는 딸의 애닯은 모습으로 느껴졌다.

"선생님. 이제 가시면, 언제 또 뵐 수 있는지요?"

"어찌 기약을 하겠느냐. 나한테 처자가 없으니, 장차 동가식서가 숙하게 될 처지가 아니더냐. 너 또한 팔도강산을 떠도는 기생 팔자니라. 그러니, 약조한들 어찌 지킬 수가 있겠느냐. 지키기 어려운 것이 사람의 약조이니라. 그러니, 몸 단속이나 잘하거라. 아무리 천한 기생이라도 계집에서 벗어날 수는 없는 법이니, 처신을 잘해야 되느니."

그러고는 뒤도 돌아보지 않고 길을 재촉했던 것이다. 딱히 정해놓은 곳이 없으니 굳이 급히 떠날 필요는 없었다. 그러나 그녀의 모습이 너무 안쓰러워 미적거릴 수가 없었던 것이다.

그녀에게 이끌려 갔던 날 밤, 술에 곯아 떨어져 정신없이 잤다. 아침에 눈을 떠보니 발치에 그녀가 다소곳이 앉아 있는 것이었다.

최 북은 화들짝 놀라서 몸을 발딱 세웠다. 혹시 그녀와 동침을 한 것은 아닌지 의구심이 들었던 것이다.

"언제부터 거기에 있었더냐?"

"조금 전에 들어와, 기침하시기를 기다리고 있었습니다."

"나 혼자 잔 것이 분명하렷다?"

"…그렇습니다."

"내가 잠시 놀랐구나."

"소녀의 선생님이십니다."

비로소 그의 등짝에 진땀이 흘렀다. 만에 하나, 취중에 그녀를 침구로 끌어들이려 했다면 어쩌나 싶었던 것이다. 그렇게 하지 않은 것은 천만다행이었다. 그녀가 꽃 같이 예쁘고 단아했기에 더욱 다행이었다.

최 북은 전날 그린 것들을 가지고 화상을 찾아 길을 나섰다. 양식도 사야 하고, 밀린 술값을 갚으려면 그림을 팔아야 했다. 결국 붓을 놀려 먹고 사는 '호생관'으로 살아갈 팔자인 것이다. 다행스럽게도, 화상에서 최 북의 그림을 반겼다. 그림만 가져오면 언제든지 팔아주겠다고 했다. 화재와 크기에 따라 값이 다르지만, 이제는 과히 섭섭치 않게 대접했다.

운종가 골목으로 들어서는데 뜻밖에 옛날 고향 이웃이었던 김관묵을 만났다. 그동안 여러 해 만나지 못했다. 운종가를 수도 없이 다녔건만 그를 보지 못했던 것이다. 궁금하던 차라 몹시 반가웠다.

"관묵이 형님 아니슈?"

"그렇다마다. 식이 오랜만이군 그래. 그동안 어찌 지냈어?"

"나는 여일하오만, 형님은 어째 볼 수가 없었수?"

"나는 원체 뜨내기가 아니냐. 헌데, 식은 그동안 아주 유명한 환쟁이가 되었더군."

"그림 그려서 먹고 사는 팔자가 아닙니까. 그러다 보니…."

"그림도 그렇지만, 별난 짓으로도 소문이 자자해."

"살다 보니, 그리 되었수. 우리 오랜만에 만났으니, 우선 목부터 축입시다."

이번에는 최 북이 앞장 서 가까운 주막으로 들어갔다. 만나지 못한 사이에, 김관묵 얼굴에 주름이 많이 생겼다. 그동안 고생이 많았던 모양이다.

"형님 얼굴이 전보다 많이 상했수. 병이라도 얻은 것이우?"

"말도 마. 재수없이 전염병에 걸려서, 죽다가 겨우 살아났어."

"나았다니, 다행이구료. 그래, 장가는 갔수?"

"나 같은 떠돌이한테 시집 올 계집이 있겠어? 식이는 장가 들었지?"

"나도 같은 처지라오. 굳이 갈 생각도 없수."

사실이 그랬다. 최 북은 여태 계집과 살림을 차려야겠다는 생각을 가져본 적이 없었다. 자신이 생각해도 이상하리만치 그러고 싶지가 않았다. 가끔 마음이 움직이다가도 금세 귀찮다는 생각이 불쑥 고개를 드는 것이었다. 장차 팔도강산을 마음껏 떠돌 생각으로 머리가 차 있는 터라 결혼은 엄두도 낼 수가 없는 것이다. 평생 그림이나 그리면서 살다가 죽는 것이 자신의 운명이라고 단정하고 있었다.

31

 최 북은 표암 강세황을 보기 위해 아침 일찍 안산으로 떠났다. 며칠 전 원교와 필재한테 동행하자고 했으나, 모두 피치 못할 사정이 있어 혼자 가게 되었다.
 그러나 혼자 다녀 보니 과히 나쁘지 않았다. 다소 쓸쓸하기는 해도 고독하면 고독한 대로 혼자 즐기는 맛이 있었다. 우선 동행자에게 의견을 묻지 않고 모든 걸 자기 멋대로 결정할 수가 있어 좋을 때가 있는 것이다.
 식솔을 거느리지 않고 사는 것 또한 마음이 편했다. 처자식 굶길까 봐 전전긍긍하지 않아도 되고, 가난한 환쟁이한테 바가지 긁을 아내가 없어 좋고, 마음 내킬 때마다 어디든 훌쩍 떠날 수 있어 좋은 것이다.
 그러다 보니, 언젠가 김관묵한테도 말했듯이 결혼할 마음이 전혀 발동하지 않는 것이었다. 사람들은 고독을 염려하지만, 최 북의 경우는 그것을 오히려 즐기면서 그림과 술로 위안을 삼고 있는 것이다.
 고독…고독이란 사람들 마음 속에서 죽어버린 것들이 사는 무덤이라고도 했다. 그래서 고독을 고신척영, 즉 외로운 몸에 외로운 그림자라고 한 모양이다.

표암 집에 당도한 것은 이미 해질녘이었다. 최 북은 선뜻 주인을 부르지 못하고 대문 앞에서 잠시 망설였다. 그와 깊게 사귄 사이도 아닌 처지에, 들어가기에는 너무 늦은 시각이 아닌가 싶었다. 더구나 표암이 처가살이하는 상황이라 더욱 망설여졌다.

최 북이 문 앞에 서서 달리 방도를 생각하고 있었다. 몇해 전, 원교와 함께 혜환재 이용휴를 앞세워 그의 숙부 되는 이 익의 집을 간 적이 있었다. 그러나 그는 최 북보다 나이가 한참 위여서 더 어려운 처지였다.

이때 뒤에서 인기척이 들렸다. 돌아보니, 중늙이 하나가 이쪽으로 오고 있었다. 그가 표암 집에 기거한다면, 하인일 것 같은 모양새였다. 그가 가까이 다가와 최 북을 위 아래로 훑어내렸다. 그러고는 얼굴에다 경계심까지 드러내며 누구를 찾느냐고 물었다.

"표암 선생을 찾아왔소만, 계시는지 모르겠소."

"계실 것입니다만, 어디서 오신 누구시오?"

그가 최 북의 야릇한 생김새와 후줄근한 옷차림을 다시 확인하고는 대뜸 시덥잖다는 표정을 짓는 것이었다. 최 북은 그가 괘씸했지만 피차 모르는 사이라 차마 퉁박을 줄 수가 없었다.

"나는 최칠칠이라고 하는 화공이네. 몇해 전, 혜환재 이용휴 선생과 같이 표암을 만난 적이 있으니, 안에 가서 그리 전하게."

최 북이 당당한 모습을 보이자, 그제서야 그가 허리를 굽히는 시늉을 했다. 최 북이 허리를 더 꼿꼿하게 세워 표정을 근엄하게 굳혔다.

"쇤네는 이 댁 처남이신 유경종 나으리 댁 머슴으로 있는 박 서방입죠. 잠시만 기다려 주십시오."

"알았으니, 냉큼 아뢰게."

잠시 후 박 서방이 뒤뚱대며 뛰어나왔다. 그러고는 아까보다 허리를 더 굽혀 안내했다 최 북은 짐짓 헛기침을 내며 문 안으로 들어섰다.

표암이 마당에까지 나와 손님을 영접했다. 처음 봤을 때처럼 왜소한 체구가 여전히 아름다운 풍모였다.

"최칠칠께서 이 누추한 곳을 찾아주시다니, 갑자기 어인 일이시오?"

"예의가 아닌 줄 알면서도, 불쑥 찾아왔습니다. 용서하십시오."

"용서라니요, 당치않은 말씀이시오. 어서 드십시다. 박 서방은 서둘러 방을 치우게."

표암이 의아해 하면서도 반가운 마음을 감추지 못해 어찌할 바를 모르고 있었다. 그 표정이 최 북을 안심케 했다. 새삼 잘왔구나 싶었다.

"대체, 어디서 오시는 길이시오?"

"한양에서 곧장 이리로 오는 길입니다. 폐가 안 될지 모르겠습니다."

"폐 될 것이 뭐 있습니까. 어여 안으로 들어가십시다."

표암이 가벼운 걸음으로 앞장서면서도 '뜻밖의 일이라, 원….' 하고 연신 고개를 갸웃거렸다. 최 북은 그가 반기는 것만으로도 다행이고 기뻤다.

표암이 방을 치우고 나가는 박 서방에게 저녁을 겸한 술상을 준비하라고 일렀다. 그의 입에서 '술상'이 튀어나오자, 금세 최 북의 혀가 입술을 핥았다.

"칠칠의 〈금강전경도〉가 훌륭하다는 소문이 자자합니다."

"아무리 잘 그려도 실경만 하겠습니까. 금강산의 아름다운 풍광은 이루 형언할 수가 없습니다. 차라리, 거기서 생을 마감하고 싶을 정도였으니까요."

"그래서, 구룡연에 몸을 던지셨소?"

"객기를 부려본 것뿐이지요."

"나는 금강산이 속악(俗惡)하다고 생각해서, 유람을 꺼리고 있는 중입니다."

"금강산이 속악하다니요?"

"옛부터 중놈들이 금강산을 온통 차지하여. 선량한 아녀자들을 속여서 모여들게 하고 있지 않습니까. 게다가 사악한 자들이 '금강산을 한 번 보면, 죽어도 지옥에 떨어지지 않는다'고 했답니다. 그 말을 듣고 하찮은 행상, 품팔이, 거지, 시골 노파들까지 무리를 지어 다녀와서는, 마치 옥황상제가 사는 곳에 가본 것처럼 허풍을 떤다니 않습니까. 그래서, 금강산까지 가는 노자를 대주겠다는 사람이 있었으나, 거절했지요."

"그래도, 언젠가는 가 보셔야 합니다. 그렇잖으면 평생 후회하실 일입니다."

"글쎄요…그럴 때가 올는지 모르겠습니다."

"그건 그렇고, 표암께서 그동안 그린 그림이나 구경하지요."

"보여드릴 만한 게 없어서…."

그러면서도 표암은 고비*에서 그림 여러 폭을 꺼내왔다. 모두가 남종화풍(南宗畵風)의 산수화들이었다. 그림마다 높은 화격이 풍겼다. 거친 것 하나 없이, 하나 같이 붓이 유려하게 흐른 것이었다.

최 북이 그림을 한 장 한 장 넘기며 감탄하는 동안 마침 술상이 들여졌다. 시장하고 목이 컬컬하던 터라, 최 북은 체면 불구하고 선뜻 상 앞으로 다가앉았다. 가난한 서화가 집에 산해진미가 상에 오를 리 없지만, 안주가 제법 여러 가지 올려졌다. 최 북은 또 한 번 입에 혀를 둘렀다.

최 북은 표암 집에서 이틀을 묵었다. 주인의 고매한 인품과 넉넉한 술 인심으로 선뜻 떠날 수가 없었다. 이웃에 사는 문사들까지 합석하여 자리가 즐거웠다. 문사들뿐만이 아니었다. 표암이 사람을 시켜 석북(石北) 신광수(申光洙)와 동생 신광하(申光河)를 불러들였다. 석북은 마침 최 북과 임진생 동갑이었다. 그는 동생과 함께 시서화에 두루 능하여 이미 이름을 떨치고 있었다.

특히 그는 중국의 고문파(古文派)에서 실학파로 옮겨앉으면서, 조선의 토착언어로 시를 짓는 것으로도 유명했다. 최 북이 그러한 석북을 만난 것을 큰 소득으로 생각하여 매우 기뻤다. 표암한테 오기를 잘했다고 거듭 만족했다.

그들과 함께 사흘 밤낮을 술상 앞에 앉아 최 북은 연일 기분이 좋았다.

* 고비: 그림을 넣어두는 벽걸이.

표암이나 석북이 최 북의 기인적인 행동을 입에 올릴 때는 모두가 박장대소하며 즐거워했다. 특히 똥바가지 사건에서는 배를 잡고 구를 만큼 통쾌해 했다.

"칠칠이께서는 어떻게 그런 뱃심을 부릴 수 있었습니까?"

"그건 뱃심이 아니라, 분노가 폭발한 것이지요. 표암이나 석북께서 그 자리에 계셨다면, 그리 하셨을 것입니다. 이 나라에는 아직도 화공을 천시하는 풍습이 있어, 안타깝습니다."

"시서화를 고루 잘하는 사대부집 사람들 중에는, 자신이 그림 그리는 일을 부끄러워하여 숨긴다지 않습니까."

"그런 사람이 칠칠이 앞에 있었다면, 분명 똥바가지를 둘러썼을 것입니다."

"이 최칠칠이가 그림보다 똥바가지로 더 이름을 날리고 있으니, 이래도 되는지 모르겠습니다."

"사람이 한평생 살면서, 이름 석 자 남기는 게 그리 쉬운 줄 아십니까?"

"그래도 그렇지 원….'"

표암 집에서 보내는 동안 그들은 시를 지어 글씨로 남기거나, 그림을 그려 서로 나눠 가지기도 했다. 필력이 거친 듯하면서도 장쾌한 최 북의 그림은 서로 가지려고 탐을 냈다. 그뿐만 아니라, 그의 그림에 화제 넣기를 서로 자청하기도 했다.

32

    한양으로 돌아온 최 북은 여독이 풀리지 않아, 사흘째 앓아 누웠다. 온몸이 쑤시는데다가 열까지 있어, 바깥 출입은커녕 방 문턱도 넘지 못했다. 몸이 아플 때는 잠시 술을 끊어야 하는데 그걸 지키지 못했다. 약이라도 지어 먹으면 다소 차도가 있을텐데도 약 대신 술로 병을 잊으려 하는 것이다. 만수가 아무리 애원을 해도 쇠 귀에 경 읽기였다.

    술도가에서 외상술을 더 줄 수 없다고 하자 최 북은 기어이 광기마저 부리는 것이었다. 무슨 수를 써서라도 술을 받아오라고 고함을 질렀다.

    그러나 만수한테 무슨 수가 있겠는가. 주인의 발광이 무서워 벌벌 떨기만 했다. 그러자 최 북이 그에게 가위를 건네며 자신의 머리를 자르라고 했다.

    "머리를 잘라 무엇에 쓰려고 하십니까요?"

    "팔아서 술을 받아 오너라."

    "나으리 머리는 아니 됩니다요."

    "어째서?"

    "남정네 머리털은 뻣뻣해서 쓸모가 없습니다요."

    "네놈이 그걸 어찌 아느냐?"

"어른들이 하는 얘기를 들었는뎁쇼."

"그렇다면…."

최 북이 갑자기 자리를 털고 일어나더니 헛간으로 가 도끼를 들고 나왔다. 그리더니 삽짝을 비롯해서 울타리를 모두 뽑거나 베어버리는 것이었다. 만수는 영문을 몰라 그저 구경만 할 뿐이었다.

삽짝과 울타리에서 나온 나무토막과 마른 싸리들이 마당에 어지럽게 쌓였다. 최 북은 그것들을 한데 묶었다.

"이걸 지고 가서, 술과 바꿔 오너라."

"나으리…."

만수가 너무 기가 차서, 주인의 얼굴을 멀뚱하게 바라보기만 했다. 미쳐도 단단히 미친 것이라고 단정할 수밖에 없었다. 그가 더욱 무서워지면서 이제는 여기서 떠날 때가 되었다고 생각했다. 술이 아무리 좋다고 해도, 문짝과 울타리를 뽑아 술과 바꿔 먹는 사람은 세상 어디에도 없을 것 같았던 것이다.

"이놈아. 냉큼 다녀오지 않고 뭣하고 있느냐?"

"가기는 갑니다요. 허지만, 술을 아니 주면 어쩝니까요?"

"…술독에 네놈이 빠지거라. 집에 와서 옷을 짜면, 술이 나오지 않겠느냐."

"참말로, 기가 막힙니다요."

만수는 짐을 지고 나서기는 했어도 막막했다. 땔감도 못되는 것을 술도가에서 술과 바꿔줄 리가 만무한 것이다. 그래도 술을 내준다면 최 북한테는 이것이 버릇이 될 것이다. 그러면 방 문짝은 물론이고, 마룻장까지 뜯어내 술과 바꿔 먹을 것 같았다. 그 시중을 어찌

들겠는가 싶어 눈 앞이 캄캄했다.

이 참에, 집으로 돌아갈까…?

만수는 짐을 내려놓고 한참을 궁리했다. 집으로 돌아가면 굶어죽기 십상이다. 그렇다고 최 북의 집이 만만한 것도 아니다. 양식 걱정보다는 자기 입에 들어갈 술 걱정부터 하는 주인을 마냥 믿을 것도 못되었다.

불쌍한 환쟁이….

자기가 돌아오기를 눈이 빠지게 기다릴 주인의 몰골을 떠올리자 가슴이 저렸다. 오죽 술이 먹고 싶었으면 저러나 싶어 측은한 생각이 드는 것이었다. 이름을 떨치고 있는 조선의 환쟁이 처지가 안타깝기까지 했다. 결국 짐을 다시 지고 길을 재촉했다.

만수의 얘기를 듣고 난 술도가 주인이 그만 혀를 찼다. 술장사 삼십 년에 그런 기인을 아직 만나본 적이 없기 때문이다.

"내가 술은 주겠다만, 양식은 있느냐?"

"오늘까지 먹으면, 없습니다요."

"허면, 양식을 사기 위해서는 방 문짝도 뜯어야 되지 않겠느냐."

"소인 생각도 그렇습니다요."

"기가 막힐 노릇이구나. 가서 화공한테 이르거라. 그림을 가지고 오면, 술을 마음껏 마시게 할 것이다."

"그리 전하겠습니다요."

만수가 술을 받아가지고 달려오는데 최 북이 아예 집 밖으로 나와 그를 기다리고 있는 것이 보였다. 그러면서 만수를 보자 빨리 오라고 연해 손짓을 보냈다. 멀리서 봐도 그의 입이 개구리처럼 찢어져 있었다.

 만수가 술도가 주인의 얘기를 전하자 대뜸 입이 귀에 걸렸다. 그러고도 믿어지지 않는 듯 사실이냐고 거듭 물었다.

 이튿날, 최 북은 만수가 전한 말을 그대로 믿어 그림 두 폭을 들고 집을 나섰다. 이 그림이면 술 한 독쯤은 마실 수 있을 것으로 자신만만했다.

 최 북이 정말 그림을 들고 술도가에 나타나자, 주인은 그만 말을 잃고 걸상에 풀썩 주저앉고 말았다. 반 농담으로 전한 얘기를 그대로 믿고 있는 그가 어처구니가 없었다. 순진한 것인지, 아니면 바보인지 가늠할 수가 없었다.

 "주인장. 그림을 주면, 정말 술을 마음껏 마시게 한다고 했소?"
 "그렇기는 합니다만…얼마나 마실 생각이십니까요?"
 그러자 최 북이 바닥에 묻은 술독들을 일일이 둘러보았다. 한동안 생각에 잠기던 그가 제일 큰 술독을 가리키는 것이었다.
 "여기에 술이 몇 말 들어 있소?"
 "한 대여섯 말쯤 될 겁니다요."
 "허면, 이 그림과 바꿉시다."
 "그럴 수는 있습니다만, 이 술을 다 자시겠다는 말씀입니까요?"
 "못마실 것도 없지. 허면, 이제부터 이건 내 술이오."
 최 북은 그림을 주인의 품에 안기고는 갑자기 그 자리에서 신을 벗는 것이었다. 주인은 그의 속내를 몰라, 하는 대로 가만 두었다. 설마 술독에다 오줌을 싸지는 않겠지 싶었던 것이다.

주인은 최 북의 다음 행동을 지켜보기로 했다. 기괴한 행동을 잘 하는 환쟁이로 소문이 나 있어 몹시 궁금했다.

신을 벗은 최 북이 이번에는 옷을 훌렁훌렁 벗는 것이었다. 결국 마지막으로 고쟁이 하나만 걸친 모습이 되었다. 마침 술을 받으러 온 사람들이 그를 낱낱이 지켜보고 있었다. 그뿐만 아니라 지나가던 사람들까지 모여들었다. 그런데도 최 북은 전혀 아랑곳하지 않았다.

술도가 주인이 최 북에게 무엇을 할 셈이냐고 물었다. 그러자 그가 '이 술독은 분명히 내것이라고 했소.' 하고는 뚜껑을 여는 것이었다.

설마 설마 했더니 최 북이 술독으로 몸을 넣는 것이 아닌가. 오척 단구의 작은 몸피라, 목까지만 간신히 남겨두고 그의 온몸이 술 속으로 들어가 버렸다.

"원, 세상에…어찌 이러실 수가 있습니까?"

"분명히 내 술이라고 하지 않았소? 그러니, 내 마음대로 하는 것이오."

"아무리 그렇더라도, 이걸 어찌 드신단 말씀입니까?"

"내가 두고두고 마실 것이니, 다른 사람한테는 주지 마시오."

주인을 비롯해서 구경꾼들이 벌린 입을 다물지 못하고 넋을 놓고 있는 사이에, 최 북은 독에 빠진 채로 술을 먹어댔다. 입을 빼끔거리는 모습이 영락없는 붕어였다.

"주인장. 안주는 아니 주오?"

"아 예, 드리고 말굽쇼."

넋이 나간 주인이 황망이 북어 찢은 것을 그의 입에 틀어넣었다. 최 북은 안주를 으적으적 씹으면서 노래까지 흥얼흥얼했다. 구경꾼들이 그를 지켜보면서 하는 소리는 '미쳐도 단단히 미쳤구면.' 할 뿐이었다.

주인이 기어코 바닥에 풀썩 주저앉고 말았다. 그러거나 말거나 최북이 이번에는 시 한 수를 읊어댔다.

금준에 가득한 술을 슬카장 거후르고
취한 후 긴 노래에 즐거움이 그지없다
어즈버 석양이 진다 마라 달이 조차 오노매라

33

최 북은 집에 있기가 지루해서 바람도 쏘일 겸 저잣거리에 들러 술 한 되를 마셨다. 해가 미처 중천에 오르기도 전에 마신 터라 빨리 취했다. 며칠 전 술도가에서 있었던 광기 이후로 술을 마시지 않아도 노상 술에 취한 기분이었다. 낮술에 취하면 제 아비도 몰라 본다는 말이 맞는 것 같았다. 고작 술 한 되에도 눈 앞의 사물을 온전하게 구별할 수가 없었다. 술독에 들어가 입으로, 코로, 귀로, 그리고 땀구멍을 통해 들어간 술이 여태 남아 있는 모양이었다. 틀림없이 몸이 술에 절어 있을 것이다.

그날, 붕어처럼 마신 술의 양이 얼마나 되는 지는 기억할 수가 없다. 독 안에서 이미 의식을 잃어, 주인에 의해 건져졌을 때는 반송장이 되었다. 몸이 젖은 빨래처럼 늘어져, 아무리 흔들어도 눈조차 뜨지 못했다. 결국 술도가 빈방에서 이튿날까지 엎어져 있었다. 술을 토하는 것은 차치하고 오줌까지 싸는 바람에 그 악취가 집 밖에까지 번졌다. 술도가 주인은 송장을 치우지 않게 된 것만도 다행이라고 생각했다.

간신히 깨어난 최 북은 아직 눈에 풀칠을 한 채 술독에 남은 술을 궁금해 했다. 주인이 아직 남았다고 하자 다행이라는 듯이 아주 흡족해 하는 것이었다.

"그걸 어찌 하시겠습니까요?"

"가져가야지."

"몸을 담갔던 술인뎁쇼."

"내 몸뚱이를 씻은 것인데, 내가 마셔야 되지 않겠소."

결국 지게에 실어 짐꾼이 집에다 옮겨주었다. 최 북은 그 와중에도 술이 쉴 것을 염려해, 독을 물에 담가 놓을 것을 만수한테 단단히 일렀다.

그 술이 아직 남아 있었다. 그래서 빨리 귀가한 것 같았다. 맛이 변하기 전에 마저 마실 생각인 것이다.

최 북이 저만치 울타리도 없는 집을 한심스럽게 바라보며 다가가고 있는데, 만수가 왠지 호들갑스러운 몸짓으로 뛰어왔다. 그러고는 대뜸 코부터 싸쥐었다. 그의 몸에서 풍기는 술내가 역겨웠던 모양이다.

"아직도 술냄새가 진동합니다요."

"그야 당연하지 않겠느냐. 내가 땅에 묻혀도 술 냄새가 없어지지 않을 것이다."

"그런데요, 나으리. 양식은 언제 팔아오셨습니까요?"

"양식을 팔아오다니? 나는 그런 적이 없느니라. 네놈이 헛것을 본 모양이지."

"아닙니다요. 마루에 곡식 자루가 있던뎁쇼."

"…귀신이 다녀간 모양이구나."

만수의 말이 사실이었다. 곡식이 들어 있을 것으로 보이는 자루 하나가 마루 끝에 놓여 있는 것이다. 처음 보는 자루여서 아무래도 집을 잘못 찾아온 것으로 생각할 수밖에 없었다.

만수로 하여금 자루를 풀게 했더니, 거기에 정말 쌀과 보리가 따로따로 들어 있는 것이었다.

"집을 비웠었느냐?"

"나무하러 뒷산에 갔었는뎁쇼."

"허면, 그 사이에 누군가 다녀간 것이다. 헌데, 누굴까…?"

순간적으로, 원교와 필재의 얼굴을 떠올렸다. 그러나 이내 지워 버리고 말았다. 만난 지가 얼마 되지 않아 그들이 왔을 리가 없는 것이다.

최 북은 갑자기 이상한 생각이 들어 급히 방 문을 열었다. 그러자 문지방 바로 밑에 피봉도 없는 웬 서찰 하나가 놓여 있는 것이었다.

최 화사님.

전부터 화사님의 그림이 갖고 싶어, 이 같이 몹쓸 짓을 하였습니다. 아무에게나 그림을 주지 않는다는 소문을 익히 들은 바 있어, 이같은 무례를 저질렀습니다. 그림 값으로는 턱없이 부족한 줄 아오나, 우매한 생각으로 대신 곡식을 조금 놓고 갑니다. 깊이 헤아리시어, 용서하십시오.

조악하게 날린 글씨로 보아 글을 많이 배운 자는 아닌 것 같았다. 그런 자가 그림에 욕심을 냈다는 게 우스웠다. 차라리 직접 찾아와서 뜻을 밝혔으면 한 점쯤 줘도 아깝지 않았을 사람 같았다.

그가 벽에서 떼어간 그림은 〈관폭도觀瀑圖〉였다. 낙관한 것을 가져간 걸 보면 아주 무식쟁이는 아닌 것 같았다. 최 북은 그저 웃고 말았다. 단순한 도둑이 아니고 그림을 선택한 것이 오히려 갸륵했던 것이다.

옆에서 주인을 지켜보던 만수가 몸을 바들바들 떨었다. 집을 비웠던 제 불찰이라고 생각하는 것 같았다. 그러면서도 웃고 마는 주인의 속내를 알 수가 없는 것이다.

"쇤네가 죽을 죄를 지었습니다요."

"지닐 사람이 가져간 것이니, 괜찮다."

"그럼, 저 곡식으로 값이 됩니까?"

"그냥 훔쳐간 것보다는 낫지 않느냐. 마침 양식도 떨어진 판에, 잘 되었지 뭐냐. 술이나 퍼 오너라."

별 해괴한 일도 있구나 싶으면서도 기분은 과히 나쁘지 않았다. 자신의 그림이 그토록 갖고 싶었다고 하니 굳이 괘씸하게 생각할 일은 아닌 것 같았다.

"만수야. 오늘은 원님 덕분에 나발 좀 불어보자꾸나."
"무슨 말씀이십니까요?"
"흰밥을 먹어보자는 말이다. 네놈도 처음이지?"
"그렇습니다요. 정말, 흰밥을 지을깝쇼?"
"오냐. 배 터지게 먹어보자꾸나."

만수의 몸놀림이 갑자기 바빠졌다. 우선 술상도 들여야 하고, 밥도 지어야 하고, 쌀밥에 맞는 반찬도 만들어야 하고….

만수가 부엌에서 소란스럽게 설치는 소리를 들으면서 최 북은 자꾸 웃음이 나왔다. 곡식을 그림 값으로 놓고 간 도둑의 소행이 기특했던 것이다. 속담에 '본 놈이 도둑질한다'고 했다. 그러면 오늘 왔다간 도둑은 이미 최 북의 그림을 잘 알고 있는 자이니 도둑임에는 틀림없는 것이다. 그래도 밉지 않으니, 어쩌랴. 〈장자莊子〉편에

도적의 무리 중에 하나가 두목에게 도둑한테도 도(道)가 있느냐고 물었다. 그러자 대답하기를 '세상에 도가 없는 게 어디 있느냐. 집 안에 소장된 물건을 불의로 넘겨다 보지 않는 것은 성(聖)이고, 먼저 들어가는 것은 용(勇)이고, 맨 뒤에 나오는 것은 의(義)이며, 가부를 판단하는 것은 지(知)이고, 고루 나누어 갖는 것은 인(仁)이다. 이 다섯 가지가 구비되지 않고서는 대도(大盜)가 될 수 없는 것이다.'라고 했다.

그러면 내 그림을 훔쳐간 자는 어느 쪽에 드는가…? 최 북이 좀처럼 웃음을 참지 못한 채 술잔을 기울이고 있는데 뜻밖에 필재가 찾

아왔다. 만난 지 며칠 되지 않아 의아로우면서도 우선 반가운 마음이 앞섰다.

"필재가 어쩐 일이십니까?"

"이쪽을 지나 오는 바람이 술 냄새를 싣고 오더이다."

"지금 술이 문제가 아닙니다."

"술이 문제가 아니라니요? 호생관한테 좋은 일이 있었습니까?"

"호생관이라…내가 생각해도, 정말 잘 지은 호가 아닐 수 없습니다. 지금 술 냄새 말고, 혹시 다른 냄새는 못맡으십니까?"

"글세 올시다…?"

"곧 두고 보면 아실 겁니다. 무슨 일이 있었는고 하니…."

최 북이 비로소 그림 도둑 얘기를 풀어놓았다. 그러나 필재는 웃기는 커녕 왠지 심각한 표정을 짓는 것이었다. 최 북이 궁금해서 이유를 물었다.

"요즘, 그런 일이 장안에서 자주 일어난다고 하더이다. 필경, 그림 거간꾼들의 장난이 아닌가 싶소. 귀한 그림을 고작 곡식 몇 줌으로 바꿔가는 놈들이지요. 놈들은 그걸 비싼 값에 넘길 것이 분명해요."

"나는 그런 줄도 모르고, 기특하게만 생각했습니다. 그림 그려 밥 먹는 호생관이라, 오히려 잘된 일이라 여겼지요. 내가 손수 들고 나가지 않아도 됐으니 말입니다."

최 북이 갑자기 만수를 불러들였다. 이마에 땀을 꼬질꼬질 흘리며 만수가 들어왔다. 왠지 주인의 낯빛이 좋지 않아 긴장했다.

"그 흰밥은 당장 버리거라. 아까우면, 네놈이 처먹든가."

"나으리는 아니 잡수십니까요?"

"술이나 새로 받아 오너라. 귀한 손님한테 땟국 빠진 술을 드릴 수는 없지 않느냐."

그러고는 남은 술을 벌컥벌컥 들이키는 것이었다. 가증스러운 도둑한테 속았다는 생각이 들자 열방망이가 가슴을 뜨겁게 지지는 것이었다.

34

최 북이 오랜만에 화상에 들렀다. 맡긴 그림이 팔렸는가 싶어 갔더니, 아직 구매자가 나타나지 않는다고 했다. 최 북이 실망을 하고 있는데 주인이 시렁에서 뭔가를 꺼내 슬그머니 내미는 것이었다.

뜻밖에도, 얼마 전 도둑 맞았던 〈관폭도〉였다. 최 북은 너무 놀라서 그림과 주인의 얼굴을 번갈아 바라보기만 할 뿐이었다.

"최 화사가 그린 것이 맞습니까?"

"그렇기는 한데…이것이 왜 여기에 있소?"

"어떤 사람이 가지고 왔기에, 맡아놓기는 했지요. 그러나 자세히 보니, 최 화사의 진필이 아닌 것 같았습니다. 나중에 알아 보니, 이 같은 그림이 여러 점 나돌고 있더군요."

최 북은 비로소 그림을 자세히 들여다 보았다. 〈관폭도〉는 분명하지만 자신의 필세(筆勢)가 아니었다. 선이 거칠고, 채색이 자연스럽지 못했다. 훔친 것을 모사한 것이 분명했다.

"이것 때문에, 최 화사의 평판이 좋지 않게 돌고 있습니다."

"그게 무슨 말이오?"

"말씀 드리기 민망하지만, 최칠칠이 그림을 마구 양산한다는 소문입니다. 그런 소문이 돌기 시작하면, 그림 값이 떨어지게 되지요."

"이런 변이 있나…."

그제서야 필재가 한 말이 떠올랐다. 그 도둑이 필시 모사를 해서 팔아먹을 것이라고 했었다. 그의 예상이 적중한 것이다.

화상 주인이 최 북의 얘기를 듣고는 필재 말이 맞다는 것이다. 최 북도 이런 현상이 어제 오늘의 일이 아님을 이미 알고 있었다. 그러나 자신한테까지 피해가 올 줄은 미처 생각하지 못했던 것이다.

"그래서 그런지, 요즘 와서는 최 화사의 그림을 선뜻 사려고 하지를 않습니다. 화상에 나와 있는 것까지 의심을 한다니까요."

"그 도적놈을 어떡하면 잡을 수 있겠소?"

"쉽지 않을 겁니다. 앞으로는 그림을 잘 보관하셔야 되겠습니다."

"이놈을 잡기만 하면, 다리몽뎅이를 그냥…헌데, 이 그림을 가져온 자가 누구요?"

"처음 보는 사람인데, 출처를 끝내 말하지 않더군요. 화가 자기한테 미칠 것을 우려하는 것 같았습니다. 그보다는 모사한 그림을 빨리 회수하는 것이 좋을 듯 싶습니다. 그렇지 않으면, 최 화사 그림의 가치가 떨어질 게 아닙니까."

"이걸 가져온 자를 추궁했어야 하는데…."

"그림 값을 받으러, 조만간 나타날 겁니다. 그때 다시 알아볼 셈입니다."

최 북은 손과 무릎이 떨릴 만큼 화가 부글부글 끓었다. 그 도둑을 잡기만 하면 멱을 따 죽이고 싶었다. 그러자 화상 주인의 말이, 도둑도 잡아야 되겠지만 〈관폭도〉를 모사한 자도 찾아내야 한다는 것이다. 옳은 말이었다.

화상에서 나온 최 북은 곧장 저잣거리를 뒤지기 시작했다. 각종 위작(僞作)들만을 모아서 파는 장사치를 찾기 위해서였다. 그러나 그들을 찾기란 쉽지 않았다. 종일 다리품만 팔았을 뿐이었다.

최 북은 다리도 쉴 겸 목을 축이기 위해 주막으로 들어갔다. 아직 때가 안 돼서 그런지 손님이 그리 많지 않았다. 그는 술청에 앉기도 전에 술부터 시켰다.

석 잔째 술을 따르고 있을 때 중년 남자 하나가 들어섰다. 그는 주막 안을 휘 둘러보고는 술청에 엉덩이를 걸치려다 최 북과 눈이 마주쳤다. 그러자 짐짓 헛기침을 내뱉으며 슬그머니 다시 나가버리는 것이었다. 어쩐지 최 북을 경계하는 눈치였다.

최 북은 순간적으로 이상한 생각이 들어 얼른 일어나 그의 뒷모습을 눈여겨 보았다. 그 역시 흘끔 뒤를 돌아보더니 더 빠른 걸음으로 사라지는 것이었다.

"주모. 방금 들어섰던 그 남자를 아시오?"

"글씨…낯이 익기는 익는디, 생각이 잘 안 나는디요."

"잘 생각해 보슈. 내가 보기에, 장사치는 아닌 것 같은데….."

"장사치 입성은 아니지라. 가만, 가만…오오라. 장사치는 장사치구마. 긍께, 그게 봄이었나…? 뭔 그림을 팔러 온 적이 있어야."

최 북의 추측이 맞았다. 그의 거동이 마음에 걸려, 혹시 그림을 팔러 왔던 게 아닐까 했던 것이다. 환쟁이는 분명 아니었다. 그에게서 풍기는 분위기가 그랬다.

"누구 그림을 팝디까?"

"저 겉이 무식헌 년이 그걸 어찌 안다요. 그란디, 그건 왜 물으신다요? 혹시, 그림을 사실라고 그러요?"

"좋은 그림이 있으면, 살 수도 있소."

"그러요? 우리 집에도 저런 남자가 가끔 오는디. 또 오믄, 나가 말을 전해야 쓰겠소이?"

"…그러시오."

주모가 전하는 그 남자가 〈관폭도〉를 훔쳐간 자는 아니라도, 모사한 것을 팔 수는 있다는 생각이 들어 그녀에게 슬쩍 눙쳤던 것이다. 만약 그게 사실이어서 그 자를 추궁하면 원본의 출처를 알아낼 수도 있기 때문이다.

최 북은 더 앉아 있을 마음이 없어 마지막 잔을 급히 비우고 주막을 나왔다. 한 되를 마셨는데도 술이 전혀 취하지 않았다.

길을 가면서도 마음이 자꾸 씁쓸했다. 누구의 그림이든 남의 것을 모사하는 자라면 그도 환쟁이가 될 꿈을 품었을 것이다. 결국 화사는 되지 못하고 모사나 해서 연명하는 처지가 된 것이다. 못된 놈이라고 생각하면서도 한편으로는 연민이 들었다. 목구멍이 포도청이라고, 오죽 살 길이 막막했으면 그런 짓을 할까 싶은 것이다.

그러나 원작자의 눈이 시퍼렇게 살아 있는데 그의 그림을 모사해서 진필인 것처럼 속여 팔아먹는 것은 용서할 수 없는 일이다. 그렇게 함으로써 원작자의 손상된 명예는 어떻게 보상 받는다는 말인가.

집에 당도했을 때는 이미 해질녘이었다. 만수가 마침 저녁밥을 짓고 있다가 황망히 뛰어나왔다. 그러더니 자구 고개를 갸웃거리는 것이었다. 이유를 묻자, 어째 술을 마시지 않았느냐고 물었다. 전에 없던 일이라 신기했던 모양이다.

"도둑놈이 놓고 간 곡식이 여태 남았느냐?"

"나으리께서 안 드셔서, 남았는뎁쇼."

"나는 절대 아니 먹을 것이니, 네놈이나 먹거라."

"낮에, 냉천동 나으리께서 오셨다 가셨는뎁쇼."

"원교가?"

"술하고 북어를 사오셨습니다요."

"잘 되었구나. 냉큼 술상 차리거라."

필시 〈관폭도〉 도둑맞은 얘기를 필재한테 듣고는 위로차 왔을 것이다. 그 역시 모사품이 나도는 것을 걱정했을 것이다. 오늘 화상에 가서 겪은 얘기를 듣는다면 그도 크게 분노할 것이 분명하다.

젠장. 그림을 어디에 숨겨놓는단 말인가.

35

 느닷없이 원교와 필재가 함께 찾아왔다. 둘이서 미리 만나 같이 온 것 같았다. 왠지 필재는 빙긋이 웃고 있는데 원교는 연해 혀를 차는 것이었다. 뭔가 최 북의 허물을 알고 흉을 보는 게 분명했다. 최 북은 지레 마음이 켕겨서 그들의 눈치만 살폈다. 그러자 원교가 또 혀를 찼다.
 "칠칠하다는 말은 막힌 데가 없이 민첩하고 약다는 뜻이거늘, 호생관은 어찌하여 그리도 칠칠하지 못하시오?"
 "…무슨 말씀입니까?"
 "그림을 도둑 맞았다니, 답답해서 그럽니다."
 "도둑 맞으려면 개도 안 짖는다지 않습니까."
 "울타리까지 없애버렸으니, 도둑이 제 집처럼 드나드는 게 아닙니까."
 "도둑이 마음만 먹으면, 열 사람이 지켜도 소용없는 일인 걸요."
 "도둑맞은 그림을 찾아주면, 술 서 말 내시겠소?"
 "여부가 있습니까. 허나, 그걸 어찌 찾겠습니까."
 최 북이 한숨을 내쉬자 원교와 필재가 서로 눈짓을 주고 받으며 빙그레 웃는 것이었다. 아무래도 최 북이 모르고 있는 사실이 있는 눈치였다. 최 북은 그들의 속내를 몰라 시선을 천정에다 올려놓기만 했다.

"술 서 말 내시구료."

"그림을 찾으면야…."

비로소 원교가 품에서 보자기에 싼 것을 꺼내 내놓는 것이었다. 최 북이 영문을 몰라 그걸 내려보고만 있자 어서 풀어보라고 채근을 했다.

"아니, 이건…."

천만 뜻밖에 〈관폭도〉가 들어 있는 게 아닌가. 최 북의 진필이 분명했다. 그것뿐만 아니라, 모사한 것 두 점이 함께 들어 있는 것이었다.

"어찌 된 일입니까?"

"진필이 분명한지, 그것부터 확인하시구료."

"제가 그린 것이 분명합니다. 헌데, 이걸 어떻게 찾았답니까?"

"우여곡절이 있었지요."

최 북이 그림을 도둑맞은 이후 크게 상심해 있다는 얘기를 원교도 들어 알고 있었다. 그 후 필재와 함께 저잣거리를 돌기 시작했다. 모사품의 진원지를 찾기 위해서 알 만한 곳에 수소문을 했다. 그러고 며칠 후, 그 계통에 정통한 자의 제보로 마침내 도둑을 찾아냈던 것이다.

원교는 인척으로 있는 포졸 하나를 대동하고 도둑의 집을 급습했다. 도둑은 지은 죄가 있는지라 몇 차례 추궁하자 결국 실토하고 말았다. 다행히 그때까지 원본을 가지고 있어 그 자리에서 되찾았다. 그뿐만 아니라 매물로 내놓기 위해 그려놓은 모사품까지 전부 회수했다. 포졸까지 데리고 간 터라, 얼굴이 사색이 되어 용서를 구했다.

필재는 도둑을 포도청에 넣기 전에 최 북한테 먼저 끌고가는 것이 옳다고 했다. 그러자 도둑이 더욱 비대발괄했다.

"나으리. 최 화사님한테 끌고 가실 바에야, 차라리 제 목을 치십시오."

"가서 용서를 빌어야 하지 않겠느냐."

"평소에 존경하는 분이었는데, 무슨 낯으로 뵙겠습니까. 차라리, 이 자리에서 참수하여 주십시오."

"네놈 소행이 최 화사의 마음을 얼마나 아프게 하였는지, 짐작이나 하고 그런 소리를 하느냐?"

"입이 열이라도, 아뢸 말씀이 없습니다요. 구복(口腹)이 원수라, 그만…."

"네놈이 배를 채우는 동안, 최 화사는 매일 술로 사시느니라."

"죽을 죄를 지었습니다. 다시는 이런 짓을 아니 할 것입니다요."

"약조할 수 있느냐?"

"하늘에 대고 맹세합니다요. 그뿐만 아니라, 한양을 떠나겠습니다."

"허면, 다른 곳에 가서 또 이런 짓을 하겠다는 말이더냐?"

"아닙니다요, 절대 아닙니다요."

도둑이 진심으로 뉘우치는 것 같아 결국 포도청으로 끌고 가는 것만큼은 면해주었다. 최 북 또한 그걸 원치 않을 성품인 것을 알아 그 자리에서 방면하고 말았다.

그들의 얘기를 듣고 난 최 북은 한동안 무구포로 일관했다. 그는 표정을 야릇하게 일그러뜨리면서도 한편으로는 온화한 모습으로 돌아오기도 했다. 원교와 필재는 그의 뜻을 몰라 한동안 지켜보기만 했다.

"그림을 되찾은 기분이 어떠시오?"

"집 나간 자식을 다시 찾은 마음이지요. 두 분께 고마울 뿐입니다."

"그 자를 이리로 끌고 올 것을 잘못한 것은 아닌지 모르겠소."

"아닙니다. 저 역시 호생관이거늘, 그 자의 처지를 어찌 모르겠습니까. 다시는 그런 짓을 아니 하겠다니, 그걸로 되었지요."

"허면, 어서 술이나 내시구료."

"여부가 있습니까. 오늘은 말술을 드셔야 합니다."

최 북이 그 즉시 만수를 불러, 정말 술 한 말을 받아오도록 일렀다. 만수도 그림을 되찾았다는 말에, 자신의 잘못이 비로소 지워졌다 싶어서 발정난 노새처럼 뛰어나갔다.

최 북은 그림을 어디에 숨겨놓아야 안전할지 며칠을 생각했다. 그러나 뾰족한 수가 떠오르지 않았다. 지금까지는 벽에 잠시 붙여놓거나, 고비에 넣어두고 있었다.

문도 울타리도 없는 흉가 같은 집에 도둑이 들어오리라고는 상상도 하지 않았다. 가져갈 것이라고는 솥단지와 그릇 몇 개, 그리고 수저가 있을 뿐인 집이었다. 그래도 도둑이 온다면, 그건 무식한 좀도둑에 불과하다. 그런 자가 그림에 눈독을 들일 리 만무하다고 무심했던 것이다.

그림을 벽장 깊숙 한 곳에 숨겨두는 일도 마음이 놓이지 않았다.

쥐가 상주하고 있어 뜯어먹기 십상인 것이다. 나무궤짝도 갉아먹는 판에 더구나 종이는 좋은 먹이일 것이다.

그렇다고 땅에 파묻어 둘 수도 없지 않은가. 빗물이 스며들 게 분명하다. 천정 속에다 숨긴다 해도 쥐 좋은 일만 시키는 일이다. 원교는 당분간 자기 집에 보관하라고 했으나 그것도 매번 번거로운 일이다.

결국 마지막 한 가지 방법은 화상에 맡겨두는 것이다. 그것이 제일 안전한 방법일 것 같았다. 어차피 화상을 통해 팔아야 할 바에는 그 길을 택하는 것이 안전할 성싶었다.

이튿날 화상으로 달려가 상의를 했더니, 아주 좋은 생각이라며 의외로 반기는 것이었다. 그 대신 모든 그림을 일체 자기한테 맡기는 조건을 걸었다. 자기 화상에서 독점하겠다는 뜻이었다. 그때그때 잘 팔아만 준다면 최 북한테도 편리한 일이다.

"그러나 양식을 사거나, 술을 사먹기 위해서 그린 것은 내가 알아서 하겠소."

"그러십시오. 허지만, 그림을 남발하지는 마십시오. 최 화사의 화격에 흠이 갈까 봐 염려해서 드리는 말씀입니다."

"나도 그림과 물건을 맞바꾸는 것은 원치 않소. 어쩔 수 없어서 그럴 뿐이지. 그러니까, 화상에서 빨리 팔아줘야 할 것이오."

최 북은 이번 도난사건으로 세상살이에 대해 새삼 깨달았다. 매사 무심하게 살아온 터라, 경계심 같은 것은 전혀 갖지 않았었다. 그러나 세상 인심이 자기와 꼭 같으라는 법이 없다는 걸 깨달은 것이다.

그것이 또 마음을 우울하게 했다. 사람이 사람을 믿지 못하는 세상에 산다는 것이 서글픈 것이다. 자신의 그림을 맡아주는 화상도 자신을 믿기 때문이고, 그림을 사는 사람도 최 북이라는 화사의 화격을 믿기 때문에 사는 것이다. 그렇게 세상 사람들과 더불어 사는 것이다. 그런데도 긴장하고 경계하여 사람들을 의심해야 한다. 이 얼마나 슬픈 일인가.

허긴, 자기 자신도 믿지 못하는 게 사람이거늘…

36

정묘년(1747) 3월, 일본으로 가는 통신사(通信使) 중에 최 북이 선발되었다. 통신사란 곧 외교사절단으로, 조선과 일본 양국이 동등한 입장에서 사신을 교환하는 것이다. 통신사로 뽑힌 사람들은 일본의 정치·사회·문화·경제 등의 각 구조와 그 역할을 시찰하는 사명을 띠고 있었다.

이번 사행원(使行員)이 모두 475명이었다. 이 가운데 삼사*에 드는 중관(中官) 이상이 90여 명이나 되었다. 그러나 최 북은 이들 무리에 들지 못하고, 통신사 명단에는 없어, 수행 화원(畵員)으로서 하관(下官)들 틈에 끼었을 뿐이었다. 최 북과 같은 하관으로 진광(眞狂) 김계승(金啓升)도 끼었다. 그는 '당금지천하일필**'이라는 극찬을 들고 있는 기인 서예가다.

　최 북을 통신사 일행으로 추천한 사람은 부사(副使)로 발탁된 죽리(竹裏) 남태기(南泰耆)였다. 그러나 최 북과 김계승이 수행토록 천거한 사람은 석북 신광수였다. 일본으로 가는 남태기한테 송별시를 써 주면서 두 사람을 데려가도록 청을 넣었던 것이다.

　남태기는 을묘생(1699)으로, 정시문과***에 급제한 사람이다. 그는 여러 관직을 거친 끝에, 승지(承旨)가 되어 이번에 통신사가 되었다.

　같은 해 11월 28일, 통신사절단이 드디어 한양을 출발했으며 그로부터 18일만인 12월 16일, 경남 동래에 당도했다. 거기서 며칠 휴식을 취한 다음에 첫 기항지인 일본 대마도를 향해 다시 출발한 것이다.

　이들 사절단이 일본에 머무는 동안 일본인들과 서로 시문(詩文)을 주고 받았고, 특히 화사들한테는 조선의 서화를 많이 요구했다. 마침 일본 조산번(篠山藩)의 가노(家老)인 송기관해(松琦觀海)가 최 북의 그림을 보고는 이름과 관직을 물었다. 사절단 명단에도 들어있지 않은 하관 신분이라, 그는 필담(筆談)으로 '여기에 살고 있다는 뜻으로 거기재(居其齋)라 하는데 일정이 바빠서 대화에 더 응할 수가 없다'고 대답하여, 거북한 자리를 모면하기도 했다. 그 바람에 최 북한테 '거기재' 라는 호 하나가 더 생긴 셈이었다.

*　　　삼사(三使): 통신사 · 부사 · 종사관.
**　　當수之天下一筆: 당대의 천하일필.
***　　정시문과(庭試文科): 나라에 경사나 중대사가 있을 때, 궁중 뜰에서 실시하던 과거시험.

최 북은 일본에 머물면서, 일본사람들에게 산수도 〈술진계하戊辰季夏〉를 비롯한 많은 그림을 그려주었다. 그리고 〈연자발령의모도延子髮齡依母圖〉와 같은 일본 그림을 모사했다.

통신사절단이 한양으로 돌아온 것은 다음 해인 무진년(1748) 7월 13일이었다. 6개월 동안 일본에 머물러 있었던 셈이다.

집에 돌아오자 원교와 필재, 그리고 혜환재 등이 한꺼번에 몰려왔다. 무사히 귀환한 것을 환영하고, 일본 여행담을 들으러 온 것이다.

"고생이 많았겠소."

"집을 떠나면, 다 고생 아니겠습니까. 우선 숙식이 불편하더군요. 일본사람들은 우리처럼 온돌을 쓰지 아니하고, '다다미' 라는 것을 깔고 생활하는 고로, 며칠 동안 잠을 이루지 못했습니다. 어디 그뿐입니까. 음식이 조선과는 많이 달라서, 비위에 맞지를 않더군요. 게다가 사절단의 일정이 바쁘다 보니, 술도 마음 놓고 마시지를 못했습니다. 그것이 제일 고통스러웠지요. 그래도 일본문화를 접할 기회가 되어, 저한테는 큰 소득이었습니다."

"일본 화단은 어떤 것 같습니까?"

"일본 그림은 원래 중국의 송(宋)나라와 원(元)나라에서 수묵화(水墨畵) 화풍을 들여와 설주(雪舟: 셋슈)에 의해서 꽃을 피우지 않았습니까. 그러다가 지금의 막부(幕府)시대를 맞아 일본남화(日本南畵)가 부흥했지요. 이것 역시 중국의 명(明)나라 청(淸)나라의 남종화를 들여온 데서 비롯된 것이구요."

"이미 그 이전인 아스카 시대의 성덕태자(聖德太子: 쇼도쿠 태자)의 화상(畵像)이 백제의 아좌태자(阿佐太子)에 의해서 그려진 것이고, 법륭사(法隆寺)의 금당벽화(金堂壁畵)도 고구려 담징(曇徵)의 작품이 아닙니까."

"결국, 일본도 우리처럼 중국의 영향을 받지 않을 수 없었지요."

"그래도, 우리와는 화풍이 사뭇 달랐습니다. 산수가 우리와 다르고, 문화 역시 다르다 보니, 그림도 다를 수밖에요. 어쨌든, 우리가 배울 화풍이 아니었습니다."

"그야 그렇겠지요. 예술이란 자국(自國)의 문화를 표현하는 것이니까요."

"설사 일본문화가 우리보다 발전했다고는 해도, 조선처럼 아름답고 살기 좋은 곳이 없다는 생각이 들었습니다. 즐겨서 갈 데가 못되는 것 같았습니다."

"어쨌든 병을 얻지 않고 탈 없이 다녀오셨으니 다행입니다."

술판을 벌이고서도 일본 얘기가 끝 없이 이어져 시간 가는 줄을 몰랐다. 그들이 가져온 술과 안주가 푸짐하여 새벽녘까지 마셨다. 최 북은 오랜만에 탁주 맛을 다시 찾아 술이 끊임없이 들어갔다. 소피 보는 것도 잊은 채 마셔댔다.

최 북은 여독이 웬만큼 풀리자 다시 그림을 그리기 시작했다. 한양에서 동래까지 가는 길에 눈여겨 보았던 산수를 십여 점이나 그렸다. 그러나 일본의 산수는 단 한 점도 그리지 않았다. 일본 전국을 돌아보지 못해서 그렇기도 하겠지만, 본 것 중에서도 마음에 담아두고 싶은 것이 없었던 것이다. 산자수명한 것은 역시 조선의 산과 물이었다.

오랜만에 화상에 들렀다. 일본을 다녀와서 첫걸음이었다. 주인이 몹시 반겼다. 일본에 다녀왔다고 하니, 별난 그림을 기대했던 모양이다.

"일본의 산수는 그리지 않으셨습니까?"

"왜국(倭國)의 산수는 그려서 무엇에 쓰려구요. 산수는 역시 조선 것이 제일입니다."

"그래도, 최 화사가 그린 일본 그림을 보고 싶어 하는 사람이 있습니다."

"설사 그렸다고 해도, 내놓을 생각이 없어요. 걸어놓을 가치가 없는 걸요."

"이국의 화풍이 궁금하지 않겠습니까."

"일본에 가 보면, 그런 생각이 들지 않을 것입니다. 그건 그렇고, 내 그림이 팔렸습니까?"

"많지는 않고, 두 점이 나갔습니다."

"그나마 다행이구료."

그림 값을 받아든 최 북이 화상을 나와서는 길에 한참을 서 있었다. 뭔가 골똘이 생각하는 것 같았다. 잠시 후 그는 어디론가 바삐 걸어갔다.

그가 찾은 곳은 길녀 아비가 하는 저포전이었다. 갑자기 길녀 소식이 궁금했던 것이다. 화성에서 그녀를 본 것이 마지막이라 그 후의 소식이 알고 싶었다. 일본행을 위해 동래까지 가는 길에 화성을 지나갔었다. 그러나 사절단에 묻혀서 개별행동을 할 수 없었기 때문에, 잠깐 길녀의 얼굴을 떠올리기만 했었다.

"화사님께서 어쩐 일이십니까요?"

"지나가던 길에, 들렀소이다. 장사는 잘 되시오?"

"그저 그렇습니다만, 화사님도 무고하신지요?"

"잘 있소. 헌데, 길녀 소식을 듣고 계시오?"

"어디에 처박혀 있는지, 알 길이 없습니다요. 무정한 년…."

"내가 화성에 간 적이 있었는데, 우연히 만난 적이 있소."

"어떤 꼴로 있습니까요?"

"기생 하는 일이 뻔하지 않소. 그 아이를 데려올 생각은 없소?"

"이젠 틀린 것 같습니다요. 기생질이 몸에 뱄을 터인데, 여염집 년으로 되돌려 지겠습니까. 제 년 팔자려니 해야지요."

"나한테도 그런 말을 합디다. 생각하면, 측은한 아이라오."

"왜 아니 그렇겠습니까요. 부모를 잘못 만나서 그렇습죠. 그 년 생각만 하면, 억장이 무너집니다요."

"이제 와서 어쩌겠소. 아이 운명으로 받아들이구료."

그가 기어이 눈물을 짜냈다. 하나밖에 없는 여식을 기생질로 내몬 죄책감으로 그동안 많이 괴로워한 것 같았다. 그의 모습을 지켜보는 최 북도 마음이 편치 않아 슬그머니 등을 돌리고 말았다.

사람의 팔자라는 게 대체 무엇인가.

37

 최 북은 일본을 다녀 온 이후 줄곧 칩거하며 오로지 그림만 그렸다. '호생관'답게 그것만이 유일한 생계수단이라 그리지 않을 수가 없었다. 그뿐만 아니라, 해가 거듭될수록 두껍게 쌓여가는 고독에서 자신을 건져내는 방법이기도 했다. 술만 가지고는 고독에서 벗어날 수가 없었다. 마시면 마실수록 외로움이 더욱 깊어져 그때마다 자학에 빠질 뿐이었다. 자학은 치유될 수 없는 고질병이 되어 심신이 날로 피폐해 갔다. 그래서 올해로 서른일곱 살이 된 그는 나이보다 훨씬 늙어 보였다. 오랜 고독과 술에 찌든 탓이었다.
 그래서 마음을 바꿨다. 고독을 잊기 위해서 그림에 미치기로 한 것이다. 그림에 몰두하는 시간만큼은 잊을 수 있기 때문이다.
 원교는 그러한 최 북의 성정을 진작에 꿰뚫고 있어, 그로 하여금 가정을 갖도록 여러 차례 권유했었다. 그러나 그에게는 마이동풍이었다.
 "남들이 다 하는 일을 왜 마다하는 것이오?"
 "누울 자리를 보고 다리 뻗으라고 하지 않았습니까. 제 처지에, 무슨 수로 계집을 들입니까. 식솔이 생기면 귀찮은 일만 생길 것이 뻔합니다."
 "그럼, 평생을 독신으로 살 생각이시오?"

"책임 짊어질 일 없으니, 얼마나 좋습니까. 사는 동안, 여행이나 실컷 하렵니다."

그것이 결혼하지 않는 이유였다. 평생 자유인으로 살겠다는 게 그의 소신이었다. 물려받은 땅 한 뙈기 없어, 오로지 그림을 팔아 연명해야 한다. 결혼을 하면 식솔들 굶기기 딱 좋은 팔자라, 남의 집 딸 데려다가 고생 시키고 싶지 않은 것이다.

"곧 길을 떠날 생각인데, 원교께서 동행할 뜻은 없으십니까?"

"일본 다녀온 지 얼마나 됐다고 또 여행입니까. 역마살이 들어도 단단히 들었어요. 어디로 갈 생각이시오? 정한 곳이 있소?"

"일본 가는 길에, 마침 충청도 단양을 지나게 되었습니다. 그곳에 도담상봉(島潭三峰)이 있는데, 그 풍광이 기가 막히게 아름다웠습니다. 그래서 언제든 다시 찾으리라 마음 먹었지요. 마침 날씨도 좋으니, 웬만하면 함께 가시지요."

"글세요…필재도 가려나? 같이 가면 더욱 좋을 터인데."

"허면, 제가 필재한테 물어보겠습니다."

"그러시구료."

그러나 필재는 집안에 우환이 있어 먼 길 떠날 형편이 못되었다. 필재까지 동행하면 금상첨화일 텐데 그렇지 못해 최 북한테는 안타까운 일이었다. 그는 성격이 호방하여 최 북한테는 좋은 짝이 될 것이라 더욱 애석했다.

을사년(1749) 춘삼월, 최 북과 원교가 단양으로 떠났다. 계절이 계절인지라 발길이 닿는 곳마다 백화가 난만했다. 특히 진달래와 개나

리꽃이 만개하여 눈이 부실 지경이었다.

　게다가 온갖 새들이 지저귀며 교태를 부리는 바람에 그만 진저리를 쳐야 했다. 해마다 보는 풍경인데도 매번 새로운 것이다. 자연에게서만 받을 수 있는 선물이라 할 수 있었다.

　"길 떠나기 잘했습니다. 원교께서는 어떠십니까?"

　"나도 같은 생각이오. 정말 기 막힌 풍경이구료. 절로 시가 지어질 듯합니다. 일년 중에 춘풍화기(春風和氣)가 으뜸이라더니…필재가 왔으면, 필경 눈물부터 흘렸을 것이오."

　"그렇고 말구요. 우환에서 빨리 벗어나야 할텐데…."

　그들이 단양에 도착하는데 사흘이 걸렸다. 더 빨리 올 수도 있었지만 굳이 서두를 이유가 없었다. 산과 들을 지나면서 펼쳐진 경치를 그냥 지나치지 않고 감상하느라고 더 늦었다.

　마침 해가 뉘엿뉘엿했다. 더 돌아보기에는 너무 늦은 시각이라, 그들은 곧장 객사를 잡았다.

　이튿날 사인암부터 찾았다. 강변을 따라 하늘을 찌를 듯이 솟아 있는 바위 층이 물에 비쳐. 그 경관은 꼭 비단을 두른 것 같은 절경이 너무 화려했다. '사인(舍人)'이라는 이름은 고려 충선왕때 성리학자인 우 탁(禹倬)이 내사사인* 벼슬에 있을 때 머물렀다 하여 붙여진 것이다.

　암벽 밑을 흐르는 강물이 어찌나 맑은지 온갖 것이 뚜렷하게 비쳤다. 물 속에 드리워진 실경은 감히 그림으로 그려낼 수 없을 만큼 아름다워 가슴까지 저리면서 눈물이 왈칵 솟았다.

　오후에 드디어 도담봉에 이르렀다. 얘기 듣던 대로 정말 아름다왔다. 강 수면을 뚫고 솟아오른 듯한 세 개의 봉우리가 다정하게 붙어 있었다. 남쪽에 있는 봉우리는 비스듬히 기울어져 흡사 남정네한테 교태를 부리는 모습이었다.

넋을 잃고 보는 동안 몸이 간지럽기까지 했다. 그래서 '첩봉(妾峰)'이라 하였고, 꼿꼿이 서 있는 북쪽 봉우리는 '처봉(妻峰)'이라 했다. 중간에 끼인 작은 봉우리는 자그마하고 얌전한 자태가 꼭 처와 첩 사이에서 눈치를 살피는 형상이었다. 조선의 개국공신 정도전(鄭道傳)이 여기에 은신하면서 자신의 호를 '삼봉(三峰)'으로 지었다고 한다.

도담봉 외에 옥순봉(玉筍峰), 구담봉(龜潭峰), 중선암(中仙岩), 하선암(下仙岩)이 더 있으나 곧 해가 질 시각이라 객사로 다시 내려왔다. 다리품을 많이 팔아 고단했지만, 절경을 오래 보지 못한 아쉬움이 더 짙게 남아 있었다.

최 북과 원교는 잠자리에 들기 전에 도담봉의 밑그림부터 남겼다. 가슴에 새겨진 감동이 혹시 지워지기라도 할까 봐 미리 그려두는 것이었다.

두 사람은 왠지 잠이 오지 않아 객사 마당에 놓인 평상으로 나왔다. 마침 상현달이 하늘 한가운데 걸려 있어 나그네 마음을 더 쓸쓸하게 했다. 이때 주인이 발견하고는 술상을 차리랴고 물었다. 깊은 감상에 젖어 있는 두 사람에게는 불문가지가 아니겠는가.

* 내사사인(內史舍人): 종4품의 간관諫官. 즉 임금한테 충언하는 자리.

한양으로 돌아온 최 북은 단양에서 그려둔 밑그림으로 〈도담삼봉도島潭三峰圖〉를 완성했다. 도담봉 밑으로 흐르는 강물에 배 한 척을 띄워 주위 경관을 고즈넉한 분위기로 형상화시켰다. 원교가 단양에 동행한 기념으로

　　기사 춘계서 우한벽루*
　　월성 최식 유용 래여지 동유 이화지**

라는 화제를 그림 왼쪽에 쓰고, 그의 자(字)인 '도보(道甫)' 밑에다 주문방인을 눌렀다. 이로써, 그가 최 북과 함께 기사년(1749) 봄에 단양에 갔었음을 증명한 셈이다.
　원교가 화제를 마칠 즈음에 마침 필재가 나타났다. 원교가 하인을 보내 최 북 집으로 오도록 미리 연락해 둔 것이다. 우환을 겪은 그를 위로하기 위해서 마련한 자리였다. 최 북은 동행하지 못한 그를 위해 〈도담삼봉도〉를 필사해서 주었다. 거기에 원교도 원본과 똑같은 화제를 써주었다.
　그림을 벽에 붙여놓고 세 사람이 술상을 마주하고 앉았다. 얘기는 단양기행을 필재한테 들려주는 자리가 되어 밤이 늦도록 얘기 꽃을 피웠다.

38

　혜환재 이용휴가 원교를 앞세워 난데없이 찾아왔다. 최 북 집에는 첫걸음이었다. 그는 최 북이 자를 '칠칠'로 삼은 것에 당위성을 갖게 한 사람으로, 당나라 때 도술가인 '은칠칠(殷七七)'에 비유하여 최 북을 칭송한 적이 있었다.
　그가 찾아온 것은 최 북의 〈도담삼봉도〉를 보기 위해서였다. 원교 집에서 모작을 이미 봤으면서도, 굳이 원작이 보고 싶다는 것이다.
　"나도 단양에 다녀온 적이 있어요. 그래서 더욱 보고 싶구료."
　"보잘 것 없는 작품인데, 원교께서 마침 훌륭한 화제를 써주시어 빛이 난 겁니다."
　"훌륭한 화제도 그림이 좋아야 빛이 나는 게 아니겠소. 아니 그렇습니까, 원교."
　"옳으신 말씀입니다. 호생관의 화격이 높은 거지요."
　최 북이 벽장에서 그림을 내와 벽에 걸었다. 지난 번 도둑이 든 이후, 그림을 간수하는데 아주 조심하고 있었다. 그림은 모두 화상에

*　　己巳春季書于寒碧樓: 기사년 봄에 한벽루에서 쓰다.
**　月城崔埴有用來與之同遊而畵之: 월성 최 식 유용이 함께 놀며 그리다.

다 맡기고 있지만 〈도담삼봉도〉를 보고 싶어 하는 사람이 많아, 아직까지 보관하고 있는 중이었다. 특히 원교의 화제와 어우러진 그림이라 사람들이 많은 관심을 가졌다.

혜환재가 한참동안 그림을 감상했다. 말 없이 고개를 끄덕이다가 때로는 무릎을 치며 감탄하기를 거듭했다. 그러는 사이에, 최 북은 슬그머니 나가서 만수에게 술상을 차리도록 일렀다. 만수가 이미 주인의 마음을 헤아려, 원교가 가지고 온 북어를 방망이로 두드리고 있었다.

술상이 들여지고 세 사람이 둘러앉았다. 혜환재가 방 구석구석을 살피면서 갑자기 깊은 한숨을 내쉬는 것이었다. 영문을 모르는 최 북이 그의 눈치를 흘끔흘끔 살피는 동안 그는 묵묵히 술잔만 기울였다.

"뭐, 마땅치 않으신 게 있으신지요?"

"그런 것이 아니라…천하의 최 북이 이런 환경에 처해 있는 줄은 미처 몰랐어요. 환쟁이들 생활이 아무리 궁핍하다고 해도, 이렇게 쓸쓸해서야 원…."

"저는 조금도 불편하지 않는 걸요. 눈비 가리는 지붕이 있고, 바람 막는 벽이 사방으로 둘러져 있는데, 여기서 무엇을 더 바라겠습니까. 그저 안분지족(安分知足)할 뿐입니다."

"과연, 칠칠이다운 생각이시오."

"진작에 호생관으로 호언하였더니, 마음이 편합니다."

"그건 그렇고, 언제 화성에 가신 적이 있었소?"

혜환재가 왠지 정색을 하며 최 북을 바라보는 것이었다. 그가 꺼낸 말머리로 보아, 필시 최 북이 놀랄 만한 일이 있었던 것 같았다.

"그렇기는 합니다만…?"

"역시 그랬군요. 다름이 아니라, 내가 한 보름 전에 화성을 다녀 오지 않았겠소. 그뿐만 아니라, 마침 기방에 갈 일이 있었소. 헌데, 뜻밖에도 그 기방에 칠칠의 그림이 걸려 있지 않았겠소. 그래서 묻는 것이오."

"허면, 그 기방 옥호가 혹시 〈매화옥〉 아니었습니까?"

"그렇소이다. 분명 〈매화옥〉으로 기억하오. 허면, 칠칠이께서도 그 기방에 들른 적이 있다는 말씀 아니겠소?"

"어찌, 아니라고 말씀드리겠습니까. 간 적이 있습니다."

혜환재가 빙그레 웃으며 고개를 주억거리자, 최 북이 그제서야 화성에서 있었던 일과 거기서 길녀 아닌 수련이를 만난 사실을 털어놓았다. 원교 표정이 다소 놀라는 눈치였다. 미처 들어보지 못한 얘기라 다소 놀라는 표정을 지었다. 그뿐만 아니라, 서서히 의심의 눈초리까지 보내는 것이었다.

"허면, 그 아이와 합방까지 하셨다는 말씀이오?"

"제가 어찌 합방을 했겠습니까. 그런 일이 있었다는 얘기지요."

얘기를 듣고 난 혜환재가 갑자기 입을 쩝쩝거리며 아주 곤혹스러운 표정을 지었다. 무슨 사연이 있었던 게 분명했다. 이번엔 최 북이 궁금했다.

"거기서 언짢은 일이라도 당하셨습니까?"

"그 수련인가 뭔가 하는 아이가 미색일 뿐만 아니라, 제법 영특합디다. 말을 받아치는 품이 재치가 보통 아니었어요. 어설픈 한량이

상대했다가는 망신당하기 십상이지요."

그러자 원교가 최 북의 눈치를 살피면서 슬그머니 끼어들었다. 최 북으로서는 아무 거리낄 것이 없으므로 무심하게 있었다.

"한때, 칠칠이 밑에서 배운 적이 있으니, 그럴 만도 하지요. 아니 그렇소? 호생관."

"저한테 배운 게 뭐 있다고…결국 기생으로 내몬 꼴이 되지 않았습니까. 그래서 혜환재께서도 그 아이한테 낭패라도 보셨다는 말씀입니까?"

"허허. 하마터면 그리 될 뻔하였지요. 칠칠이와 그런 인연인 줄도 모르고, 내가 잠시 음탕한 마음을 먹지 않았겠습니까. 지금 생각해도 등골이 오싹해 집니다."

"허어. 그토록 미색으로 보셨습니까?"

"그렇다니까요. 허지만, 아이와는 손 끝 하나 스치지 않았으니, 칠칠이는 안심하시구료."

"듣기 민망한 말씀이십니다. 원교께서 말씀하신 것처럼, 잠시 인연이 있었을 뿐인 걸요."

"옷깃만 스친 인연하고는 다르지요. 내가 보기에, 여염집 아이와 다를 게 조금도 없는 것 같으니, 칠칠이…."

"저더러 어쩌라는 말씀이십니까?"

"뭐 어쩌라는 건 아니고, 두 사람이 좋은 짝이 될 수도 있다는 것이오. 원교께서는 어찌 생각하시오?"

"글세 올시다…결국 호생관한테 달린 문제가 아니겠습니까?"

"왜들 이러십니까? 저하고는 무관한 일이니, 어서 술이나 드십시다."

 최 북은 가슴이 두근거리고, 얼굴이 뜨겁게 달아올라, 갑자기 민망한 자리가 돼 버렸다. 그녀의 근황이 궁금하기는 했어도, 아직까지 계집으로 생각해 본 적은 없었다. 혜환재와 원교가 얘기를 꺼내지 않았으면 그에게는 여전히 길녀일 뿐이었다.
 그러나 오늘은 기분이 달랐다. 전과는 다른 야릇한 감정이 꿈틀거리는 것이었다. 그들이 돌아가고 난 뒤에도 오랫동안 그녀의 모습이 눈 앞을 배회하는 것이었다. 여태까지 한 번도 느껴보지 못한 감정이었다.
 지금 몇 살이더라…?
 대충 계산해 보니, 열여덟 살은 족히 될 듯 싶었다. 여자 나이 열여덟이면 과년한 축에 들지 않는가. 최 북은 자기도 모르게 어디론가 서서히 침잠하는 것 같은 분위기에 빠져드는 것이었다. 열여덟 살 처녀의 고운 자태가 계속 눈 앞에서 배회하고 있었다. 그녀는 길녀가 아니고, 오직 수련의 모습일 뿐이었다. 이때 만수가 문을 열고 들어섰으나 미처 깨닫지 못하고 있었다.
 "나으리. 제 말씀이 안 들리십니까요?"
 "…."
 "나으리!"
 그제서야 그가 화들짝 놀라 문쪽으로 등을 돌렸다. 만수는 만수대로, 주인을 의아한 눈길로 한참을 바라보았다.
 "정신이 나가셨습니까요?"
 "정신이 나가다니, 내가 어쨌길래?"

213

"나으리를 여러 차례 불렀는데도, 알아듣지 못하셨습니다요."
"내가 잠시 딴 생각을 했나 보구나. 그래, 나를 왜 찾았느냐?"
"저녁 잡수셔야 하옵니다."
"밥은 됐으니, 술이나 더 가져오너라."

그는 문을 열고 나가는 만수의 등짝이 갑자기 원망스러워 목침이라도 던지고 싶었다. 한참 아름다운 환상에 젖어 있는 것을 놈이 산통낸 것 같아 얄밉기까지 했다.

눈치 없는 놈 같으니….

39

그로부터 이틀 후, 원교가 찾아와 뜬금없이 화성에 가자고 했다. 최 북은 그가 한 말을 제대로 듣지 못한 것처럼 멀뚱한 표정으로 되물었다. 그의 대답은 같았다. 그러면서 화급한 일이라도 생긴 것처럼 연해 채근하는 것이었다. 최 북이 이유를 묻자, 시치미를 뚝 떼면서 바람이나 쏘이자고 할 뿐이었다.

"바람 쐬러, 그 먼 곳까지 가신다는 말씀입니까? 온종일 걸리는 길인 걸요."

"그까짓 시간 좀 걸리면, 대수이겠소. 어서 채비를 하시구료."

"이건 그믐밤에 홍두깨 내미는 격이 아닙니까. 저는 영문을 모르겠습니다."

그 길로 집을 나설 수밖에 없었다. 최 북은 원교와 거리를 두고 따라붙었다. 앞서 가는 그의 걸음걸이가 왠지 오늘 따라 씩씩해 보였다. 지금까지는 늘 여유롭게 느럭느럭 걸었던 사람이었다. 그런데 오늘은 전혀 달랐다. 어찌 보면 한량 걸음이고, 어찌 보면, 소 판 돈을 꿰찬 투전꾼의 양양한 모습 같기도 했다.

최 북은 그를 따라가면서도, 마음은 온통 궁금한 것뿐이었다. 그가 급히 화성에 가야 하는 일에 대해서만 궁리하고 있었다. 그때 그의 머리를 빠르게 관통하는 것이 있었다. 길녀가 아닌 수련의 모습이 떠오르면서, 그저께 혜환재가 한 말이 생각난 것이다. 그는 수련이 미색이라는 말을 침이 마르도록 하면서, 최 북과 연관 지으려는 분위기를 연출했었다. 그때 원교도 옆에서 그를 거들었다.

그렇다면…?

최 북은 원교한테 급히 다가갔다. 그러고는 그의 눈치를 흘끔 살폈다. 그러거나 말거나, 원교는 제 걸음만 재촉했다. 최 북이 기어이 그의 속내로 들어갔다.

"혹시, 수련이를 보러 가시는 거 아닙니까?"

"혜환재 말이, 세상에 둘도 없는 미색이라지 않습니까. 그러니, 우리도 봐야지요."

"만나서, 어쩌시게요?"

"어쩌기는요. 나비가 예쁜 꽃을 모른 척할 수는 없지 않겠소. 명색이 사내장부이거늘."

"원교께서 갑자기 한량이 되셨습니다그려. 미색을 찾아 먼 길을 마다 아니 하시니…."

"최 화사가 모르시는 말씀이오. 한강이 녹두죽이라도, 쪽박이 없으면 화중지병(畵中之餠)이 아닙니까. 아무리 좋은 것이 있다 해도, 게으르고 욕심이 없는 사람은 수중에 넣지 못한다는 말이외다."

"그야 그렇지만…."

"최 화사는 수련이한테 관심이 없는 듯하니, 먼저 차지하는 게 임자 아니겠소."

"그러면, 원교께서 그 애 임자를 하시지요."

"그래서, 나서는 길이 아닙니까."

"허면, 굳이 저를 동반하실 필요가 없지 않습니까?"

"그 아이가 있는 기방을 모를 뿐더러, 최 화사가 다리를 놔 줘야지요. 일이 잘 성사되면, 술이 서 말입니다."

"허어. 제가 팔자에 없는 매파가 되었습니다."

서둘러 길을 재촉했는데도 화성에 도착했을 때는 이미 땅거미가 기어다니고 있었다. 원교는 조금도 망설이지 않고 최 북한테〈매화옥〉으로 안내하라고 했다. 주저하는 쪽은 오히려 최 북이었다. 정말 매파 노릇을 해야 한다면 수련이가 얼마나 황당할까 생각하니, 주저하지 않을 수가 없었다. 계속 당당하게 나오는 원교의 태도로 보아 아무래도 일을 저지를 것 같았다.

젠장. 내가 어쩌다가….

최 북이 술상을 사이에 두고 원교와 마주 앉았다. 그 옆에서 수련이가 술시중을 들고 있었다. 수련이 최 북과는 사제간이고, 원교는 스승의 절친한 친구임을 알아 마음이 아주 편안했다.

그러나 기방 분위기는 좀처럼 일지 않았다. 왠지 두 사람이 말을 아끼는 눈치라, 기생이랍시고 함부로 나서기가 조심스러웠다. 가야금이라도 뜯어 흥을 돋울까 싶다가도 차마 물을 수가 없었다. 간혹 얘기가 던져지면 얼어붙은 방 기운이 두 쪽으로 갈라질 만큼 깜짝 놀라곤 했다.

두 남자가 간혹 나누는 얘기는 그림과 글씨와 수련이 들어보지 못한 화공들에 관한 것, 그리고 금강산 기행이 전부였다. 최 북의 입에서 '금강산'이 튀어나오자, 원교의 눈길이 벽에 걸린 금강산 그림에 꽂혔다. 혜환재 말대로, 틀림없이 최 북이 그린 것이었다.

"최 화사의 그림을 소장하고 있다니, 수련이한테는 영광이니라."

"소녀도 그리 생각하고 있습니다."

"내가 글씨를 써주면, 그 또한 영광으로 여길 것이냐?"

"물론입니다."

"허면, 당장 먹을 갈도록 해라."

말이 떨어지자마자, 수련이 허리를 돌려 구석에 놓인 연상(硯床)을 끌어당겼다. 그러고는 먹과 벼루를 꺼냈다.

그녀가 먹을 가는 동안 원교는 그림에서 눈을 떼지 않았다. 금강산과 어울리는 시제(詩題)를 생각하는 것 같았다. 최 북은 수련이 먹 가는 모습을 바라보면서도 마음 속으로는 원교의 의중이 내내 궁금했다. 그녀가 청하지도 않았는데도 글씨를 써주겠다고 자청하는 까닭을 헤아릴 수가 없는 것이다.

"먹을 다 갈았습니다."

수련이 종이와 붓을 원교 앞으로 공손히 내밀었다. 그러자 원교가 붓만 받고 종이는 물리는 것이었다. 최 북과 수련이 의아해서 그를 바라보자, 느닷없이 벽에 걸린 그림을 떼오라고 했다.

"하오시면, 이 그림에다 글씨를 남기시는지요?"

"그럴 생각이다만….'

"선생님의 허락이 있으셔야 합니다."

"그래? 최 화사의 생각은 어떠시오?"

"졸작이 비로소 빛을 볼 것이니, 영광이지요. 그러나, 그림의 임자가 따로 있는지라…."

"두 사람이 서로 미루는 것을 보니, 내 글씨가 썩 내키지 않는 모양이구료."

그러자 최 북이 잠시 입을 쩝쩝거리더니 수련이를 향해 고개를 끄덕였다. 글씨를 받아도 좋다는 뜻이었다. 그제서야 그녀가 긴장을 풀고 그림을 원교 앞으로 밀어놓았다. 이어서 원교도 먹물에 붓을 적셨다.

金剛山崔北畵 天下絶品也(금강산 최 북화 천하절품야)*
乙巳五月 於華城梅花屋 爲睡蓮 于豪生館畵 圓嶠加一筆(을사 오월 어화 성 매화옥 위수련 우호생관화 원교 가일필)**

원교의 화제는 그림 우측 상단에 작은 글씨로 채워졌다. 붓을 내려놓은 그가 급히 술 한 잔을 들이켰다. 그러고는 최 북에게 어떠냐

218

고 물었다. 물론 그림이 더욱 빛을 본다고 대답했다. 수련이한테도 물었다.

"선생님께서 그리 말씀하시면, 소녀 또한 그러합니다."

"정녕 그러하다 말이지?"

"감히, 어느 안전에서 거짓을 아뢰겠습니까."

"허면, 조선의 걸출한 화사의 그림과 서예가의 글씨를 한꺼번에 받았으니, 너는 당연히 보답이 있어야 할 것이야. 아니 그러하냐?"

"하명만 하오시면, 무엇으로든 보답하겠습니다. 술상을 새로 들이면 어떠신지요?"

"누가 술을 더 가져오라고 했느냐?"

"…?"

이때 최 북이 소피를 보겠다며 자리를 떴다. 수련이 따라붙으려 하자 뿌리치고 혼자 나갔다. 방에는 원교와 수련이만 남게 되었다. 잠시 침묵이 흘렀다. 수련이 원교 잔에 술을 따랐다. 그러나 그는 술 마실 생각은 않고, 왠지 자꾸 입만 쩝쩝거리고 있었다.

"수련이한테 청이 있느니라."

"받들겠습니다."

"그게, 무엇인고 하니…."

원교가 망설이고 망설이다가 겨우 내뱉은 말은 오늘 밤 최 북과 동침하라는 주문이었다. 그러자 수련의 얼굴이 금세 빨갛게 익으면

*   금강산을 그린 최 북의 그림이 천하일품이로다.
**   을사년 오월 화성 매화옥에서 수련이를 위해 호생관 그림에 원교가 일필을 보태다.

서 고개를 떨구었다. 옷고름 잡은 그녀의 손끝이 바르르 떨렸다. 그녀의 태도로 보아 거절하는 모양은 아닌 것 같았다. 그러나 꼭 믿을 수만은 없어 재차 주문했다. 옷고름을 입에 문 그녀의 입술에 경련이 일고 있었다.

40

이튿날, 최 북은 닭이 홰 치며 우는 소리에 눈을 떴다. 봉창도 하얗게 밝았다. 어찌 된 일인지 혼자 누워 있었다. 어제 분명히 원교와 함께 누웠는데 그가 없는 것이다. 소피를 보러 갔나 싶어 주위를 살폈으나 그의 흔적이 전혀 보이지 않았다. 당연히 벽에 걸려 있어야 할 갓도 없고, 중치막도 없었다. 소피 보러 나간 것이 아닌 것 같았다.

목이 타서 우선 자리끼부터 마셨다. 정신을 수습하고 주위를 다시 둘러보았는데도 원교의 흔적은 찾을 길이 없었다.

꼭두새벽에, 어디를 간 것일까?

어제까지만 해도, 그가 달리 갈 곳을 말하지 않았다. 비로소 조바심이 일기 시작했다. 그가 어디론가 떠났다면 분명 자기를 깨웠을 것이다. 그러나 그런 느낌을 전혀 받지 않았다.

한양으로 간 것일까?

그러나 혼자 떠날 만큼 무심한 사람이 아니다. 그래서 더욱 몸이 달았다. 이때 밖에서 인기척이 들렸다. 잠시 후 방 문이 열리면서 수련이가 들어섰다.

"편안히 주무셨습니까?"

"원교께서는 어디 계시느냐?"

"아직, 주무시고 계십니다."

"어젯밤, 여기 같이 눕지 않았느냐. 헌데, 어디서 주무신다는 말이더냐?"

"다른 방에 계십니다."

"어찌 하여?"

"어젯밤…."

왠지 그녀가 말을 잇지 못하고 고개만 떨구고 있었다. 무슨 일이 있었는지 궁금해서 다시 물었다. 그래도 그녀는 선뜻 대답을 못했다.

"어허, 답답하구나. 속시원히 말을 하려므나."

"실은…."

어제 밤 늦도록 술을 마셨다. 최 북도 취하고 원교도 취했다. 그는 원래 술이 약한 편이라, 많이 마시지 않아도 금세 취하는 사람이었다.

어쨌든 술상을 치우고 수련이가 펴준 침구에 바로 쓰러졌다. 취중에도, 원교가 옆에 눕는 것을 어렴풋이 보았다. 분명히 기억에 남았다. 그러고는 이내 잠이 들어 아침까지 정신없이 잤던 것이다.

그런데 수련이 말로는 원교가 마루로 나와 자기를 찾더라는 것이다. 나가 보니, 원교가 다른 방을 달라더라는 것이다. 그의 뜻을 알아차린 수련이 그를 다른 방으로 안내했다. 최 북과 동침할 것을 그에게 이미 약속한 터라 못한다고 할 수가 없었던 것이다.

"허면, 네가 나와 동침을 했다는 말이냐?"

"…아닙니다."

"그것 다행이로구나. 헌데, 원교 나리한테 약조를 해놓고 어째서 혼자 자게 하였느냐?"

"선생님께서 너무 깊이 잠 드셔서…."

"어쨌든, 잘된 일이다. 차후로, 이런 일이 다시는 없을 것이야."

"….''

왠지 수련이로부터 아무런 대꾸가 없었다. 최 북이 흘끔 바라보니, 그녀가 비스듬히 앉아 눈물을 찍어내고 있는 것이었다. 이유를 묻고 싶었으나 차마 입이 떨어지지 않았다.

"원교 나리와 약조한 네 뜻은 가상하다만, 너와 나는 그리 될 수가 없는 것이야. 내 아무리 사내라도, 너를 취할 수는 없느니라. 그건 사람의 도리가 아니다."

"선생님의 깊은 뜻을 어찌 헤아리지 못하겠습니까. 하오나, 소녀한테 큰 가르침을 주신 선생님께 보답하는 길이라고 잠시 생각한 것입니다."

"네가 무슨 물건이더냐. 네 아무리 기생질은 할망정 창기*로 들어선 것이 아니라면, 몸을 함부로 굴려서는 아니 되는 것이야."

"…선생님 말씀, 명심하겠습니다."

"알았으면 됐으니, 아침 상 준비하고 원교 나리를 모셔오거라."

문을 열고 나가는 수련의 뒷모습을 보면서, 최 북은 가슴을 쓸어내렸다. 취중에 하마터면 낯 뜨거운 짓을 만들 뻔했다. 스승의 탈을 쓰고는 가당치 않은 짓이었다. 돌이켜 생각하면 술에 흠뻑 취했던 것이 오히려 잘된 일이었다.

한양길에 다시 오르면서, 원교가 내내 입에 빗장을 질러놓고 있었다. 간간이 깊은 한숨만 내쉴 뿐 눈길조차 주지 않는 것이었다. 최 북도 그의 속내를 이미 꿰뚫고 있어 먼저 말을 붙이지 않았다. 그는 수련이와 합방토록 시도한 것을 크게 후회하고 있는 것이다. 상대방의 인품을 가볍게 여긴 자신의 소행을 자책하는 듯싶었다. 그래도 최 북이 먼저 말 길을 트는 것이 옳을 것 같았다. 원교 나름대로 혼자 사는 친구가 안쓰러워서 그런 것인데, 탓할 일이 아닌 것이다.

"어째 말씀이 없으십니까? 과음하시어, 속이 불편하십니까?"

"최 화사 볼 면목이 없어서 그래요. 내가 그만 정신이 나갔던 모양입니다."

"무슨 말씀이십니까?"

"최 화사 인품에 똥칠을 한 격 아닙니까."

"그렇지 않습니다. 제가 왜 그 마음을 모르겠습니까. 제가 너무 취한 탓이지요."

"아니에요. 짧은 내 소견으로, 실수를 한 거예요. 용서하시구료."

*   창기(娼妓): 매음하는 기생.

"용서라니요, 당치않은 말씀입니다. 이제, 그 일은 잊어버립시다."

그런데도, 원교는 자주 고개를 주억거리며 한숨을 내쉬는 것이었다. 자책감이 쉬 가시지 않는 눈치였다. 이제 민망한 쪽은 오히려 최북이었다. 친한 벗의 사려 깊은 호의를 수용하지 못한 자신의 미욱한 짓이 부끄러웠다.

원교한테는 그렇다 치고, 수련이는 또 얼마나 자신을 부끄럽게 생각할 것인가. 지금쯤 그녀 역시 심한 자책감에 빠져 있을 것이다. 스승한테 입은 은혜를 몸으로 갚겠다고 작정한 자신을 몹시 나무랄 것이다. 결국 두 사람한테 못할 짓을 한 셈이 되고 말았다.

내가 등신이 아닌지 모르겠구나!

한양에 닿자 원교가 최 북을 자기 집으로 이끌었다. 사과하는 뜻인 것 같아 사양했지만 막무가내로 끌고 가는 것이었다. 이대로는 헤어질 수 없다는 것이다.

"내 마음이 시원치를 않아서 그러니, 집에 가서 술로 씻어냅시다."
"괘념치 말래도 그러십니다. 저는 아무렇지도 않다니까요."
"제가 편치 않아서 그래요."

결국 그의 집에서 다시 술자리를 벌였다. 안주도 특별히 좋은 것으로만 준비했다. 마침 오월의 녹음방초와 함께 어우러진 술자리는 극락이 따로 없는 세계였다. 술이 마냥 들어갔다. 원교도 제 집에서 마시는 술이라, 평소보다 훨씬 많이 마시는 것 같았다.

"헌데, 최 화사는 정말 독신으로 늙을 셈이시오?"
"그렇다니까요. 원교께서는 혼자 사는 맛을 모르셔서 그럽니다."

"여자 생각이 도통 나지 않는다는 말씀이시오?"

"저도 사내 코빼긴데, 어찌 생각이 없겠습니까. 그때마다, 무시할 뿐이지요."

"혹시, 고자가 아닌가 의심한 적도 있습니다만…."

"그러실테지요. 허나, 고자는 아닙니다. 간혹 계집 생각이 날 때는 이놈의 물건이 장작개비처럼 뻣뻣해서, 스스로 민망한 걸요. 한 번 보시렵니까?"

그러면서 최 북이 자리에서 벌떡 일어나 허리띠를 풀려고 했다. 마침 정자에다 마련한 자리라, 원교가 화들짝 놀라서 만류했다. 아직 이른 밤이라 사방에 눈이 있는 것이다.

"천재적인 최 화사의 씨앗을 누구든 꼭 받아야 하는데…."

"부질없는 생각이지요. 괜히 저 같은 고주망태가 태어나, 세상을 어지럽히기나 하면 어떡합니까. 저 하나만으로 충분하지 않습니까."

"최 화사처럼 걱정 없이 사는 사람도 드물 것이외다. 때로는 부럽기도 해요."

술자리는 시간 가는 줄 모르게 이어져, 결국 술 석 되를 다 비운 후에야 상을 물렸다. 그러고는 정자에서 그대로 쓰러져 이슬이 내리는 줄도 모르고 잠이 들었다.

41

신미년(1751)년을 맞아, 최 북이 불혹(不惑)의 나이가 되었다. 공자(孔子)는 나이 사십에 이르러 매사에 생각이 헷갈리지 않았다고 했다. 그럴 만큼 자기 주장과 판단이 확실하다는 것이다. 또 '나이 사십에 미움을 받는 자는 보잘 것 없다' *라고도 했으니, 이 얼마나 인생을 당당하게 사는 것인가.

최 북은 술상을 사이에 두고 마주 앉은 필재에게 자신의 무두무미(無頭無尾)한 삶을 넋두리처럼 늘어놓았다. 나이 사십을 먹도록 그동안 무엇을 했는가 싶어, 회한에 빠진 것이다. 언감생심, 공자처럼 살지는 못해도 '불혹' 의 의미만큼은 깨달을 수 있어야 했다. 그러나 자신은 지금 어디에 다달아 있으며, 앞으로 무엇을 이룰 수 있을 것인가를 생각하는 것이다. 하지만, 생각의 갈피는 떠오르지 않고 그저 한숨만 나올 뿐이었다.

"천하의 최 북이 나이 먹는 게 두렵소?"

"나이를 두려워하는 것이 아닙니다. 이렇게 살다가 장차 '곤쇠아비 동갑' **이 될까, 그것을 두려워하는 것이지요."

"지금까지 먹은 나이는 어쩔 수 없다 치고, 장차 닥칠지 모를 많은 장애를 극복할 일을 걱정해야 될 것 같소이다. 문장으로 말한다면 지금까지 살아온 것은 본문(本文)이고, 여생은 주석(註釋)이라 생각하시면 될 것입니다."

"남자는 늙어감에 따라 감정이 나이를 먹고, 여자는 얼굴이 나이를 먹는다고 했지요. 그러나 제가 먹은 감정의 나이는 부질없는 객기로 일관해 왔으니, 부끄러울 뿐입니다."

"그것이 최칠칠의 본문이었다면, 앞으로는 거기에 주석을 붙이면 될 것 아닙니까."

"글세요…제 인생에 무슨 주석을 달겠습니까. 자아, 우리 술이나 마십시다. 또 이렇게 늙어가는 거지요."

"지금까지 호생관께서 너무 고적해요. 그것이 병 중에 가장 큰 병인데…."

"원교한테도 말씀 드렸지만, 제 팔자소관일 걸 어쩌겠습니까."

최 북의 눈에 기어이 눈물이 찐득하게 고였다. 고독하기로 말한다면 필재 역시 그의 인생과 별로 다르지 않으나, 마주 앉은 최 북의 삶이 더 고달퍼 안타까웠다.

    화작작 범나비 쌍쌍 유청청 꾀꼬리 쌍쌍
    날짐승 길짐승 다 쌍쌍하다마는
    어찌 이내 몸은 혼자 쌍이 없는고

최 북이 낮인지 밤인지 모르고 한참 자고 있는데 만수가 흔들어 깨웠다. 그때까지도 술이 깨지 않아 서너 차례 흔들어서야 겨우 눈

---

*   연사십이견오언 기종야기(年四十而見惡焉 其終也己)
**   나이 많고 흉측한 사람.

을 떴다. 그는 아직까지 한밤중인 줄 알고 있어, 만수를 잠깐 올려보다가는 다시 눈을 감았다.

"나으리. 어서 일어나셔야 합니다요."

"…한밤중에 웬 소란이냐?"

"한밤중이 뭡니까요. 점심때가 훨씬 지났는뎁쇼."

"점심때가 지났다…? 그래도 더 자야 되겠으니, 귀찮게 굴지 말거라."

"밖에 손님이 와 계시는뎁쇼. 오신 지 한참 됐습니다요."

"손님? 나를 왜 찾는다고 하더냐?"

"쇤네가 잘은 모르는뎁쇼, 그림을 사러 온 것 같습니다요."

"그림을 사겠다면 화상으로 갈 일이지, 왜 나한테 온다는 말이냐. 그리 이르거라."

"빈 손으로 오지 않고, 술과 육고기를 사들고 왔는뎁쇼."

"술과 육고기라…허면, 냉큼 나가서 세숫물을 떠오너라."

그제서야 이불을 젖히고 일어나 머리를 흔들었다. 정신을 수습하려고 안간힘을 쓰는 모습이었다. 만수는 비로소 안심이 되었다. 손님이 들고 온 육고기를 놓치지 않게 된 것이 그에게는 다행인 것이다. 세상에 태어나 육고기를 먹어본 기억이 가물가물해서, 날고기라도 씹어먹고 싶었던 것이다. 제발 성질머리 고약한 주인의 퇴박이 없었으면 하는 바램이 아주 간절했다.

최 북이 방 문을 열고 나오자, 낯선 중년 남자가 마루 끝에 엉덩이를 걸치고 있었다. 그는 최 북을 보고도 선뜻 일어나지를 않고 멀뚱하게 바라보기만 했다. 아무래도 그가 최 북으로 보이지 않는 모양으로 싹 무시하는 태도였다.

"그림을 받으러 왔다고 했소?"

"그렇소만, 최칠칠 화사님이 아직 안 일어나셨소?"

"내가 최칠칠이오."

"그렇습니까…?"

그가 마루에서 엉덩이를 떼기는 했어도 쑥대강이 머리에 흉물스럽기까지 한 몰골이 미덥지 않은 것이다. 뒷걸음으로 한 발 물러서서는 최 북의 위 아래를 한참 훑어내렸다.

"정말, 최칠칠 화사님이 맞습니까?"

"여러 소리 말고, 용건이나 말하시오. 무슨 그림을 원하오?"

"제 엄친께서 산수화를 받아오라고 하셨습니다."

"그림 값으로, 무엇을 가져왔소?"

"돈 오십 량과 술과 육고기를 준비했습니다만…술은 제 모친께서 손수 담그신 것입니다."

"집에서 담근 술이라…거어 좋지. 거기서 잠시 기다리시오."

최 북은 입을 쩝쩝거리며 다시 방으로 들어갔다. 그러자 손님으로 온 자가 만수를 가까이 오게 하더니 대뜸 귀를 잡았다. 귓속말로 물을 것이 있는 듯싶었다.

"저 사람이 정말, 최칠칠이냐?"

"그렇습니다요."

"외모로 봐서는 영 아닌 것 같은데…정말, 최칠칠이 맞다는 말이지?"

"그렇다니까요? 의심이 드시면, 나으리께 다시 물어보십쇼."

그가 비로소 만수를 풀어주었다. 그러면서도 연신 고개를 갸우뚱거리는 것이었다. 최 북이 괴팍한 환쟁이라는 소문은 이미 들었다. 그러나 머슴만도 못한 꼬질꼬질한 옷차림과 기이하게 생긴 얼굴에서, 유명한 화사의 모습을 느낄 수 없었던 것이다.

한참만에 최 북이 문을 열고 나왔다. 그때까지도 미덥지 않은 그의 손에 그림이 들려 있는 것을 보고 비로소 안심했다.

최 북이 그를 향해 그림을 확 펼쳤다. 그가 한참을 들여다 보았다. 그림 오른쪽 상단과 왼쪽 하단에다 각각 '신미 초하 산수풍광'*의 화제와 '호생관 최 북(豪生館 崔北畵)'의 낙관이 찍혀 있었다.

그러나 어딘가 이상했다. 아무리 눈을 씻고 봐도 산은 있으나, 물 흐르는 것이 보이지 않는 것이었다.

"화사님. 여쭙기 송구한 말씀이오나, 어찌 하여 물이 없니까?"

"이리 미욱하기는… 정녕, 그 뜻을 모르겠소?"

"그림에는 원체 문외한이라…."

"산이 있으면 으레 골짜기가 있기 마련이고, 골짜기가 있으면 당연히 물이 흐르기 마련 아니겠소."

"그렇습니다."

"그걸 알면 된 것이오. 이 그림 밖이 전부 물이오."

"네에?"

"그림이 마음에 들면 가져가고, 그렇지 않으면 물러가시오."

"화사님. 그러지 마시고, 골짜기에 물이 흐르는 것까지 그려주십시오. 제 엄친께 아뢸 말씀이 없어서 그렇습니다."

"그림을 줄 수 없으니, 당장 물러가시오. 참으로 무식한 놈이로고."

　최 북이 천둥 같은 소리를 내지르더니 그림을 박박 찢어버리는 것이 아닌가. 그러고는 더 보태는 말도 없이 방으로 들어가 버리는 것이었다. 그림을 놓친 그는 놀라고 당황한 나머지, 한참을 돌기둥처럼 서서 우두망찰할 뿐이었다.

42

　을해년(1755) 4월, 원교 이광사가 함경도 회령(會寧)으로 유배되는 사건이 일어났다. 나주괘서(羅州掛書)사건에 연루되었던 것이다.
　최 북한테는 청천벽력보다 더 경악할 일이었다. 그에게 원교가 어떤 사람인가. 하늘이 무너지고 땅이 갈라진다 해도 이처럼 놀라지는 않았을 것이다.
　지금의 영조임금은 조선 20대 왕인 경종(景宗)으로부터 왕통을 이어받았다. 경종은 원래 몸이 허약해서 병을 자주 앓았고, 종내는 왕위를 계승할 세자를 얻지 못하게 되었다. 그래서 그의 동생인 연잉군(延礽君)을 왕세제(王世弟)로 책봉하기에 이르렀다.

*　辛未初夏山水風光: 신미년 초여름의 산수경치.

이 일에 앞장선 사람들이 노론(老論)의 사대신(四大臣)인 김창집(金昌集)·이이명(李頤命)·이건명(李健命)·조태채(趙泰采) 등이었다.

그러나 소론(少論)의 조태구(趙泰耈)·유봉휘(柳鳳輝) 등이 노론의 정책이 옳지 못하다고 상소하였고, 김일경(金一鏡)은 목호룡(睦虎龍)을 시켜 노론의 사대신이 역변(逆變)을 도모한다는 무고까지 했다. 이로 인해서 사대신은 극형에 처해졌고, 이희지(李喜之)를 비롯해서 백여 명이 참화를 입게 되었다. 이것이 신임사화(辛壬士禍: 1721-1722)였다.

신임사화로 노론이 참패하고, 김일경은 이조판서에까지 올랐었다. 그러나 영조가 즉위하자마자 그는 옥사를 당했고, 이에 연좌하여 죽은 윤취상(尹就商)의 아들 윤 지(尹志)가 나주의 한 객사에다 불온한 글을 써붙였다. 결국 윤 지를 비롯한 소론 일파의 역모로 밝혀져 모두 처형당했고, 이로 인해 소론의 세력이 다시 쇠퇴의 길을 걷게 되었다.

문제는 원교의 백부(伯父)인 이진유(李眞儒)가 이 괘서사건으로 처형되면서 그와 연루되었다 하여 원교가 유배된 것이다.

이 소식을 듣고는 필재와 혜환재가 최 북을 찾아왔다. 석북 신광수는 지병이 깊어 오지 못했다. 이들이라고 해서 무슨 대책을 강구하는 것도 아니었다. 청천벽력 같은 소식을 듣고 모인 것뿐이었다. 이 엄청난 사건에 무슨 대책을 세울 것인가. 고작 그림이나 그리고 글씨나 써오던 사람들한테 대책이 있을 리 없는 것이다. 그저 땅이 꺼져라 한숨만 내쉴 뿐이었다.

"원교가 불쌍해서 어찌 하면 좋습니까."

"여리디 여린 사람이 변방에서 겪을 고초를 생각하면, 억장이 무너집니다. 가깝기나 해야, 찾아뵙지요. 회령이라니 원…."

"이 나라는 결국 당파싸움으로 망할 것입니다."

"영조임금께서 탕평책을 내놓기는 했어도 탐관오리들이 사라지지 않은 한, 당파는 없어지지 않을 것입니다."

"나라가 걱정입니다. 그러나 저러나, 원교가 지금 어디쯤 가고 있는지 모르겠군요."

"회령이 얼마나 먼 곳입니까. 도착하려면 한 달은 족히 걸릴 터인데, 그 고초가 얼마나 크겠습니까."

이들의 한탄이 끊이지 않는 동안, 최 북은 입을 굳게 다문 채 연신 술만 마셔댔다. 처음부터 단 한 마디도 꺼내지 않고 있는 것이다. 오직 술 마시고, 숨 내쉬는 일뿐이었다. 모두들 그의 속내를 헤아려 건드리지 않고 가만 두었다. 이들 중 어느 누구보다도 가깝게 지냈던 사이라 그의 아픈 마음을 건드리지 않으려는 것이다.

그로부터 한참 후에, 최 북이 비로소 입을 열더니 '나도 따라가야 되겠소.' 하는 것이었다. 더 들어보나마나, 원교의 유뱃길에 따라붙겠다는 말이었다.

"그 먼 곳을 어찌 간다는 말씀이오?"

"원교께서 지금도 가고 있지 않습니까. 제가 못갈 것도 없지요."

"최칠칠다운 말씀이나, 혼자 가기엔 무립니다."

"허면, 이 중에 저와 동행할 분이 계십니까? 아니 계실 겁니다. 그러니, 혼자 갈 수밖에 없지요."

최 북의 조소 섞인 선언에 그만 다들 말을 잃고 말았다. 그들도 마음 같아서는 원교를 따라붙고 싶었다. 그러나 최 북 빼고는 모두 혼자 몸이 아니었다. 그뿐만 아니라, 역모사건에 연루된 일이어서 함부로 나서기가 조심스러운 것이다.
　최 북이 다시 입에 빗장을 지르고는 또 술만 들이켰다. 그 바람에 정적만이 두껍게 쌓여갔다. 가끔 헛기침이 터지기도 했으나 굳어버린 정적을 깨뜨리지는 못했다.

　그로부터 열흘 후, 최 북이 정말 행장을 꾸려 원교의 유배지로 떠났다. 그날 모였던 사람들이 소식을 뒤늦게 듣고는 혀를 내둘렀다. 그날은 그저 술김에 한 소리로만 여겼던 것이지 정말 떠나리라고는 믿지 않았던 것이다.
　길을 떠나기 전에 그는 누구한테도 알리지 않았다. 얘기해 봤자 그들의 입장만 난처할 것 같아 그만 두었다.
　발길이 닿는 곳마다 녹음방초가 우거진 6월이라 한낮에는 몹시 더웠다. 산길을 넘을 때는 짐승과 도적떼들이 무서워 해가 지면 곧장 사찰로 몸을 숨겼다.
　개성(開城)에 다다르자 만월대(滿月臺)부터 찾았다. 고려조 500년간의 왕궁지(王宮止)로 남아 있어 언젠가는 한 번 와 보고 싶은 곳이었다. 송악산(松岳山)을 배경으로 하여 동서로 흘러내리는 작은 내를 끼고 자리 잡은 것이 만월대였다. 평지로부터 아주 높은 곳에 있어, 올라앉으면 전면의 주작현(朱雀峴)과 그 너머로 진봉산(進鳳山)이 한눈에 보였다.

최 북은 만월대에 올라앉아 오랫동안 깊은 상념에 사로잡혔다. 자신의 인생역정과 원교와의 관계와 그리고 여생을 생각했다. 자신의 나이가 어느덧 마흔 넷이 되었음을 새삼 깨달았다. 어찌 생각하면 짧은 세월을 살았다. 그러나 걸어온 여정을 돌이켜 보면 긴 세월이기도 했다. 열다섯 살에 어머니를 땅에 묻고는 곧장 한양길에 올랐다. 그 길로 허 석을 스승으로 모시고 다섯 해를 머물렀고, 폐가를 얻어 독립할 때까지 원교 집에서 오랫동안 신세를 졌었다. 그 세월이 결코 짧은 것은 아니었다. 그 세월이 흐르는 동안 고독과 빈곤과 회한으로 점철된 고달픈 삶을 살았다.
　　그러나 후회할 인생은 아니었다. 주변에 훌륭한 인품을 가진 사람들과 벗하면서, 그림 그리고 술 마시는 재미도 큰 보람이었다. 그런데 청천벽력이 웬말인가. 친형님처럼 의지하며 벗하였던 원교가 유배를 갔으니, 자신의 인생이 한꺼번에 무너지는 절망에 빠지지 않을 수가 없었다. 참으로 야속한 세상이었다.

　　시절도 저러하니 인사도 이러하다
　　이러하거나 어이 저러 아니하리
　　이렇다 저렇다 하니 한숨겨워 하노라

　　꼬박 달포가 걸려 겨우 회령에 당도했다. 밤 시간에는 사찰이나 객사에서 머물고 낮시간에만 걸었다. 빨리 도착하려고 걸음을 재촉하지는 않았다. 원교가 죄인의 몸으로 가는 길이라 거기에 맞추기 위해 때로는 늘쩡거리기도 했다. 가다가 경치 좋은 곳에 이르면 산수 풍광을 그림으로 남겼다. 그럴 수밖에 없는 것이 넉넉지 못한 노자 때문이었다. 밥은 먹어야 하고, 짚신도 새로 사려면 돈이 꼭 있어야 했다. 그래서 돈이 떨어질 때마다 그림을 팔곤 했다. 회령까지 오는 동안 팔아먹은 그림이 열 점이나 되었다. 그때마다, 그림에 재주마저 없었다면 어찌 했을까 싶기도 했다.

어쨌든, 이제는 원교를 만나는 일만 남았다. 그가 어떤 환경에서 어떤 모습으로 기거할지는 아직 알 길이 없다. 그러나 뜻밖에 찾아온 '최칠칠'을 맞는 그의 표정을 상상하는 것만으로도 최 북은 가슴이 떨리는 것이었다.

원교가 울까, 웃을까?

43

원교가 기거하는 곳은 관내(官內) 옥사가 아니라, 관할지역의 한 초옥이었다. 비록 두 칸짜리 누옥이지만 감옥생활을 면한 것만도 불행 중 다행이었다.

조선시대에 국법을 어긴 범죄자에게는 대명률[1]에 의거해 다섯 가지로 나누어 형벌을 내렸다. 사형(死刑)·유배형·도형[2]·장형[3]·태형[4]이 그것이다.

이러한 형벌도 세분화하여 사형에 감형(減刑)을 전제로 한 일률(一律), 죽인 뒤에 그 시체를 거리에 내돌리는 효시(梟示), 적당한 시기에 목을 졸라 죽이는 교대시(絞待時), 사형이 선고되자마자 목 졸라 죽이는 교불대시(絞不待時), 목을 베어 죽이는 참대시(斬待時), 사형이 선고되자마자 죽이는 참불대시(斬不待時), 독약을 먹여 죽이는 사약(賜藥), 시체를 여러 토막으로 잘라서 각처에 보내 민중에게 구경시키는 육시(戮屍) 등으로 형벌을 가했다.

이 중에 유배지로 보내는 형벌은 주로 역모에 가담한 정치범에게 적용했다. 여기에도 구분이 있어 곤장 100대에 유배 2,000리, 유배 2,500리, 유배 3,000리, 천사*5, 정배*6, 물한년*7, 원지정배*8, 극변정배*9, 절도정배*10 등으로 나눈다.

또 유형시키는 방법에도 유형생활을 고독하게 치르도록 하는 절도안치(絕島安置)와 본인의 고향에서만 생활하게 하는 본향안치(本鄉安置)가 있다.

원교가 함경도 회령으로 유배된 것은 역모에 연루된 정치범에 속하므로 곤장 100대에 극변정배형을 받은 셈이다.

*1 대명률(大明律): 형법전(刑法典).
*2 도형(徒刑): 복역형벌.
*3 장형(杖刑): 곤장으로 볼기를 치는 형벌.
*4 태형(笞刑): 장형과 유사한 형벌.
*5 천사(遷徙): 주거지 이주.
*6 정배(定配): 제한구역에 유배.
*7 물한년(勿限年): 무기한 유배.
*8 원지정배(遠地定配): 먼 곳으로 유배.
*9 극변정배(極邊定配): 변방으로 유배.
*10 절도정배(絕島定配): 외딴 섬으로 유배.

그래도 옥사(獄舍)에 갇히지 않은 것만도 다행이었다. 관할구역 내에서 제한된 생활을 하는 것이다. 활동은 자유롭게 했다. 정해준 구역만 벗어나지 않으면 무엇이든지 할 수 있었다. 책도 읽고, 글씨도 쓰고, 산책도 하고, 이웃사람도 만나고, 요주의 인물만 아니라면 내방객도 맞을 수가 있었다. 그래서 최 북이 그를 만날 수 있었던 것이다.

최 북이 원교를 만나기 전에, 먼저 관내로 들어가 이것저것 조사를 받았다. 밀정(密偵) 여부를 확인하는 절차인 것 같았다. 다행히 관원 중에 '최칠칠'의 소문을 들은 자가 있어 의심을 받지는 않았다. 이 또한 얼마나 다행인가.

관원의 안내를 받아 원교의 거처를 찾았을 때는 이미 해가 뉘엿뉘엿 넘어가고 있었다. 그가 처음에는 최 북을 얼른 알아보지 못하는 것이었다. 그가 찾아오리라고는 상상도 못했을 것이니 그럴 만도 했다.

마루 끝에 앉아 부채질을 하고 있던 원교는 최 북을 보고도 마치 낯선 사람을 대하듯 망연히 바라보가만 하는 것이었다. 그도 그럴 것이, 최 북의 옷차림이 너무 남루한데다가 밀짚모자를 눌러 쓴 몰골이 영락없는 걸인이었기 때문이다.

최 북 역시 원교처럼 마냥 바라보기만 했다. 마음 같아서는 당장 달려가 그를 부둥켜 안고 엉엉 울고 싶었다. 그걸 간신히 참고 한 걸음 한 걸음 원교한테 다가갔다. 모자를 벗어 얼굴을 온전하게 드러내자, 그제서야 원교가 부채를 접고 마루에서 일어났다.

"아니, 그대는…?"

"원교 형님…칠칠이가 왔습니다."

최 북이 기어이 땅에 엎드려 오열을 터뜨렸다. 원교가 황망히 달려와 최 북의 어깨를 흔들었다. 정말 칠칠이가 맞느냐고 묻고 또 물었다.

"그렇습니다. 형님."

"어떻게 여기까지 왔단 말이오? 대체, 이게 꿈이오 생시오? 어디, 얼굴 좀 봅시다."

원교가 최 북의 얼굴을 바로 쳐들고는 이리저리 한참을 살폈다. 역시 최 북이 틀림없음을 확인하고는 와락 끌어안았다. 그러고는 둘이서 대성통곡했다.

원교가 울음을 멈추고 최 북을 마루로 이끌었다. 그러고는 또 최 북의 얼굴을 요리조리 살폈다. 도무지 실감할 수가 없었던 것이다.

"대체, 여기는 어쩐 일로 오시었소?"

"어쩐 일은요. 원교 형님이 뵙고 싶어서 왔지요. 고생이 얼마나 막심하십니까?"

"나야 죄인의 몸이니, 고생이 대수겠소. 나보다는 그 먼 길을 오느라고, 호생관이 고생했겠소. 한양에 계신 분들은 다 무고하시오?"

"얼마 전에, 필재를 비롯해서 혜환재와 석북이 찾아와 형님 걱정을 많이 하였습니다."

"나도 뜻밖에 당한 일이라 기가 막히는데, 그분들이 어찌 놀라지 않았겠소. 살다 보니, 이런 일도 당하는구료."

날이 완전히 어둡자 사위가 온통 먹물을 뿌린 듯이 캄캄했다. 산이 첩첩이 둘려져 완전히 다른 세상에 온 것 같았다. 간혹 산짐승이

울 때는 섬뜩한 마음이 들기도 했다. 말로만 듣던 유배지의 현실을 비로소 실감할 수 있었다.

　최 북은 몹시 고단했던 터라 늦잠을 잤다. 문 밖이 너무 고요해서 새벽녘에 감짝 눈을 떴었다. 그러나 이내 감아 버렸다. 원교가 머리 맡에 앉아 호롱불 아래서 책을 읽고 있는 것이었다. 그를 방해하지 않으려고, 이불 스치는 소리도 내지 못하고 숨을 죽였다. 역시 원교 답다는 생각을 하며 그가 새삼 존경스러웠다.
　자리를 걷고 일어나자, 원교가 울타리 너머로 목을 늘이고 서 있는 것이었다. 왜 그러는가 궁금하여 몰래 지켜보았다. 잠시 후, 노파 하나가 그릇 두어 개가 올려진 쟁반을 원교한테 넘겨주었다. 짐작에, 손님 밥상을 염려해서 반찬가지를 부탁한 것 같았다.
　그 장면을 목격한 최 북은 민망해서 못본 척 고개를 돌려버렸다. 원교의 마음 씀씀이는 눈물 겹도록 고맙지만 그에게는 큰 짐이 되겠다 싶은 마음이 드는 것이었다.
　원교가 손수 밥상을 들고 부엌에서 나왔다. 마루에 앉아 둘이 겸상을 했다. 감자가 든 조밥에, 반찬은 김치와 나물 무친 것 두 개가 전부였다. 원교가 나물을 무쳤을 리는 없고, 아까 그 노파가 건넨 것이 바로 나물인 것 같았다.
　"유배생활을 언제까지 하셔야 됩니까?"
　"그야, 조정에서 정할 일 아니겠소. 그다지 불편할 게 없으니, 십년인들 못있겠소? 유배생활 중에, 훌륭한 업적을 남긴 사람들도 많으니까요. 대표적인 분이 고산(孤山) 윤선도가 있지 않습니까. 그 분은 이십여 년을 유배지에 있으면서, 얼마나 많은 시문을 남겼습니까. 〈견회요遣懷謠〉〈우후요雨後謠〉〈산중신곡山中新曲〉등을 비롯해서, 〈어부사시사漁父四時詞〉까지. 나도 그리 되었으면 합니다."

"한양에 계신 가족은 어찌 하구요? 마음 고생이 얼마나 크겠습니까."

"식솔들 또한 그럴 운명이겠지요."

원교는 슬그머니 수저를 내려놓고 멀리 산등성에다 눈길을 걸었다. 그윽하게 들어앉은 그의 눈에서 햇살이 무수히 부서져 흩어지는 것을 볼 수 있었다. 그의 나이 어느덧 이순(耳順)이 되었다. 눈에서 부서지는 햇살의 양만큼, 그의 인생도 그렇게 부서지는 게 아닐까 하는 우려가 들었다. 유배생활을 학문에 전념하는 기회로 삼을 각오가 있을지는 몰라도, 유형지의 생활이 그리 순탄치만은 않을 것이다. 앞으로 이런 생활이 이십여 년이나 더 계속된다면, 학문은커녕 심신이 먼저 피폐할지도 모르는 일이다. 그걸 생각하면 최 북의 마음이 벌써부터 내려앉는 것이었다.

"과거, 유배되었던 선비들 중에는 임금한테 충성된 마음을 시문으로 남긴 사람들이 많았지요. 우선 송강(松江) 정 철을 들 수가 있겠구료. '내 마음 베어내어 저 달을 맹글고저/구만리 장천에 번듯이 걸려 있어/고운님 계신 곳에 가 비치어나 보리라' 하는 시에서도 잘 드러나지 않았습니까. 그러나, 부질없는 짝사랑일 뿐인 것을…."

최 북은 넋두리처럼 풀어놓는 얘기를 들으면서, 한편으로는 원교가 장차 이룩할지도 모를 그의 학문이 꼭 성취되기를 간절하게 바랬다.

44

 최 북은 회령에서 꼭 두 달을 머물러 있었다. 처음에는 한 달만 있으려고 했으나, 혼자 남겨질 원교가 안타까워 차마 돌아설 수가 없었다. 떠날 때, 언제고 다시 오겠다는 말은 했지만 결국 식언(食言)에 지나지 않을 것이 뻔했다.
 그러나 원교에 대해 크게 걱정하지 않기로 마음을 서서히 바꿨다. 원교는 회령에 머물면서, 지금까지 연구해 오던 학문에 더욱 몰두하겠다는 뜻을 밝혔기 때문이다.
 그가 지금까지 연구해온 것이 바로 정제두(鄭齊斗)에게서 배운 양명학(陽明學)이다. 그리고 중국 송나라의 미남궁체(米南宮體)에 태두인 명필가 윤 순(尹淳)한테서 배운 진(眞)·초(草)·전(篆)·예(隸)를 연구하여, 자신만의 서체인 원교체(圓嶠體)를 완성하는 것이라고 했다.
 그의 의지대로 장차 양명학의 대가가 되고, 원교체를 완성한다면, 후세에 길이 빛날 사람으로 남게 될 것이다. 그렇게 되면 그는 후회없는 인생을 산 것이다.
 최 북이 떠날 때 원교가 그의 손을 끌어잡으며 "아무쪼록, 조선 화단에 우뚝 서시오."하고, 의미심장한 당부를 안겨주었다. 많은 지인들에게 듣는 말이지만, 특히 원교가 하는 당부가 그의 폐부를 깊숙하게 찌르는 것이었다. 최 북은 한양까지 오는 동안 내내 그의 당부만 되씹고 또 되씹었다.

집에 당도하자, 만수가 망아지처럼 뛰어나와 눈물을 글썽거렸다. 반가워서 그러는지 집을 비우는 동안 무슨 사고가 있었는지 선뜻 감이 잡히지 않았다.
"별고 없었느냐?"
"별고 없기는요. 하마터면 집이 떠내려갈 뻔했습니다요."
"집이 떠내려가다니? 그새 홍수가 졌었느냐?"
"물론입니다요. 지난 달, 장대비가 억수로 쏟아졌는뎁쇼. 물이 마루 밑창까지 들어찼습니다요. 다행히, 방에까지는 들지 않았지만요."
"호들갑 떨기는…이놈아. 집이 배가 아닌데, 어떻게 떠내려 가겠느냐. 네놈이 놀라기는 놀란 모양이구나. 헌데, 웬 똥내가 이리 심하게 나느냐? 누구한테 똥바가지를 씌웠느냐?"
"그게 아니굽쇼, 뒷간에 물이 차는 바람에, 똥덩어리가 마당에까지 떠다녔습니다요. 마루 밑에 아직도 똥덩어리가 있는뎁쇼."
"알았느니라. 내가 집을 비운 사이에, 혹시 찾아온 사람은 없었느냐?"
"있습니다요. 쇤네가 처음 보는 처녀가 왔다 갔습니다요."
"처녀가…? 누구라 하더냐?"
"이름은 말하지 않았굽쇼, 대신 서찰을 남겼습니다요. 그리고…."
"또 무엇이냐?"

"돈궤하고, 건어물을 들여놓았습니다요."

"돈궤를…?"

돈궤를 놓고 간 처녀란 대체 누구일까? 얼른 짐작할 수 있는 것은 그림을 받으러 온 사람일 뿐이다. 그러나 그림값을 선불로 내놓은 점을 이해할 수가 없었다. 여태 그런 적이 없었기 때문이다.

만수가 따라 들어오더니 대뜸 벽장으로 올라갔다. 물건을 얼마나 깊이 넣어두었는지 한참만에 내려왔다. 녀석이 내민 돈궤는 목침보다 큰 바느질고리였다. 최 북은 처녀가 남기고 갔다는 서찰부터 펴보았다.

아니…? 상상도 못했던 수련이 왔다 간 것이다.

― 삼가 선생님께 문안인사 올리나이다

먼 길 떠나셨다는 얘기를 사동한테 들었습니다.

간담상조하셨던 원교 나리를 따라 그 먼 곳 회령에까지 가신 선생님의 깊으신 뜻을 우매한 소녀가 어찌 헤아릴 수 있겠습니까. 먼 길 가시는 동안, 혹여 옥체에 병이라도 얻지 않으셨는지 심히 염려됩니다.

선생님.

소녀 아비한테 병이 들었다는 소식을 듣고 급히 상경했습니다.

다행히 사경에 들 병이 아니었습니다.

잠시 병문안만 드리고 내려가는 길에, 선생님 댁에 들렀습니다.

선생님.

이왕 찾아뵙는 김에 선생님의 그림을 한 점 얻고자 하였으나, 뵙 지 못하고 그냥 떠납니다. 그냥 떠나기로 발길이 떨어지지 않아, 외람된 짓으로 재료 값을 놓고 갑니다. 소녀의 무례를 용서 하십시오.
선생님
소녀, 선생님을 곁에서 모시지 못한 무거불측함을 몹시 한탄하고 있습니다. 부디 끼니마다 더운 진지 드시고, 옥체 강령하게 보전하십시오.
선생님
장차 조선 화단에 거봉으로 우뚝 서실 날이 오기를 앙망하겠습니다. 옥체 만안하시옵기를 축수 기원하오며 소녀 가겠습니다.

을해년 초추
삼가 수련 올리나이다

　최 북은 편지를 접고 우두커니 있었다. 수련이 왔다 간 것이 분명하여, 아직도 그녀의 체취가 방 어딘가에 남아 있을 것만 같았다. 이 집에 2년 겨우 머물다가 간 아이 치고는 정성이 지극했다. 설사 슬하에 자식이 있었다 한들 이토록 극진할 수 있을까? 최 북은 자기도 모르게 고개를 가로 저었다. 수련이만큼 하기란 어림도 없을 것 같았다.
　바느질고리를 열어 보았다. 이백 량은 족히 될 돈이 정말 들어 있었다. 그는 돈에 손이 가다 말고 주춤했다. 그녀가 이 돈을 벌기 위해 뭇남자들한테 웃음과 교태를 팔았다고 생각하니 선뜻 손이 내려지지 않는 것이었다. 아무리 화류계에 몸담고 있어도 기생한테 결코 적은 돈이 아니었다. 그녀의 나이 어느덧 이십 대 중반이 되었다. 아직도 화성〈매화옥〉에 있다면, 그동안 그 기방을 자기 것으로 인수했는지도 모를 일이다. 그렇지 않고서야 돈 이백 량을 쉽게 쓰기 어려운 것이다.

못된 것이 괜히 와서 마음을 아프게 하는구나.

그녀가 가지고 온 건어물은 육포와 홍합 말린 것들이었다. 술안주로는 더 이상 좋은 것이 없다. 가난한 환쟁이한테 육포가 웬말인가. 사대부집 잔치에 초대받기 전에는 구경도 못할 것들이었다. 만수를 불러들였다.

"이 서찰을 언제 놓고 갔느냐?"

"한 닷새 됩니다요."

"다른 말은 없었고?"

"요즘에도 술을 많이 드시냐고 물었굽쇼, 진지를 따습게 올리느냐고 물었습니다요. 그런데, 나으리."

"왜 그러느냐?"

"그 어여쁜 처녀가 누굽니까요? 나으리께서 장가를 안 가셨으니, 따님은 아닐 겁니다요."

"네놈 눈깔에도 예쁘게 보였더냐?"

"정말 고왔습니다요."

"눈깔은 있어가지고…냉큼 술상이나 차리거라."

그는 만수를 내보내고 마음 속에다 수련이를 다시 불러 앉혔다. 어쩌면 〈매화옥〉 주인이 되어 어린 기생들을 부리고 있을 지도 모른다. 그 모습을 떠올리자 그녀가 갑자기 대견하기도 했다. 세월이 사람을 새롭게 만든다는 말이 맞는 것 같았다.

45

최 북은 회령에 다녀온 이후, 근 한 달간을 두문불출하고 오로지 그림에만 몰두했다. 원교와 작별할 때 그가 안겨준 당부가 아직도 폐부에 깊이 박혀 있었기 때문이다. 스승의 지엄한 말씀보다 더 절실했던 것이다.

그동안 그린 것이 열 점이나 되었다. 회령을 오가는 동안 그렸던 실경 밑그림을 완성한 것과 새로운 화재(畵材)들이었다. 〈전원풍속도田園風俗圖〉〈춘경산수도春景山水圖〉〈기려행려도騎驢行旅圖〉〈관폭도觀瀑圖〉 등이 근래에 그린 것이다.

그가 오랜만에 화상에 들렀더니, 주인도 최 북이 회령에 다녀온 사실을 이미 알고 있었다. 소문이 파다했다며, 두 사람의 우정에 모두 탄복하더라는 얘기까지 전했다.

마침 맡겨두었던 그림 두 점이 팔렸다며 그림값을 내주었다. 그러고는 긴히 전할 말이 있다면서 발목을 잡았다.

"제가 잘 아는 진사 어른이 한 분 계시는데, 그분이 최 화사를 꼭 뵙고 싶어하십니다."

"왜 나를 보자고 하는 것이오?"

"그분이 최 화사의 그림을 여러 점 매입하셨습니다. 해서, 직접 보고자 하는 것이지요."

"내 얼굴을 굳이 감출 이유가 없으니, 못할 것도 없지요."

"허면, 그리 전하겠습니다."

그림값을 받고 나니 기분이 아주 좋았다. 자신의 그림을 찾는 사람이 끊어지지 않고 꾸준한 것도 흐뭇하거니와, 돈이 생겨 좋은 것이다. 수련이 놓고 간 돈이 아직 많이 남은데다가 오늘 그림값까지 수중에 있어 부자가 부럽지 않았다. 이런 좋은 기분에 술을 마시지 않을 수 있겠는가.

이럴 때 제일 먼저 생각나는 사람이 원교였다. 그러나 그는 머나먼 변방에서 쓸쓸히 유배생활을 하고 있지 않은가. 애닯은 마음이 금세 가슴을 찢어놓았다.

그는 곧장 필재를 찾아 나섰다. 저잣거리로 나가면 어느 주막에서든 만날 수 있을 것이다. 필재 역시 최 북 못지 않게 술을 좋아할 뿐만 아니라 소탈한 성격도 비슷했다.

그리고 궁핍하게 사는 모양도 같았다. 그러나 고령의 노모까지 모시고 있어 실은 최 북보다 더 곤궁한 살림이었다. 최 북은 그의 처지를 생각할 때마다 가정을 갖지 않기 다행으로 생각하는 것이다.

아니나 다를까. 필재가 주막에 혼자 앉아 술을 마시고 있었다. 안주라고는 묵은 김치 하나만 덩그러니 놓여 있었다. 사람도 쓸쓸해 보이고 술상도 쓸쓸해 보였다.

"호생관이 어쩐 일이시오? 두문불출하여, 그림에 몰두하신다는 얘기를 들었습니다만….”

"두 발 달린 짐승이 어찌 집에만 처박혀 있습니까. 마침 필재를 찾아나서는 길이었습니다. 여기 계신 걸 보니, 제 짐작이 맞았군요."

"저한테 일이 있으셨습니까?"

"아닙니다. 필재와 술을 마시려고 찾았지요."

최 북은 주모를 불러 안주를 시켰다. 전을 비롯해서 너비아니, 구운 생선, 누름적 따위를 한꺼번에 주문했다. 그러자 필재가 그의 호기에 놀라서 한동안 벌린 입을 닫지 못했다.

"호생관, 왜 이러시오?"

"가난한 환쟁이는 이쯤도 못먹습니까? 오늘은 제가 살 터이니, 마음 놓고 드십시오. 코가 삐뚤어지는지, 내장이 뒤집히는지, 두고 볼 일입니다. 대취해 보십시다."

때로는 이래서 돈이 좋은 것이다. 돈이 모든 악의 근원이라는 말도 있기는 하나, 최소한의 삶을 사는데는 꼭 필요한 것이다. 돈만 있으면 안 되는 게 없는 것이 요즘 세상이다. 오죽하면 '돈만 있으면 처녀 불알도 살 수 있고, 개도 멍첨지' 라는 속담이 전해질까. 어디 그 뿐인가. 전가통신(錢可通神) 즉 돈이면 신과도 통할 수 있다고 했다.

그런데, 필재가 푸짐한 안주를 앞에 놓고도 기뻐하지를 않는 것이었다. 술도 홀짝홀짝 마시는 품이, 아무래도 근심이 있는 눈치였다. 최 북도 덩달아 맥이 빠졌다.

"필재. 무슨 걱정거리가 있으십니까?"

"걱정은 무슨…아무 것도 아니에요."

"제가 보기에, 그렇지 않습니다. 필경 사정이 생긴 것입니다. 굳이 숨길 일이 아니라면, 말씀해 보시지요."

"호생관께서 걱정하실 일이 아니니, 술이나 마십시다."

그리고는 술잔을 단숨에 비우더니 땅이 꺼져라 한숨을 내쉬는 것이었다. 그 모습을 지켜보고 있자니 안달이 솟아 마냥 모르는 척할 수가 없었다.

"혹시, 노모께서 편찮으십니까?"

"오래 전부터 노환이 있으시니, 새삼스러울 건 없지요. 약 한 첩 제때에 못드리는 불효가 마음 아플 따름입니다."

"근간에 와서, 병이 더 깊으신 모양이지요?"

"그래서, 제 마음이 찢어집니다."

"저한테 진작에 말씀하시지요. 약값이라면, 걱정하지 마십시오. 마침 저한테…."

최 북은 그 자리에서 그림값으로 받은 돈을 몽땅 필재 앞에 내놓았다. 백 냥이었다. 필재가 놀라는 것은 당연했다. 액수도 크거니와, 그만한 돈이 최 북 수중에 있다는 것이 믿어지지 않았던 것이다. 때로는 끼니 걱정을 해야 하고, 외상술까지 먹는 처지임을 잘 알기 때문이다. 그런 처지에 돈을 선뜻 내놓다니 어안이 벙벙했다.

"훔친 돈이 아니니, 걱정 말고 넣어 두시오. 저한테 이것 말고도 남아 있는 것이 또 있으니, 어서 넣으세요."

최 북은 필재를 안심시키기 위해서 사실을 숨김없이 말해 주었다. 그에게 건넨 돈은 그림값이고, 집에 더 있다는 건 수련이 놓고 간 것임을 털어놓았다. 그제서야 필재의 얼굴 근육이 조금씩 풀어졌다.

"호생관 덕분에, 또 한 번의 불효를 면하게 되었습니다."

"그리 생각하신다니, 제 마음도 다행입니다. 자아, 이제 마음 놓고 술을 마십시다."

필재가 얼굴을 활짝 펴 술을 제대로 마시기 시작했다. 그런 모습을 바라보는 최 북의 마음도 가벼웠다. 토호나 탐관오리 같은 졸부들은 돈이 지천으로 많다는데, 선비나 환쟁이나 염리*들 같이 정직하게 사는 사람들은 늘 곤궁하게 산다. 이는 형평에 어긋남은 물론이고, 또한 순리의 모순 아닌가.

어쨌든 필재와의 술자리가 우선 좋으니 오늘은 그것으로 만족하기로 했다. 벗이 있고, 술이 있고, 안주 또한 풍성하니, 여기서 무엇을 더 바라겠는가.

최 북은 모처럼 맑은 정신으로 일어나, 집 주위를 산책하고 돌아왔다. 어제 하루 술을 마시지 않았더니 뱃속도 편하고 마음도 상쾌했다.

아침상을 물리고, 오늘 그려야 할 화제를 생각하고 있는데 그를 찾아온 사람이 있었다. 안국동에 사는 한 진사(進士) 집 하인이라고 했다. 노새를 끌고 온 것으로 보아 말구종까지 할 셈인 것 같았다.

"무슨 일로 나를 찾는가?"

"저희 진사 어른께서 나으리를 뫼셔오라고 했습니다요."

"나를 보자는 까닭이 무엇인가?"

"쇤네가 거기까지는 모르옵니다."

* 염리(廉吏): 청렴한 관리.

이때 화상 주인이 했던 말이 퍼뜩 떠올랐다. 자기를 보고자 하는 사람이 있다는 얘기를 전한 적이 있었다. 바로 그 장본인 것 같았다. 짐작하기로, 환쟁이를 보자는 것은 그림을 얻겠다는 것이 분명하다. 자기가 화제를 직접 주문하는 사람들이 흔히 그랬다.

최 북은 하인의 안내를 받아 집 안으로 들어갔다. 집이 아주 큰 것으로 보아 재산가인 것 같았다. 하인이 그를 정원에서 기다리게 하고는 안에 대고 큰소리로 보고했다.

"나리 마님. 분부대로 최 직장(直長) 나으리를 뫼셔 왔습니다요."

순간, 최 북은 하인이 내뱉은 '직장' 이 비위에 거슬렸다. 직장이란 봉상시*나 종부시**등의 관아에 딸린 종7품의 벼슬이다. 헌데, 최 북이 언제부터 직장이란 말인가. 그가 소리를 버럭 질렀다.

"네놈은 어찌 하여 나를 최 정승이라 하지 않고, 직장이라 하느냐?"

"…언제 정승이 되셨습니까요?"

"허면, 내가 언제 직장이 되었더란 말이냐. 이왕 벼슬을 붙일 바에는 정승으로 할 것이지, 고작 직장이 뭐냐. 에끼 미욱한 놈."

최 북은 하인 앞에 침을 칵 뱉고는, 주인을 만나지도 않고 나와버렸다. 당황한 하인이 뒤쫓아와 그를 불렀으나, 최 북은 뒤도 돌아보지 않고 훌훌 사라졌다.

46

그 이튿날, 한 진사 하인이 다시 찾아왔다. 그는 최 북을 보자마자 대뜸 무릎부터 꿇는 것이었다. 최 북이 의아해서 이유를 물었다. 그러자 그가 비틀린 닭모가지처럼 고개를 떨어드리며 눈물을 훌쩍거렸다.

"까닭을 묻지 않는가."

"어제는 쇤네가 그만 죽을 죄를 지었습니다요. 유명한 화사 나으리를 미처 몰라 뵙고 그만…."

"헌데, 오늘 또 찾아온 이유가 무엇인가."

"진사어른께서 화사 나으리를 다시 뫼셔오라고 하셨습니다요. 그러니, 이 미련한 놈을 불쌍히 여기셔서…."

하인이 두 손을 비비며 애걸했다. 주인한테 혼이 나도 단단히 났던 모양이다. 최 북의 마음 속에서 불쌍한 생각이 슬그머니 고개를 들었다. 배운 것 없이 불학무식한 하인한테 무슨 죄가 있겠나 싶었던 것이다.

"허면, 또 집으로 오라고 하던가?"

"아니옵니다. 오늘은 화사 나으리를 기생방으로 뫼셔오라고 하셨

---

*   봉상시(奉常寺): 제향에 관한 일을 맡아보던 관아.
**   종부시(宗簿寺): 왕실의 일을 맡아보던 관아.

습니다요."

"기방이라…헌데, 네 주인의 성정이 어떤 사람이더냐?"

"쇤네가 그걸 어찌 아룁니까요. 저 같은 하인놈은 주인이 죽으라면 그저 죽는 시늉을 해서 먹고 삽니다요."

"성질이 고약하면, 내가 혼줄을 내줄 터인데…오늘은 너를 봐서 따라 가느니라."

"아이고, 이 은혜가 백골난망이옵니다요."

최 북이 연신 헛기침을 내며 노새에 올랐다. 한 진사라는 자가 자신의 그림을 여러 점 샀다니 기특하고 고맙기는 했다. 그러나 짐작에, 재산 좀 있다고 해서 아랫것들한테 못되게 굴지는 않는지 궁금했다. 정말 그렇다면 기생들 앞에서 망신을 톡톡히 줄 셈이었다.

그가 토호라면 힘없는 소작인들 등골을 빼먹었을 게 틀림없고, 과거 벼슬아치였다면 고을 백성들의 재산을 착취했을지도 모른다. 어쨌든 만나볼 일이었다.

기방으로 가는 길에 하인이 문득 물었다. 오늘은 어떤 벼슬로 붙여주면 좋겠냐는 것이다. 어제 호통을 맞고 주눅이 단단히 든 것이다.

"화사 나으리께서 원하시는 대로, 최 정승이라고 아뢸깝쇼?"

"지금, 나를 조롱하는 것이렸다?"

"아닙니다요. 쇤네가 무식해서 어찌 불러드리면 좋을지 몰라서 그럽습죠."

"정승은 의정(議政) 대신(大臣)인데, 내 어찌 관명을 사칭하겠느냐. 최칠칠이라 하거라."

하인이 안내한 기방은 〈자운옥紫雲屋〉이었다. 규모가 제법 큰 기방이었다. 여기를 드나드는 부류는 사대부들이나 재산가들일 것이다. 이런 곳에서 벌이는 술자리가 바로 주지육림(酒池肉林)이지 싶었다.

기생의 안내를 받아 방으로 들어가니, 전혀 본 적이 없는 중늙은이 둘이 앉아 있었다. 최 북은 일부러 목을 뻣뻣이 세웠다. 그러자 그 중에 하나가 최 북에게 "자네가 최칠칠인가?" 하고 묻는 것이었다.

그가 바로 한 진사인 모양이다. 최 북은 '자네'라는 말에서부터 심사가 뒤틀렸다. 일단은 참기로 했다.

최 북이 앉지 않고 그냥 서 있자, 한 진사가 "거기 앉게." 하고 턱짓을 보냈다. 계속 하대를 했다. 최 북의 가슴에는 이미 불씨가 들어 있었다. 그와 마주 앉은 자가 아까부터 최 북을 시덥잖다는 표정으로 노려보았다. 첫눈에 달관*에 들 만한 풍모를 지니고 있었다. 그렇거나 말거나 최 북은 시치미를 뚝 떼고 있었다. 기어이 달관이 한 진사에게 물었다.

"이 치가 대체 누구요?"

"대감. 이 자가 바로 최칠칠이라는 망나니 환쟁이 올습니다."

최 북은 화가 치밀기 전에 기가 먼저 찼다. 첫대면인데 "이 치…"로 깔아뭉개지를 않나, "망나니 환쟁이"로 폄하지를 않나, 어이가 없었다. 얼굴이 붉게 달아오른 최 북이 손바닥으로 술상을 내리쳤다. 그러자 옆에 앉아 있던 기생이 깜짝 놀라 뒤로 물러 앉았다.

"나보고 '이 치'라고 하는 자에게 묻노니, 너는 누구냐?"

"아니, 이런 방자한 놈이 있나. 누구한테 감히…."

* 달관(達官): 높은 관직.

"방자하기로 말할 것 같으면, 네가 아니더냐. 초면에, '이 치'라고 하는 언사는 어느 나라 예법이더냐?"

그러자 한 진사 얼굴이 사색이 되어 볼을 부르르 떨었다. 자기보다 지체가 높은 모양이다. 그건 최 북이 알 바 아니었다.

"이 참판 대감이시니라. 환쟁이 주제에, 어느 안전이라고 감히…."

"대감인지 곶감인지, 내가 알 바가 아니다. 달관이면 달관답게 굴어야지, 어찌 언사를 함부로 쓴다는 말인가. 여기는 내가 있을 자리가 아닌 것 같군."

최 북은 그 즉시 자리를 박차고 나와버렸다. 가슴에 열방망이가 치솟아 사지가 부들부들 떨렸다. 그 모습을 보고 한 진사 하인이 덩달아 몸을 떨었다.

"화사 나으리. 왜 또 그러십니까?"

"이놈아. 저런 작자들한테 빌붙어 사느니, 차라리 개밥을 핥아 먹거라."

최 북은 〈자운옥〉을 나오자마자 몸을 돌리더니 침을 퇴퇴 뱉었다. 이때 기생 하나가 쪼르르 달려나왔다. 그러고는 최 북 앞에서 허리를 깊이 굽히는 것이었다. 아까 옆에 앉아 있었던 그 기생이었다.

"화사님. 부디 노여움을 푸시옵고, 다음에 꼭 찾아 주시십시오. 저는 '자운선紫雲仙'입니다."

"자운선이고 지랄이고, 이쪽에 대고 오줌도 누지 않을 것이야."

"오늘은 그냥 가시더라도, 언제고 꼭 찾아주시와요. 이 소녀, 학수고대하겠습니다."

"학수고대하다가, 모강지가 빠질 것이다."

기생과 더 대거리할 이유가 없어 그녀를 싹 무시해 버렸다. 그런데도 그녀는 최 북이 완전히 모습을 감출 때까지 마냥 서 있었다.

최 북은 좀처럼 분이 풀리지 않아 이대로는 집으로 들어갈 수가 없었다. 결국 그가 갈 곳은 주막밖에 없었다. 눈에 띄는 대로 주막으로 불쑥 들어갔다. 들어서자마자 술 한 되를 시켰다.

판서인지 대감인지 하는 자한테 굽히지 않았던 것은 잘한 일인 것 같았다. 달관들이 백성들을 안하무인으로 대하는 태도가 어제 오늘의 일은 아니다. 백성들이 있어야 자신들이 있음에도 불구하고 그들은 늘 군림하려 들었다. 결국 백성들의 혈세로 먹고 사는 자들이 아닌가. 누구보다도 백성을 먼저 받들어야 할 처지다. 최 북의 속이 부글부글 끓었다.

그가 술을 두 되째 마시고 있는데, 마침 사내 하나가 주막으로 들어섰다. 뜻밖에 단골화상의 주인이었다. 눈이 마주치자 그가 반색하며 다가왔다.

"최 화사께서 어인 일이십니까?"

"그러는 주인장은 화상을 두고, 이 시각에 어인 일이오?"

"일이 있어 가다가, 국밥이나 먹을까 해서 들어왔습니다. 참, 지난 번에 말씀드렸던 한 진사한테는 연락이 없었습니까?"

"…만나고 오는 길이오만, 이유도 묻지 못하고 나아 버렸소."

"무슨 말씀이십니까?"

최 북은 잠시 입을 닫았다가 사실을 풀어놓았다. 한 진사 집에서 있었던 일과 방금 기방에서 있었던 것까지 가감없이 얘기했다.

그러자 그가 최 북을 걱정했다. 한 진사 마음을 불편하게 해서 이로울 것이 없다는 것이다. 그의 그림을 특별히 선호하는 그가 앞으로는 들이지 않을 것이라고 했다. 그의 말이 맞을지도 모른다. 그러나 아무리 '호생관' 일 망정 그런 자에게 마음을 굽힐 수는 없었다.

젠장. 산 입에 거미줄이야 치겠나.

47

마침 필재가 찾아와 최 북이 그와 술상을 사이에 두고 마주앉았다. 그와 나눈 얘기는 며칠 전, 한 진사로 인해서 생긴 일들이었다. 필재는 얘기를 듣는 동안 무릎을 치며 통쾌하게 웃더니 끝내는 격분하고 말았다. 그의 격분은 최 북의 생각과 같았다. 그의 성정이 최 북과 비슷하므로 당연한 것이었다.

"그런 놈들이야 말로 호생관의 똥바가지를 뒤집어 써야 하는데…."

"옆에 그게 있었으면, 필시 뒤집어 씌웠을지도 모르지요."

"어쨌든, 잘하시었소, 내 속이 다 후련합니다."

이때 만수가 다가와 밖에 손님이 왔다고 알렸다. 누구냐고 묻자 처음 보는 사람이라면서 우물쭈물 말을 잇지 못했다. 최 북이 문을 열고 내다보니, 낯선 장정이 마당에 서 있었다. 어디서 온 누구냐고 묻자, 〈자운옥〉에서 심부름 왔다는 것이다. 그러면서 품에서 서찰을 꺼내 마루 끝에다 내려놓았다. 모양새가 머슴이었다.

"서찰의 내용이 무엇인가?"

"쇤네는 까막눈이라, 모릅니다요. 그저, 화사 나으리께 전하라는 얘기만 있었습죠."

서찰을 열어보니, '자운선'이라는 이름으로 보낸 것이었다. 금방 떠오르는 이름이 아니었다. 〈자운옥〉에서 기생과 노닥거린 적이 없기 때문에 선뜻 기억되는 얼굴로 다가서지를 않았다. 그날의 기억은 한 진사와 그 일행한테 보인 언동밖에 없는 것이다.

자운선이라…?

최 북은 그날 있었던 일들을 한참동안 더듬고 또 더듬어, 겨우 기억의 끝자락을 잡을 수 있었다. 〈자운옥〉 대문 앞에다 침 뱉었던 일이 생각나면서, 기생이 따라나왔던 것까지 희미하게 이어졌다. 그때 다소곳한 자태로 자기 이름을 일러주면서 꼭 찾아달라고 당부했었다. 그날 너무 흥분했던 탓에 기생의 인사쯤 무시해 버렸던 것이다.

　- 최칠칠 화사 나리께 아뢰나이다

저는 〈자운옥〉에 몸 담고 있는 자운선이라는 계집입니다.

지난 번 오셔서 마음이 많이 상하셨던 것으로 기억하고 있습니다.

미천한 계집이 나리의 깊은 마음을 어찌 헤아릴 수 있겠습니까.

하오나, 그날 화사 나리께서 격노하실 만한 일을 당하신 것만큼은 분명하게 기억하고 있습니다.

미천한 계집의 눈과 귀로도 화사 나리께서는 당연하셨습니다.

이 계집의 마음까지 후련한 자리였습니다.

그리하여, 화사 나리께서 떠나신 이후 지금까지

당당하시던 그날의 모습을 잊지 못하고 있습니다.

존엄하신 최칠칠 화사 나리.

비록 누추한 기방이오나, 화사 나리께서 찾아 주시면

〈자운옥〉은 물론이고, 이 계집 또한 영광입니다.

말구종을 보내오니, 바라옵건데 거절하지 마옵시기를 앙망하나이다.

자운선이 올리나이다

최 북은 서찰을 내려놓고 그저 웃고 말았다. 그러자 마주앉은 필재가 궁금한 표정으로 편지 사연을 물었다. 그래도 최 북은 계속 웃기만 했다.

"계집의 마음은 정말 모르겠습니다."

"무슨 내용이길래 그러시오?"

"술값과 화대는 없어도 될 것 같기는 한데…."

"어허, 궁금합니다. 대체, 무슨 일입니까?"

"어쨌든, 필재께서도 저와 함께 가십시다."

"가다니요, 어디를 간다는 말씀이시오?"

"기생의 초대를 받았으니, 가 주는 것이 도리 아니겠습니까."

"무슨 말씀인지 원…."

그제서야 필재한테 서찰을 내밀었다. 읽어보라는 뜻이기는 하지만 사사로운 편지라 선뜻 손이 가지 않았다. 더구나 여자가 보낸 것이 아닌가. 그런데도 최 북은 막무가내로 읽어보라는 것이었다.

〈자운옥〉에서 보낸 나귀는 한 필뿐이었다. 물론, 필재는 당연히 최 북이 타야 한다고 했다. 그러자 최 북은 자기 집에 온 손님이고 연장자인 만큼 필재가 올라야 한다고 우겼다.

"그럼, 둘이서 번갈아 타면 되겠습니다."

"허어. 남이 알면 웃을 일입니다. 굳이 그래야 한다면, 호생관이 먼저 오르시구료."

"아닙니다. 메추리가 나귀에 오르면, 지나가던 개가 웃지 않겠습니까. 그러니, 필재께서 먼저 오르십시오."

"이런 거지꼴로 오르면, 노새가 화 내지 않겠소? 차라리 하인을 태우고 가십시다."

"그것도 재미있는 말씀입니다. 이 보거라. 우리는 노새를 타지 않을 것이니, 네가 오르거라. 이런 때가 아니면, 언제 말을 타 보겠느냐."

그러자 하인이 놀라서 엉덩방아를 찧었다. 노새도 기가 막히는지 앞발을 들며 입을 투르르 털었다. 그럼에도 최 북과 필재가 그를 윽박질렀다.

"나으리. 벼락 맞을 짓입니다요. 차라리 두 분께서 번갈아 타시면, 공평하겠습니다요. 어서 한 분이 오르시지요."

결국 두 사람이 번갈아 노새에 올랐다. 최 북과 필재를 잘 아는 사람들이 이 진풍경을 보고는 어안이 벙벙해 있다가 끝내는 박장대소했다. 그러거나 말거나, 최 북과 필재는 시치미를 뚝 따고 짐짓 의젓

한 허세를 부렸다. 노새마저 재미있는지 걸음이 가벼웠다.

〈자운옥〉에 당도하자 미리 나와 기다리고 있던 자운선이 반갑게 맞았다. 새삼스럽게 고와 보이는 그녀의 자태가 최 북을 긴장시켰다.

필재는 불청객 처지여서 그런지 그리 당당해 보이지 않았다. 그의 마음을 꿰뚫고 있는 최 북이 그를 정중하게 안내했다.

두 사람이 방에 좌정하자 자운선이 사뿐한 자태로 인사를 차렸다. 그녀의 나이를 대충 헤아려 보니 이십 대 중반쯤 될 성싶었다. 그런데도 얼굴이 소녀처럼 맑고 고왔다.

최 북은 잠깐 수련이를 떠올렸다. 그녀도 자운선과 비슷한 나이가 될 것이다. 미색 또한 조금도 뒤지지 않으니, 뭇남정네들한테 이처럼 곱게 보였을 것이다. 최 북은 자기도 모르게 그만 한숨이 튀어나왔다.

"그래, 이 망나니 환쟁이를 왜 보자고 했는가?"

"스스로 망나니라 하오시면, 듣기 민망합니다. 그때의 일은 잊으십시오. 오늘 나리를 뵙자고 한 것은 약주를 대접해 올리고자 함입니다. 이 계집이 정성을 다해 모실 것이오니, 마음껏 드십시오."

"술이야 다다익선이지. 그러나 초대한 까닭이 분명치 않으니, 알아야 하지 않겠는가."

"나리의 강직한 성품을 익히 들어, 속으로 존경해 왔습니다. 그래서 꼭 뵙고 싶었고, 외람되게 오시게 한 것입니다."

"아닌 밤중에 홍두깨라더니…나 같이 해괴한 자를 존경한다?"

"진심으로 드리는 말씀입니다. 그날, 나리께서 그분들한테 호통치시는 모습이 놀라우면서도, 마음 속으로는 얼마나 통쾌했는지 모릅니다. 마치 저희 같이 천한 것들의 마음을 깨끗하게 씻어주신 것 같았습니다."

"그때 똥바가지만 옆에 있었다면, 통쾌하다 못해 기절을 했을 것이네. 아니 그렇습니까, 필재."

"그렇고 말구요."

"똥바가지라니, 무슨 말씀입니까?"

자운선이 영문을 몰라 두 사람을 번갈아 바라보자, 한 오만한 졸부가 최 북한테 똥바가지를 뒤집어 썼다는 얘기를 필재가 살을 붙여 익살스럽게 전해 주었다. 자운선이 그 얘기를 듣고는 안간힘으로 웃음을 참다가 더는 견디지를 못하고 문을 열고 나가버렸다.

48

석북 신광수가 기어이 눈을 감았다. 평소 천식으로 고생하더니, 끝내 병을 이기지 못한 것이다. 그는 시서화에 두루 재주가 많은 문객이었다. 지난 갑신년(1764)에 의금부도사*와 임진년(1772)년에는 돈령부도정**을 지냈고, 금년 을미년(1775)에 승지에 이르렀다.

  * 의금부도사(義禁府都事): 임금의 명 받들어 중죄인을 문초하는 관아의 종5품 벼슬.
  ** 돈령부도정(敦寧府都正): 왕친·외척의 친목을 위해 사무를 처리하던 관청의 정3품 벼슬.

그러나 원체 청렴하여 노모를 모실 집이 없어, 영조임금으로부터 집과 노비를 하사 받기도 했다.

그는 최 북의 올곧은 성품을 좋아했고, 최 북 또한 그의 강직한 인품을 높이 평가해 서로 친하게 교유했다. 그는 최 북에게 눈 내리는 강의 정경을 그린 〈설강도雪江圖〉가 받고 싶어서 시를 지어 주기도 했다.

> 날은 차갑고 손님은 헌 방석에 앉았는데
> 문 앞 작은 다리에는 눈이 세 치나 쌓였네
> 여보게 내가 한양 올 때 본 설강의 풍경 좀 그려주소
>
> 어찌 꼭 파교라 고산이라 하여 풍설 속에
> 맹처사* 임처사만 그려야 하는가

이 시에는 당나라 시인 맹호연(孟浩然)이나 임 포(林逋) 같은 처사*나 그리고, 어찌하여 눈 내리는 강의 풍경은 그리지 않느냐는 힐난 섞인 당부가 담겨 있는 것이다.

최 북이 근래에 바둑을 다시 두기 시작했다. 신광수의 죽음으로 인한 슬픔을 잊기 위해서 시작한 것이 요즘에는 그림이 잘 안 되거나, 머리를 비우고 싶을 때 집에서 혼자 바둑을 두었다. 그는 바둑에서 삶의 이치를 다시 배우고 있었다. 바둑의 오묘한 진리는 곧 인생을 살아가는 지혜의 원리와 같다는 것을 깨닫고 있는 것이다.

바둑 삼매경에 빠진 사람들을 난가(爛柯)에 비유했다. 옛날 중국의 왕질(王質)이라는 자가 산에 나무하러 갔다가 신선들이 바둑 두는 것을 구경하게 되었다. 마침 신선들이 음식을 줘서 배 고픈 줄도 모르고 있었다. 그러나 바둑이 끝나 뒤를 돌아보니 그동안 세월이 얼마나 많이 흘렀는지 놓아두었던 도끼자루가 썩어 있더라는 설화에서 비롯된 말이다.

중국의 박물지**에 기록된 것처럼, 요(堯)임금은 아들 단주(丹朱)를 가르치기 위해서 바둑을 두었고, 순(舜)임금은 어리석은 아들 상균(商均)을 깨우치기 위해서 바둑을 가르쳤다고 할 만큼, 사람에게 도(道)를 깨닫게 하는 교육과정으로 삼았던 것이다.

또 고구려 장수왕이 백제를 치려고 할 때 백제 임금 개로왕(蓋鹵王)이 바둑을 좋아한다는 것을 알고 도림(道琳)이라는 중을 첩자로 보냈다. 도림은 백제의 내정을 염탐하면서 한편으로는 토목공사에 착수하도록 임금을 회유했다.

이로써 백제의 경제파탄과 백성의 원망을 사게 했다. 도림이 고구려로 도망하여 장수왕에게 이 사실을 보고했다. 장수왕은 그 즉시 3만 대군을 거느리고 백제를 쳐서 수도를 함락하였고, 도망가던 개로왕을 잡아 죽였다. 이처럼 바둑과 관계된 역사적 사실을 〈삼국사기〉에 기록함으로써 왕의 실정을 교훈으로 삼기도 했다.

*   처사(處士): 벼슬하지 않고 초야에 묻혀 사는 선비.
**   박물지(博物誌): 중국 진나라의 장 화(張華)와 송나라의 이 석(李石)이 편찬한 책으로, 지리략(地 理略)·지(地)·산(山)·수(水)·산수총론(山水總論)·오방인민(五方人民)·물산(物産)·외국(外國) 등 38 항목으로 나누어 세계의 사물을 기술하였음.

최 북은 바둑에 진 적이 거의 없었다. 그렇다고, 이기기 위해 집념을 갖는 것도 아니었다. 그는 언제나 바둑을 재미로 두면서 그때마다 사람의 인품을 읽었다. 바둑을 두다 보면 반드시 사람 됨됨이가 드러나기 마련이었다.

　그래서 그와 바둑을 두는 사람이 저급하거나 도(道)가 없는 사람과는 다시 두는 법이 없었다. 그뿐만 아니라 두 번 다시 상종을 안 했다.

　이 같은 소문이 장안에 돌면서 고수라고 자처하는 자들이 그와 바둑 두기를 원했다. 그러나 그는 아무 때나 바둑을 두지 않았다. 오직 그림이 잘 안 되거나 마음을 비우고 싶을 때만 두었다.

　어느 날, 서평군(西平君) 요(橈)가 장안에 떠도는 소문을 듣고 집사(執事)를 보내 최 북을 불러들였다. 그는 갑자생(1684)으로, 제14대 선조임금의 현손*이었다. 경종(景宗) 3년(1723)에 동지사(冬至使) 겸 진하사(陳賀使)를 지냈고. 영조 대에 들어와서는 정사(正使) 자격으로 청나라를 다섯 차례나 왕래하여 외교적 공로를 세운 사람이다.

　그러나 재산축재가 너무 심해서 간관**들의 비난을 많이 받고 있었다.

　최 북은 그가 비록 왕족이기는 하지만 재산축적에 탐욕스런 인물이라 평소 탐탁치 않게 생각하고 있었다. 그래서 더욱 가기 싫었다. 신분이 높은데다가 나이도 스물 여덟이나 많아 앞에서 공대를 깍듯이 해야 하는 절차가 싫은 것이다.

　그렇다고 안 갈 수는 없었다. 왕족이 부르는데, 중인 계급의 환쟁이가 무슨 수로 거역하겠는가.

그래서 꾀를 내었다. 최 북은 집사에게 돈 백 냥을 걸지 않으면 바둑을 두지 않겠다고 못을 박았다. 그러자 집사가 말하기를 서평군도 이미 그럴 생각이라는 것이다.

서평군은 최 북이 들어서자, 대뜸 바둑판부터 내놓는 것이었다. 그는 자신이 최 북보다 하수임을 알아 흑으로 선착했다. 그러나 최 북이 돌을 잡지 않는 것이었다. 서평군은 그가 작전을 구상하는 것이라 생각했다. 시간이 한참 흘렀는데도 꼼짝하지 않았다.

"어서 돌을 놓지 않고, 뭐하고 있는가?"
"대군께서는 그냥 두실 생각이십니까?"
"그냥 두지 않으면?"
"돈 백 냥을 걸기로 약조하시지 않았습니까?"
"정말, 백 냥을 걸어도 되겠는가?"
"물론입니다."
"허면, 수중에 백 냥이 있는가?"
"없습니다."
"없다…? 내가 이기면 어쩌겠는가?"
"제가 이길 것입니다."
"허어. 뱃심 한 번 두둑하구먼. 좋네. 백 냥을 걸지."

서평군이 그 즉시 돈궤를 열었다. 그걸 보고도 최 북은 얼굴색 하나 변하지 않는 것이었다. 이길 자신이 있다는 시위였다.

최 북이 생각하기에 서평군은 지지 않으려고 무리수를 둘 것이 분

---

* 현손(玄孫): 손자의 손자.
** 간관(諫官): 왕에게 조정 대신들의 부정을 보고하는 관직.

명했다. 재산을 모은 사람들은 다 채우지 못한 나머지 하나를 마저 채우기 위해 안간힘을 쓰는 족속들이다.

서평군도 그들 중에 하나로, 돈 백 냥을 빼앗기지 않으려고 무리한 행마를 택할 것이 분명하다. 그는 필경 바둑의 〈위기십결〉의 진리를 잊어버리게 될 것이다. 너무 욕심을 부리면 반드시 진다는 '탐욕불승'의 뜻을 무시하여 결국 소탐대실할 것이 틀림없다. 최 북은 이미 서평군의 마음을 꿰뚫고 있는 것이다.

아니나 다를까. 서평군은 최 북이 예상한 대로 욕심을 앞세운 탓에 무리수를 자주 두었다. 최 북이 보기에 분명 자충수(自充手)임에도 불구하고 그걸 깨닫지 못하고 있는 것이다.

기어이 서평군의 대마가 몰살당할 상황에 이르렀다. 그러자 그가 한숨과 함께 입을 쩝쩝거리며 자꾸 최 북의 안색을 살피는 것이었다.

"한 수만 무르세."

"아니 됩니다."

"너무 야박하지 않는가."

"내기 바둑에는 무르는 법이 없습니다."

최 북의 마음은 아주 단호했다. 그러자 서평군의 얼굴이 붉으락푸르락 야릇하게 변해가고 있었다. 그래도 최 북은 조금도 동요하지 않았다. 서평군이 기어이 화를 버럭 냈다.

"나이 든 사람이 한 수만 무르자는데, 거절을 해?"

"그러면, 바둑은 여기서 끝내겠습니다."

최 북은 바둑판을 싹 슬어버렸다. 그러고는 태연자약하게 방에서 나갔다. 비로소 민망해진 서평군이 "백 냥은 가져가게." 하면서, 돈꾸러미를 최 북의 발뒷꿈치에다 던지는 것이었다. 최 북은 뒤도 돌아보지 않고 정원을 가로질렀다.

그로부터 열흘 후, 서평군의 집사가 또 찾아왔다. 바둑을 다시 두자는 전갈이었다. 최 북은 일언지하에 거절했다. 그러자 그가 한 걸음 다가와 최 북의 마음을 달랬다.
"노여움을 푸시라는 대군의 말씀이 계셨습니다."
"바둑의 도를 모르는 사람하고는 두지 않는다고 전하게."
"지난 번보다 더 큰 내기를 거셨습니다."
"이백 냥을 준대도 싫다고 전하게."
"그보다 더 큽니다."
"삼백 냥이겠지. 그래도 싫네."
"그보다 더 큽니다."
최 북은 입끝을 끌어올리며 오백 냥을 건다 해도 싫다고 했다. 그러자 집사가 빙긋이 웃으며 또 '그보다 더 큽니다.' 하는 것이었다.
"허면, 천 냥을 걸겠다는 말인가?"
"노새를 걸겠다고 하셨습니다. 대군께서 타시는 말입니다."
"…얼마짜린가?"
"천 냥을 주고도 구하지 못합니다."
"마피(馬皮)에다 금칠이라도 했단 말인가?"
"어느 도인(道人)이 타던 노새라고 합니다."
"도인이 타던 노새라…."
최 북이 한참을 궁리하더니 제안을 받아들이겠다고 했다. 도인이 타던 말이라 특별히 구미가 당기기도 했거니와, 장차 먼 길을 떠날 때 요긴하게 쓰여질 것 같았던 것이다.

49

최 북은 바둑판을 가운데 놓고 서평군과 마주앉았다. 서평군이 흑돌 함을 당기면서 오늘은 3판 2승제로 둘 것을 제안했다. 최 북은 쾌히 받아들였다.

서평군이 먼저 흑돌을 꽃점에 놓았다. 그러나 최 북은 돌 잡을 생각조차 않고 있었다. 서평군이 그의 눈치를 흘끔흘끔 살폈다. 최 북은 요지부동이었다. 서평군이 조급해진 듯 함에 든 바둑알을 달그락달그락 만져댔다.

"장고(長考) 끝에, 악수(惡手) 둔다고 했네."

"두기 전에 약조하실 것이 있습니다."

"그야, 노새를 걸기로 했잖은가."

"지난 번에 걸었던 백 냥도 노새에 얹혀 주셔야 합니다."

"돈 한 푼 없는 사람이 욕심이 과하구먼. 내가 이기면, 무엇을 내놓을텐가?"

"오늘도 제가 이깁니다."

"자네가 지면, 어쩔텐가?"

"이 몸뚱이를 내놓겠습니다. 하인으로 부리시든, 목을 매달든, 대군 마음대로 하십시오."

"진정으로 하는 말인가?"

"남아일언 중천금이라 하였습니다."

"좋네."

"허면, 노새를 제가 볼 수 있도록 방 문 앞에 매어놓고, 말 잔등에다 백 냥을 얹어 놓으십시오. 그래야 바둑을 둘 것입니다."

"원 의심은… 여봐라. 당장 그 노새를 끌고 오너라."

그러고는 돈꾸러미를 꺼내 문지방 너머로 던졌다. 하인이 명을 받고서도 우물쭈물했다. 그러자 최 북이 마치 주인처럼 하인을 향해 눈을 부라렸다.

오늘은 서평군이 서두르지 않았다. 지난 번에 당한 수모가 조급한 마음을 제어하는 것 같았다. 오히려 최 북이 속기로 두듯 하는데도 여유를 부렸다. 최 북이 노림수를 둔다고 생각하는 모양인지, 서평군은 따라두지 않았다. 최 북도 그의 심중을 이미 꿰뚫고 있었다.

그러나 사람의 성정은 특히 바둑을 둘 때 드러나는 법이다. 그가 안간힘을 쓴대도 천성은 감출 수가 없는 것이다. 서평군이 재산을 축적하는 일에는 신중하지만 다른 일에는 성질이 불 같다는 소문을 들었다. 오죽하면 바둑 두면서 아끼는 노새를 내기로 걸겠는가. 그건 오로지 수모를 갚겠다는 옹졸한 마음과 느긋하지 못한 성품에서 비롯된 것이다.

최 북은 서평군의 행마를 여러 수 앞질러 읽고 있었다. 바둑알을 잡은 그의 손끝이 자주 떨리는 것으로 보아, 조만간 '콩마당에 간수 치는' 격으로 패착을 두게 될 것이 분명했다.
 최 북은 그가 두는 속도를 보면서 완급을 조절하기 시작했다. 그가 빨리 두면 이쪽에서 느긋하고, 그가 장고에 들어가면 이쪽에서 속도를 내 그를 서서히 조급하게 만들었다. 그러자 서평군이 물을 찾으면서 늦게 가져온다고 애먼 하인한테 짜증을 냈다. 그쯤 되면 지는 바둑이었다.

 결국 최 북이 승리했다. 첫판은 최 북이 이겼고, 둘째판에서는 최 북이 돌을 던졌다. 그건 최 북이 계략적으로 져준 것이다. 그로 하여금 득의양양케 함으로써 셋째판에서 오만해지도록 유도한 것이다. 그 술수를 서평군이 눈치를 못챘다.
 서평군의 얼굴이 어떠했을까는 불을 보듯 뻔한 것이었다. 얼굴이 붉으락푸르락하다 못해 나중에는 얼굴이 납빛으로 변해, 마치 중풍에 든 사람처럼 팔다리를 떨었다. 한숨을 토하는 입술이 새파랗게 죽어 곧 뒤로 넘어갈 판이었다.
 최 북은 사태가 심상치 않음을 깨달아 서둘러 자리에서 일어났다. 뒤에서 서평군이 연신 앓는 소리를 냈다. 그래도 최 북은 뒤를 돌아보지 않았다.
 집사가 노새 고삐를 최 북한테 넘길 듯 말 듯하면서 자꾸 주인의 눈치를 살폈다. 서평군은 아예 등을 돌린 채 내다 보지도 않았다. 그러자 최 북이 '내가 이겼네.' 하고는 집사로부터 고삐를 빼앗아 서둘러 집을 빠 져나왔다. 물론 노새 등에 돈꾸러미도 얹혀 있었다.

저잣거리로 나선 최 북은 곧장 필재 집으로 방향을 잡았다. 노새는 타지 않고 끌고만 다녔다. 행인들 중에 최 북을 잘 아는 자들이 노새를 보고는 웬 것이냐고 물었다. 그때마다 그는 걸걸걸 웃는 것으로 대답을 대신했다.

필재 집 앞에 당도한 그는 호기 있게 주인을 불렀다. 집에 하인이 있을 리 없어, 잠시 후에 필재가 부스스한 모습으로 얼굴을 내밀었다. 마침 낮잠을 자고 있었던 것 같았다.

그는 뜻밖에 최 북이 온 것을 알고는 신도 꿰지 못하고 뛰어나왔다. 더 놀란 것은 최 북이 말 꼬삐를 잡고 있는 모습이었다.

"아니…? 호생관께서 어인 일이시오? 또 그 노새는 무엇입니까?"

"헤헤. 어찌어찌 하다가, 이렇게 됐습니다."

"허면, 갑자기 말구종이라도 됐단 말씀이오?"

"고삐를 잡고 있으니, 말구종이 틀림없군요. 얘기는 차차 말씀드리기로 하고…우선 이것부터 받아두십시오."

최 북은 마냥 멀뚱한 자세로 서 있는 필재에게 자루에 든 돈꾸러미를 불쑥 안겼다. 영문도 모르는 채 돈주머니를 받아든 필재는 말과 최 북을 번갈아 보기를 멈추지 않았다.

"이 자루에 들어있는 게 무엇이오?"

"그것도 차차 말씀드릴 터이니, 우선 집에 두고 나오십시오."

최 북이 억지로 등을 떠미는 바람에, 필재는 엉겁결에 돈자루를 방에 두고 나왔다.

그러자 최 북이 그로 하여금 노새에 오르도록 했다. 필재가 엉덩이를 빼자 최 북이 막무가내로 그의 엉덩이를 받쳐서 노새에 태웠다.

저잣거리로 접어들면서 필재가 재차 사연을 물었다. 그러자 최 북이 주막에 가서 사실을 말하겠다며 시종 말구종 노릇만 했다.

주막에 닿자마자 최 북은 사동을 시켜 노새를 단단히 매어놓도록 주의를 주었다. 사동이 고삐를 대충 매는 것을 보고는 "이놈아. 만냥을 주고도 못사는 것이니, 단단히 매거라."하고 호통을 쳤다.

술청에 앉자마자 필재가 궁금한 것들을 재촉해 물었다. 그러나 최 북은 술과 안주가 나올 때까지 그저 웃기만 했다.

"궁금해서 내 명이 끊어질 것 같으니, 어서 얘기해 보시오."

"어떻게 된 일인가 하면…."

필재의 채근에 못이겨 최 북이 비로소 입을 열었다. 지난 번에 있었던 일과 오늘 있었던 일까지 순서대로 얘기를 풀었다.

필재는 그의 얘기를 들으면서 정말 사실을 말하는 것인지, 재미있게 꾸며낸 것인지를 확연하게 판단할 수가 없었다. 진지한 그의 표정을 보면 사실인 것 같으면서도, 노새까지 끌고 온 대목에서는 선뜻 믿을 수가 없었던 것이다.

"그렇지 않구서는, 저한테 어찌 노새가 있겠습니까."

"그렇기는 하오만…헌데, 돈을 왜 맡기십니까?"

"맡기는 것이 아니라, 드리는 것입니다. 병약하신 노모가 계시잖습니까. 약값에 보태십시오. 저한테는 공으로 생긴 것이니, 조금도 괘념치 마시구요."

"지난 번에 빌린 것도 아직 갚지 못하고 있는데, 어찌 또 받겠습니까."

"제가 언제 빌려드렸습니까? 그냥 쓰시라고 드린 것뿐입니다. 이번에도 마찬가지구요."

"그럴 수는 없습니다."

"어허, 필재. 제 충정을 그리 생각하시면 몹시 서운합니다. 아무 말씀 마시고, 오늘은 술이나 마음껏 마십시다. 우리를 모시고 갈 노새도 있지 않습니까."

최 북은 흐뭇한 마음이 하늘을 찌를 듯했다. 바둑에서 서평군의 코를 납작하게 눌렀고, 노새와 돈까지 빼앗았으니 어찌 통쾌하지 않겠는가. 게다가 절친한 벗의 근심까지 덜어주었으니 더할 나위 없이 기분이 좋은 것이다.

이런 날, 원교가 옆에 있었더라면….

50

임오년(1762)을 맞아, 작년 11월에 내려졌던 전국의 금주령이 또 시행되었다. 금년에는 더욱 엄격해 위반하는 자는 사형에 처한다는 방이 전국 곳곳에 붙여졌다. 이는 오랜 가뭄으로 기근이 극심하기 때문이었다. 지난 병자년(1756)에 있었던 흉년에도 굶주린 사람 수만

명이 도성으로 몰려들어, 죽을 쒀서 구제한 적이 있었다.

　계속되는 흉년과 기아자 급증으로 곳곳에서 굶어죽는 사람이 속출했다. 그러다 보니 인심이 날로 흉흉했다. 도둑이 따로 없었다. 굶주린 자들은 어른 아이 할 것 없이 모두가 도둑질과 약탈을 감행했다. 그들의 표적은 당연히 식량이었다. 이 때문에 곡식은 금값으로 거래되고 식량의 매점매석 행위가 성행했다. 이들을 아무리 엄단해도 끊어지지 않았다.

　조정에서 금주령을 공고했는데도 이를 위반한 자들이 있어, 마침내는 그들을 효수(梟首)로 처형하기도 했다. 결국 술도가와 주점들이 문을 닫았고, 이 바람에 애주가들만 죽을 맛이었다. 밥을 굶는 한이 있어도 술은 꼭 마셔야 하는 호주가들한테는 그것이 곧 죽음으로 내모는 일이었다.

　그러나 아무리 호주가라도 효수하는 장면을 목격하고 어찌 술을 마시겠는가. 그러자 생병으로 앓아 눕는 자들도 많았다.

　그 중에 하나가 최 북이었다. 그 역시 생병이 들어 연일 앓는 소리를 해댔다. 작년에 금주령이 내려졌을 때에는 그래도 몰래 조금씩 마셨다. 그러나 법을 위반한 자들이 효수 당하는 모습을 보고는 잔뜩 겁을 먹었다.

　최 북은 매일 미치광이처럼 굴었다. 생병이 계속되면서 그는 밤낮으로 헛소리를 해댔다. 초점이 없는 눈이 개개 풀릴 때는 물동이만 봐도 달려갔다. 그러다 보니 애먼 만수만 시달렸다. 어디에서고 구할 수 없는 술을 받아오라고 억지를 부려 그때마다 피신해야 했다. 그렇지 않았다가는 최 북한테 맞아죽기 십상이었다.

작년 금주령 때는 마침 7월 한여름이라, 산에 가서 열매란 열매는 종류를 가리지 않고 따다가 손수 과실주를 담갔었다. 열매를 항아리에 담아 발효된 것을 마셨던 것이다.

그러나 지금은 겨울철에 접어들어 열매를 구할 수가 없는 것이다. 그래서 더욱 미칠 노릇이었다.

최 북은 술 마실 방법을 짜내던 중에 묘안 하나를 찾았다. 상가(喪家)를 찾아가는 수가 떠오른 것이다. 비록 금주령이 내려지기는 했어도, 다행히 상가나 제사가 있는 집에서는 술을 쓰도록 했다. 그러나 극히 제한된 것이라 겨우 음복주 정도만 허용한 것이다. 만약 그 술을 마시고 저자를 활보했다가는 그 즉시 포도청에 연행되어 치도곤을 맞았다.

최 북은 음복주나마 얻어마실 요량으로 마을 곳곳을 돌아다녔다. 그러다가 집 대문에 상등롱(喪燈籠)이 매달리고 곡하는 소리가 들리면 무작정 들어가 상주 대신 곡을 하는 것이었다.

그 집에 술이 넉넉한 것을 알면 장지까지 따라가 곡할 때도 있었다. 비록 적은 양이지만 술을 마실 수 있는 것만으로도 다행으로 여겼던 것이다.

그러다가 결국 크게 봉변을 당하고 말았다. 며칠 전 역시 상가를 찾아 갔었다. 거기서 상주 몰래 술을 훔쳐 마시다가 그만 대취해 버렸다.

거기까지는 괜찮았다. 아비 상을 당한 상주 처지에 그까짓 술 좀 축 냈다고 해서 두드려 팰 일은 아니었다. 문제는 술에 취한 최 북이 곧장 거리로 나선 데 있었다. 이리 비틀 저리 비틀하면서 고래고래 노래를 부르고, 노상방뇨까지 하는 바람에 그만 포졸한테 붙들린 것이다. 눈을 부릅뜨고 순찰을 도는 포졸이 그를 가만 둘 리가 없었던 것이다.

최 북은 결국 포도청으로 끌려가 곤장 오십 대를 맞고는 감옥에 처박히는 신세가 되었다. 그토록 맞았는데도 술에서 깨어나지 못할 만큼 훔쳐 마신 것이다.

이튿날, 종사관이 그를 문책하려고 옥에서 끌어냈다. 최 북은 그때까지도 술이 깨지 않은 듯 몸을 비틀거렸다. 종사관이 혀를 차면서 바라보니, 그가 바로 엽기적인 행동을 잘하기로 소문난 최 북임을 알아봤다. 오만한 자한테 똥바가지를 씌우고, 내기바둑으로 서평군의 말까지 빼앗았다는 소문을 익히 들었던 터였다.

"이 보시오. 지금, 나라에서 금주령을 내린 걸 모르시오?"

"상가만큼은 허락한 게 아닙니까?"

"허면, 최 화사가 상을 당했다는 말이오?"

"이웃이 당했으니, 그 또한 슬픈 일 아닙니까. 그래서, 음복을 한다는 것이 그만 과했나 봅니다."

"효수를 당하고 싶소?"

"술 좀 마셨다고, 목이 잘려서야 되겠습니까? 허니, 오늘은 그만 눈 감아 주시구료."

"법을 어긴 죄를 엄히 다스려야 하오. 허나 그림 재주가 아까워 오늘은 보내줄 것이니, 차후로는 각별히 조심해야 할 것이오."

그 종사관이 마침 최 북의 그림을 두어 점 가지고 있어 특별히 풀어준 것이다. 결국 그림 덕을 톡톡히 본 셈이었다.

　최 북은 술도 채 깨지 않은데다가 장독(杖毒)까지 들어, 그의 걸음걸이는 마치 바지에 똥을 넣고 다니는 형상으로 어기적거렸다. 그 모양을 지켜보는 행인들이 혀를 차거나 킬킬대며 손가락질을 해댔다. 최 북은 그런 것쯤 무시해 버렸다. 추상 같은 금주령에도 불구하고 술을 실컷 마실 수 있었던 어제 하루가 통쾌할 뿐이었다.

　곤장 오십 대로 얻은 장독이 꽤 오래 갔다. 술이 깨면서 엉덩이와 허벅지가 본격적으로 아프기 시작했다. 만수가 상처를 들여다 보고 전하는 말로는, 곳곳에서 살점이 떨어져 나가 차마 눈 뜨고는 볼 수가 없다고 했다. 결국 근 한 달을 엎드려 있어야만 했다. 그러면서도 술 생각만큼은 여전했다. 그저 딱 한 대접만 들이켰으면 장독이 곧 풀릴 것만 같았던 것이다. 그러나 어디서 술을 구한다는 말인가. 애먼 만수만 또 들볶였다.

　이때 마침 필재가 찾아왔다. 더 반가운 것은 그가 빈손으로 온 게 아니라 그토록 오매불망하던 술을 가지고 온 것이다. 그런데, 술을 항아리나 병에 담아온 것이 아니었다. 어디서 구했는지 가죽부대에 술을 넣어 배낭에다 숨겨 온 것이었다. 그 양이 닷 되는 되었다.

　"이 난국에, 술을 어찌 구하셨습니까? 들키는 날에는 무거운 형벌을 받을텐데요."

　"그래서 이렇게 숨겨온 게 아닙니까. 술은 어머니께서 몰래 담그신 거지요. 호생관께서 약값을 두 번씩이나 내놓은 것을 아시고, 고마운 뜻을 전하고 싶다 하셨습니다."

"이렇게 고마우실 수가…술을 보니, 꿈에 본 서방보다 더 반갑습니다그려."

곧 술상이 차려졌다. 특별한 안주가 있을 리 없었다. 된장에 박았던 무장아찌와 시어빠진 김치가 전부였다. 그러나 지금 안주 따위가 문제겠는가. 꿈에 본 서방보다 더 반가운 술이 있으면 그만 아니겠는가.

상처 때문에 엉덩이를 바닥에 붙일 수가 없었다. 그렇다고, 엎드린 채 마실 수도 없었다. 결국 변을 보는 자세로 쪼그리고 앉아 마실 수밖에 없었다.

최 북은 첫잔을 들이키고는 갑자기 눈물을 주르르 쏟았다. 필재가 이유를 묻자 기쁘기도 하거니와, 술도 마음 놓고 마실 수 없게 된 나라의 형편이 안타까워서 우는 것이라고 했다.

51

시간이 감에 따라 엉덩이와 허벅지 상처가 웬만큼 아물었다. 이제는 엎드려 있거나, 엉거주춤한 자세로 앉지 않아도 될 정도였다. 그러자 술 생각이 더욱 간절했다. 포도청에 끌려가 치도곤을 맞았던 일은 아주 먼 옛날의 기억처럼 희미해졌다.

그러나 금주령을 해제한다는 방은 어디에도 붙어 있지 않았다. 술 생각만 하면 곧 미쳐버릴 것만 같았다. 다시 상가를 돌아볼까 하는 생각에 이르러서야, 얻어맞았던 그때의 장면이 방금 전의 일처럼 끔찍하게 되살아나는 것이었다.

젠장. 중국에나 가야 술을 마실 수 있겠구나.

술이 없다 보니 아예 밥맛조차 잃었다. 겨우 한 끼로 공복을 때우는 것도 먹는 둥 마는 둥 했다. 밥맛은커녕 살 맛조차 없어졌다. 눈앞에 딱정벌레만 왔다갔다 하여 어지럽고 기운이 없어 수족도 마음대로 움직일 수가 없었다. 그림은 엄두도 내지 못했다. 모든 것이 부질없다는 생각뿐이었다.

그렇게 술을 오매불망하던 그가 갑자기 지필묵을 꺼냈다. 그러더니 화선지에다 무엇인가 마구 그려대는 것이었다. 그건 주막풍경이었다. 한 노인이 술잔을 기울이고 있는 장면이었다. 주객(酒客)의 모습을 그리면서 그는 자기도 모르게 침을 꼴깍꼴깍 삼켰다. 눈에 눈물까지 그렁그렁했다.

이때 누군가 그를 찾는 사람이 있었다. 혹시 지난 번처럼 필재가 술부대를 가지고 왔나 싶어 후닥닥 뛰어나갔다. 그는 필재가 아니라, 웬 소년이었다. 옷차림과 투박한 상판에서, 어느 집 머슴이라는 걸 단박에 알아차릴 수 있었다. 잠시 후 노새에 올라앉은 늙은이까지 새로 나타났다. 그가 머슴을 대동한 것 같았다.

"무슨 일로 왔느냐?"

"잘 아시겠지만서도, 명륜동 박 참봉 나리를 뫼시고 왔는디요."

"이놈아. 조선 천지에, 박 씨 성 가진 참봉이 어디 하나 둘이더냐.

헌데, 무슨 일로 나를 찾느냐?"

"그림을 사러 오신게라우."

"이놈아. 여기가 화상인 줄 아느냐? 썩 물러가거라."

최 북은 술 생각 때문에 심사가 한참 뒤틀려 있는 판이라 눈을 부라리며 소리를 질렀다. 그러자 뒤에 처져 있던 상전이 말에서 내렸다.

"내가 박 참봉이오."

짐짓 위엄을 부리며 으스대는 꼴이 벌써부터 최 북의 심기를 불편하게 했다. 이 작자야 말로 매관매직한 놈이 아닌가 의심부터 들었다. 조선에 돈을 주고 양반으로 둔갑한 졸부가 부지기수였기 때문이다. 참봉이면 종9품의 최하위 말관(末官)이다.

참봉도 벼슬이라고…너 이놈, 나한테 잘 걸렸다.

"박 참봉이라…무슨 일로 나를 찾소?"

"최칠칠이라는 화공의 그림이 좋다고 하여, 한 점 구하러 왔소이다."

"줄 그림이 없으니, 돌아가시오."

"그림만 좋으면, 값은 넉넉히 줄 것이오."

"그림이 좋고 나쁜 것을 어찌 구분하시오?"

"화공이 제 아무리 잘 그려도, 내 눈에 차지 않으면 시원찮은 것이오."

"저리 건방진 작자를 보았나…썩 물러가거라. 명태껍질을 씌운 눈깔로는 내 그림을 제대로 볼 수 없느니라."

최 북은 그와 더 대거리할 값어치가 없어 방 문을 거칠게 닫아버렸다. 그러자 밖에서 "하찮은 환쟁이 주제에, 양반을 이리 대접해도 되는 것이냐?" 하고, 소리를 지르는 것이었다.

그 즉시 방 문이 다시 열렸다. 너무 거칠게 열어 문짝이 떨어져 나갔다.

"양반 못된 것이 장에 가서 호령한다더니, 바로 너 같은 놈을 두고 하는 말이렸다. 네놈이 필시, 돈을 주고 양반 행세를 하는 것이야."

"아니, 감히 양반을 능멸해?"

"누가 먼저 능멸하였느냐? 너 같은 놈한테는 똥을 그린 것도 줄 수가 없으니, 당장 물러가거라."

"저리 고얀 환쟁이를 봤나. 그림을 내놓지 않으면, 네놈을 끌고 가 주리를 틀 것이야."

"낯짝에 똥을 뿌릴까 보다. 너 같은 놈이 이 최 북을 저버리느니, 차라리 내 눈이 나를 저버리는 것이 낫겠다."

최 북이 침을 퇴퇴 뱉고는, 필통에서 송곳을 뽑아들고 나왔다. 그러고는 '양반' 앞에서 송곳으로 눈 하나를 팍 찌르는 것이 아닌가. 금세 눈에서 피가 뻗쳤다. 비로소 그가 놀라 말에 오르지도 못한 채 줄행랑을 쳤다. 눈에서 피가 끊임없이 흘러냈다. 그런데도 그는 눈 막을 생각은 않고 소리만 고래고래 질러대는 것이었다.

하늘이 보냈는지 이때 마침 필재가 들어섰다. 그는 최 북의 흉측한 모습을 보고는 놀라서 한동안 우두망찰할 뿐이었다.

필재가 서둘러 수건으로 최 북의 눈을 싸매고는 들쳐 업었다. 그러고는 의원이 사는 쪽으로 내달렸다. 왠지 아까부터 만수가 보이지 않아 필재 혼자서 감당할 수밖에 없었다. 최 북의 눈에서 피가 계속 흘러 그의 어깨가 붉게 물들었다.

　최 북은 또 서너 달 술을 마실 수 없게 되었다. 이래저래 결국 최 북만 나날이 미쳐 갈 뿐이었다. 이때부터 그에게 '광화사狂畵師' 혹은 '주광酒狂'이라는 별명이 새로 붙여졌다. 그가 한 쪽 눈을 잃게 된 것이 타고난 광기 때문이라는 사람도 있고, '술귀신이 벌을 내린 것'이라는 사람도 있었다. 혹자는 그의 몸 속에서 자고 있던 술귀신이 광기를 부린 것이라고도 했다.
　마침내 한쪽 눈을 잃은 그의 얼굴을 보고 손가락질 안 하는 사람이 없었다. 그가 저잣거리로 나서면, 심지어 장판의 각다귀들까지 따라다니며 '눈짝짝이' '애꾸눈'이라 놀려댔다. 그래도 최 북은 그런 것쯤 전혀 개의치 않고 더 당당하게 활보했다.
　금주령이 잠시 해제되어 다시 그의 세상이 되었다. 술버릇마저 바뀌어 전에는 주막에서 마시던 술을 이제는 길을 가며 마셨다. 술병이 입에서 떨어지지를 않았다. 쑥대강이 머리와 애꾸눈이, 마구 풀어헤친 적삼, 한 짝만 꿴 짚신, 비틀거리는 걸음걸이 따위가 저자를 오가는 사람들한테는 큰 구경거리였다. 최 북을 전혀 모르는 자들은 그저 미치광이로 볼 뿐이고, 그의 화격을 잘 아는 자들은 한숨을 쉬며 탄식했다.
　사람들의 뭇시선을 눈치 채고 있는 최 북은 술 취한 행동을 더 과장되게 할 때도 있었다. 그건 시위이기도 했다. '천하의 최칠칠' '호생관의 참모습' '시류에 야합하지 않는 최 북'을 모두 까발리고 싶은 객기가 발동한 것이다.

그는 주막에서는 예사고, 특히 취중에 길거리에서도 화선지를 펴 그림을 그렸다. 그것을 술과 맞바꾸기도 했다.

이러한 최 북의 모습을 목격한 필재가 제일 가슴 아파했다. 그의 깊은 속내를 훤히 꿰뚫고 있는 그로서는 안타깝기 그지 없었다. 저러다가 객사하는 것은 아닐지 두려웠던 것이다. 지인들이 처음 몇 번은 만류했으나 듣지 않았다. 오히려 그들을 무서운 눈매로 노려보기만 할 뿐이었다. 결국 스스로 지치기를 기다릴 수밖에 없었다.

최 북은 저자로 나서면서 붓은 놔 두고 종이와 먹물만 지니고 다닐 때가 많았다. 그러고는 곧잘 손끝으로 그리는 것이었다. 사람들 중에는 이 지두화(指頭畵)를 특별히 좋아해서 후한 값으로 사기도 했다. 대개는 투박한 나뭇가지나 돌, 혹은 게 따위였다.

이러한 그의 가두(街頭) 그림을 사고자 하는 사람이 의외로 많았다. 그가 길거리에 앉아 그림을 그리면 사람들이 구름처럼 몰려들어 저마다 가지려고 소란을 피웠다. 그림 한 점에 술 한 병이면 군말 없이 그림을 넘겨주었다.

그러다 보니 하루 종일 술에 취하지 않는 날이 없었다. 혹자는 술에 취해 그리는 유별난 그의 모습을 보기 위해 일부러 나오기도 했다. 차츰 그는 길거리 화사가 돼 가고 있었다.

52

최 북이 갑자기 자취를 감췄다. 집에도 없고, 저잣거리에서도 모습을 볼 수가 없었다. 벌써 열흘째 그의 소식을 모르고 있었다. 필재가 그의 소재를 찾기 위해 사방으로 수소문했으나 그를 보았다는 사람이 아무도 없는 것이다. 어디서 객사한 것은 아닌가 불길한 상상마저 들었다. 그가 자취를 감출 만한 낌새를 전혀 알아차리지 못했던 것이다.

이 즈음에, 원교 이광사의 유배지가 회령에서 전라남도 해진군*으로 옮겨졌다. 함경도 관찰사의 장계(狀啓)를 받고 조정에서 강제로 유배지를 옮겨버린 것이다. 원교의 학문과 시서(詩書)가 이미 널리 알려져 있던 터라 그를 추종하는 후학들과 문인들이 많았다. 이들 추종자들이 그의 유배지에까지 찾아와 담론하기를 즐겼던 것이다.

이러한 사실을 장계로 올리자 조정에서는 이를 매우 우려하여 아예 땅끝으로 보내버린 것이다. 원교가 이들 추종 문인들의 세력을 모아 무엇인가 도모할지도 모른다는 경계심이 든 때문이었다.

최 북은 이 같은 사실을 원교의 두 아들 긍익(肯翊)과 영익(令翊)한테 들었다. 이때 긍익의 나이 이미 서른 여섯이었고, 영익이 서른두 살이었다. 두 아들 모두 아버지의 학문과 예술에 뒤를 잇고 있는 중에, 영익이 특히 원교의 '양명학'을 공부하고 있었다.

또 다시 충격을 받은 사람은 최 북이었다. 북쪽 끝에서 남쪽 끝으로 옮기는 동안 그 여정이 얼마나 힘들고 고달팠겠는가.

이제 그는 고도(孤島)에 갇혀 더욱 쓸쓸한 여생을 보내게 될 것이다. 최 북은 그러한 원교의 모습을 상상하면서 가슴이 찢어졌다. 회령에서 그와 작별할 때 다시 찾아오겠다고 약속하고도 실행을 못했다. 그게 지금껏 마음에 걸렸다. 그럼에도 섬지방으로 쫓겨간 사실을 까맣게 모르고 있었으니, 사람 구실을 못하고 있는 자책감이 마음을 아프게 하는 것이었다.

원교를 보기 위해 지난 번 회령에 갈 때처럼 최 북 혼자서 길을 떠났다. 필재와 혜환재한테는 일부러 알리지 않았다. 필재한테는 병든 노모가 있고, 혜환재는 원체 허약체질이라, 원거리 여행은 엄두도 못낼 처지임을 잘 알기 때문이었다. 미리 얘기해 봤자 그들 마음에 부담만 주는 것이 되어 혼자 떠난 것이다.

이번 여정에는 노새가 있어 다리품을 팔지 않게 되어 다행이었다. 서평군과의 내기바둑에서 얻은 노새였다. 언젠가는 먼길을 떠날 때가 있으려니 했지만 이토록 당장 쓰여질 줄은 미처 생각지 못했다. 노자는 마침 그림 판 돈이 있어 넉넉하게 지녔다.

여정은 길고 고생스러웠다. 최 북의 나이 그 새 육십이 되어 지난 번 회령에 갈 때보다 힘이 갑절로 드는 것 같았다. 비록 노새에 몸을 맡기고 있지만 쉬 지치는 것이었다. 마침 엄동설한을 벗어난 여행이라 다행이었다. 그러나 꽃샘 잎샘에 반 늙은이 얼어 죽고, 보리누름

* 해진군(海珍郡): 지금의 진도.

에 선 늙은이 얼어 죽는다고, 꽃샘추위가 만만치 않았다.

이번에도 해질 무렵이 되면 일찍 객사로 들어갔다. 곳곳에 강도가 널려 있다는 소문에 한낮이 아니면 함부로 다닐 수가 없었다. 더구나 그가 노새에 올라앉은 것을 보고 돈푼깨나 있는 사람으로 여길 것 같아 더욱 조심스러웠다.

어디를 가나 굶주리는 사람이 널려 있었다. 걸인 행색의 어른이나 아이들이 구걸하며 최 북을 따라다녔다. 그때마다 일일이 동정할 수가 없어 여간 난처한 게 아니었다.

처음에는 한두 사람한테 선심을 썼다가 이를 보고 굶주린 자들이 벌떼처럼 모여든 적도 있었다. 그들을 외면하기에는 마음이 아팠지만 때로는 냉정하게 굴 수밖에 없었다.

오늘로 길 떠난 지 이십 일이 되었다. 해도 짧고 일찍 객사에 들어가는 바람에 늦어졌다. 게다가 도중에 고뿔까지 걸려 한 객사에서 사흘을 누워 있는 통에 더 지체되었다. 여간해서 고뿔 따위는 잘 들지 않는 체질이지만 몸이 늙으면서 그만큼 쇠약해진 탓이었다.

이번 여정에서는 외로움을 많이 느꼈다. 나그네가 흔히 가질 수 있는 고독이 아니었다. 지나온 인생 역정이 늘 그러했지만 나이 탓도 무시할 수가 없는 것 같았다. 그렇다고 나이먹는 것을 서러워한 적은 없었다. 나이는 하늘이 내려주는 것이다.

그래서 온갖 생물의 나이를 강년(降年)이라고 했다. 다만 견마지치(犬馬之齒) 즉 개나 말처럼 나이를 헛되게 먹는 것이 두렵고 서러울 뿐이었다. 세상에 태어나 이렇다 하고 내세울 것이 한 가지도 없는 게 자주 안타까웠다. 환쟁이 노릇 사십여 년에 아직 걸작 하나 남기지 못한 것이 속상하고 부끄러운 것이다. 그동안 후회 없는 일이란 오로지 술을 실컷 마신 일 외에는 내세울 것이 없는 것 같았다.

그렇다고 앞으로 훌륭한 작품을 남긴다는 보장도 없는 것 아닌가. 그런 생각에 빠질 때마다 땅 속으로 꺼지고 싶은 생각만 들었다.

내가 얼마나 더 살 수 있을까.

최 북이 해진에 당도한 것은 길 떠난 지 꼭 한 달만이었다. 원교가 최 북을 보고 얼마나 놀랐을까는 형언할 수가 없었다. 회령에서도 그랬지만 이번에도 사람을 쉬 알아보지 못하고, 한동안 소 닭 보듯 했다. 최 북이 늙어버린 탓도 있겠으나, 뱃길까지 무릅쓰고 오리라고는 상상하지 못했던 모양이다. 게다가 외눈잡이가 되었으니 더 놀랐을 것이다.

원교도 많이 늙어 있었다. 그의 나이 예순 일곱이니 그럴 만도 했다. 등이 활처럼 굽었고 머리에 하얗게 내린 서리가 이태백의 〈추포가(秋浦歌)〉 구절처럼 정말 백발삼천장(白髮三千丈)이 돼 있었다. 게다가 그 곱던 얼굴에 주름이 밭고랑처럼 줄줄이 패어, 그가 얼마나 많은 근심과 걱정과 비탄 속에 있었는가를 한눈에 알아볼 수가 있었다.

"그대가 정말, 최칠칠이 맞으시오?"

"그렇습니다. 틀림없는 최칠칠입니다. 절 받으십시오."

최 북이 그냥 마당에서 넙죽 엎드리자 원교도 황망히 맞절로 받았다. 그러고는 누가 먼저랄 것도 없이 서로 부둥켜 안고 울었다.

"이 험한 뱃길까지, 어떻게 오셨단 말이오? 막심했을 고생은 물을 필요도 없겠소."

"그래도 이렇게 와 있지 않습니까. 이배(移配)까지 당하시고, 그동안 고생이 얼마나 크셨습니까. 어디 편찮으신 데는 없으시구요?"

"모든 걸 체념하고 마음을 비우다 보니, 육신은 아직 괜찮아요."

"나라에서 언제쯤 유배를 풀지, 모르시지요?"

"여기서야 알 길이 없지요."

"답답하고 안타까운 일입니다."

"죄인인 걸요. 그래, 한양에 계신 분들은 어떻게 지내고 계십니까?"

"나이만 먹어갈 뿐, 여일합니다."

그날 밤은 서로 밀린 얘기를 나누느라고, 이튿날 동이 트는 줄도 몰랐다. 최 북은 여독도 잊은 채 그간에 있었던 일들을 무용담처럼 늘어놓았다. 한 진사와 이 참판이라는 작자한테 욕 보인 일, 그 인연으로 자운선이라는 기생한테 대접 받은 일, 서평군과의 내기 바둑에서 있었던 일, 술이 그리워서 상가를 돌다가 포도청에 가서 치도곤 맞게 된 사연, 송곳으로 눈을 찌르게 된 사연들을 낱낱이 들려주었다. 그러자 원교가 눈물까지 고여가면서 통쾌하게 웃었다.

"허면, 저 노새가 바로 서평군의 것이오?"

"그렇습니다."

"과연, 천하의 최칠칠이시오."

"그런 일들이 있어서, 제가 덜 외로웠을지도 모르지요."

밤을 새워 담소하는 동안 손님한테 술을 내지 않는 것을 보면, 이 곳에도 금주령이 떨어진 모양이었다. 그렇지 않고서는 최 북한테 술을 대접하지 않을 리 없는 것이다.

원교가 미안해서 전전긍긍했다. 더구나 그가 죄인의 처지라 술은 생각할 수도 없다는 것이다. 최 북은 술이 없을 날들을 미리 걱정했다. 불원천리를 달려와 벗과 마주앉아서 술 없이 지낼 생각을 하니 눈 앞이 캄캄했다. 그러나 어쩌랴. 나라에서 금하는 것을.

최 북이 원교와 지내는 동안 궁금한 점을 발견했다. 원교의 곁방에 웬 계집아이 하나가 머물고 있는 것이다. 고작 서너 살밖에 안 되는 어린 아이였다. 더 이상한 것은 그 아이가 원교를 아버님으로 부르는 것이다.

"저 아이가 어찌하여 형님한테 아버님이라 합니까?"

그러나 원교가 그저 웃기만 했다. 최 북이 더욱 궁금해서 원교와 아이를 번갈아 보며 채근했다. 그런데도 원교는 입만 쩝쩝거릴 뿐이었다. 아무래도 선뜻 털어놓지 못할 무슨 사연이 있는 눈치였다.

"그게 어떻게 된 사연인고 허니…"

그가 회령에 있을 때 젊은 과부 하나가 자진해서 그의 시중을 들었다고 한다. 시중이라고 해 봤자 조석을 끓여주고 빨래나 하는 정도였다. 여자의 행실이 단정하고, 비록 보잘것 없는 반찬이나마 손 맛이 깔끔했다.

"제가 형님을 뵈러 회령에 갔을 때는 그 여인을 보지 못했습니다만…"

"그 당시만 해도, 저 혼자 있을 때였으니까요."

"과히, 적적치는 않으셨겠습니다."

"빈천지교*라고나 할까, 가까이 두고 보다가 그만 새끼까지 얻게 됐지 뭡니까. 그러다가 아이 어미가 갑자기 병을 얻어 죽었어요. 그러니, 천애고아가 된 아이를 어찌 두고 올 수가 있었겠소. 그래서 여기까지 데려온 것입니다."

"허어, 뜻밖의 자식을 얻으셨습니다그려. 복도 많으십니다."

"그런 셈이지요."

원교가 그 즉시 아이를 불러 최 북 앞에 꿇어 앉혀 인사를 시켰다. 이름을 주애(珠愛)라 짓고 글과 글씨도 가르쳤다. 첫눈에 아주 총명한 아이였다.

"총명하게 보입니다."

"가르쳐 보니, 둘째 아이 영익이보다 못할 것이 없더이다. 허허 허…"

아이가 비록 서녀(庶女)이기는 해도 원교 마음에 흡족한 것 같았다. 어쨌거나 원교한테 좋으면 최 북한테도 흐뭇한 것이다.

53

최 북은 원교 유배지에서 한 달을 묵었다. 집에 돌아왔을 때는 여독으로 지친 몸이 젖은 빨래처럼 늘어졌다. 체력은 역시 나이가 일러주는 것 같았다. 확실히 몸이 전 같지 않았다. 유배지를 오가는 동안 걸린 고뿔만도 세 번이었다. 그때마다 며칠씩 객사에 눌러 있어야 했다.

지친 것은 사람만이 아니었다. 노새도 그 긴 여정에 많이 쇠약해져 거의 피골이 상접한 꼴이었다. 제대로 먹지 못한데다가 왕복 이천 리 길을 걸었으니 지칠 만도 했다. 서평군 집에서 끌고 나올 때만 해도 살이 통통하게 붙고, 기운이 팔팔해서 백 년은 넉넉하게 살 듯싶었다.

최 북이 공무로 가는 것 같았으면 중간에 역마(驛馬)로 갈아타거나, 말을 역참**에 맡겼을 것이다. 그러나 사사로운 일이라, 그냥 객사 한구석에 매어 놓았을 뿐이다. 그것이 말을 지치고 병 들게 했던 것 같았다.

말을 저대로 두었다가는 곧 죽게 될 것만 같았다. 그렇다고 장시간 매어만 둔다고 해서 말이 기운을 회복한다거나 살이 붙을 것 같지가 않았다. 먹이를 넉넉하게 주는데도 잘 먹지를 않았다. 무심히 두었다가는 저대로 쓰러질 것이 분명했다.

최 북이 궁리 끝에 한 가지 꾀를 짜냈다. 서평군한테 말을 끌고 가 또 내기바둑을 두는 것이었다. 최 북이 내기에서 지면 말을 두고 오는 것이고, 이기면 새 말로 바꿔 오는 방법을 찾은 것이다. 최 북이 생각해도 아주 기발했다. 욕심이 많은 서평군이라 분명 내기에 응할 것이고, 아끼던 말을 되찾으려고 안간힘을 쓸 것이다. 그가 욕심을 부리면 부릴수록 바둑은 최 북이 이기게 돼 있다.

*   빈천지교(貧賤之交): 가난하고 천할 때 가깝게 사귄 사이.
**   역참(驛站): 지친 관용(官用)의 말을 쉬게 하고, 다른 말로 갈아타게 하는 곳.

이튿날, 그는 제대로 걷지도 못하는 말을 끌고 집을 나섰다. 노새는 기운이 없어 가다가 자주 섰다. 엉덩이를 뒤로 빼고는 마치 언덕을 오르는 노인처럼 숨을 몰아쉬는 것이었다. 말을 못하는 짐승이라 더 측은해 보였다.

그토록 애를 먹이던 말이 서평군 집 앞에 당도하자 갑자기 우렁차게 울어대는 것이었다. 자신의 옛집으로 돌아온 반가움의 표현인 것 같았다.

그뿐이 아니었다. 노새의 울음소리를 듣고 뛰어나온 하인을 보더니 마치 성이 난 것처럼 앞발을 번쩍 드는 것이었다. 자신을 알리는 신호가 아닐까 싶었다.

이 정도라면 영물이라고 아니 할 수가 없는 것이다. 어떤 도인이 타던 말이라더니 그게 사실인 모양이다. 이런 영물한테 이천 리 길을 고생시켰으니 최 북으로서도 미안했다.

갑자기 나타난 최 북과 노새를 번갈아 보던 서평군의 눈이 휘둥그레졌다. 노새를 다시 끌고 온 까닭이 궁금했을 것이다. 최 북은 그저 빙그레 웃기만 했다.

"자네가 어인 일인고?"

"바둑을 두러 왔습니다."

"나는 부른 적이 없네."

"제가 스스로 왔습니다."

"또 내기 바둑인가?"

"그렇습니다."

"내가 늙어서 기운이 없는 것을 알고 왔겠구먼. 그래, 이번에는 어떤 내기로 둘 셈인고?"

서평군도 이미 많이 늙어 있었다. 그의 나이도 어느덧 여든 중반일 것을 생각하니 그럴 만도 했다. 허리는 낫처럼 꼬부라지고 눈에는 눈꼽이 개진개진했다. 내기바둑을 두기에는 너무 쇠약해 보였다.

"이놈을 대군의 새 말과 바꾸는 조건입니다."

"내가 이기면?"

"이놈을 주인한테 돌려드릴 것입니다."

"다 죽게 되었으니, 이젠 쓸모가 없다는 뜻이렷다?"

"그렇기는 합니다만, 대군께서 이기시면 사정이 다르지 않겠습니까?"

"허어. 칼만 안 든 강도로구먼. 어쨌든, 들어오게."

그렇게 해서, 기어이 바둑을 두게 되었다. 서평군이 전보다 장고를 자주 했다. 그 바람에, 한 판을 두는데 걸리는 시간이 꽤 걸렸다. 아침나절에 와서 세 판을 두었는데 해거름에 끝이 났다. 그건 깊이 생각해서라기보다 침침한 눈에 기력도 약하고 그만큼 판단이 흐려진 탓이었다.

결과는 뻔한 것이었다. 최 북이 당연히 이겼다. 조건대로, 쇠약해진 말과 살이 통통히 붙고 기운이 팔팔한 새 말과 바꿔 가지게 되었다.

그런데 최 북이 의아스럽게 생각하는 것은 서평군의 반응이었다. 전처럼 얼굴에 사색을 띠지도 않았고, 노여움도 보이지 않는 것이었다. 노쇠하다 보니 세상만사가 귀찮고 굳이 욕심을 내고 싶지 않았던 것 같았다. 갑자기 그가 측은할 만큼 최 북의 마음도 썩 좋지 않았다. 이렇게까지 해서 노새를 차지해서 뭐 하겠는가 싶은 것이다.

"오늘은 대군께서 이기신 바둑입니다."

"무슨 뜻인고?"

"실은, 제가 노새에 욕심이 생겨 꼼수를 썼습니다. 용서하십시오."

"아니야. 오늘도 자네가 이겼네. 그 말을 가지고 가게."

"아닙니다. 환쟁이 처지에, 말은 과분합니다. 하루빨리 건강이나 회복하십시오."

최 북은 그에게 큰절로 하직하고 서둘러 물러났다. 그러자 그가 손을 흔들며 다시 앉으라고 했다. 바둑을 다시 두자는 뜻인 줄 알고 사양했다.

"바둑이 아냐. 내가 얼마 못살 것 같아, 병풍그림이 보고 싶구먼. 어떤가? 이 늙은이를 위해서 그려줄 수 있겠어?"

마치 구슬을 뱉어내 듯이 느릿느릿 말하는 그의 모습에서 최 북은 갑자기 콧등이 저려오는 것이었다. 사람이 늙고 쇠약해지면 저리 되는가 싶어 마음이 아팠던 것이다.

나도 언젠가는 저리 늙을 터인데….

최 북이 집에 당도하자 만수가 왠지 어두운 표정으로 마당을 서성이고 있었다. 대수롭지 않게 여겨 최 북이 그냥 방으로 들어가려 하자 만수가 그를 불러 세웠다.

"왜 그러느냐?"

"…."

"나한테 할 말이 있는 게야?"

"나으리께 어찌 아뢰야 좋을지 모르겠습니다요."

"무슨 얘긴데, 그리 뜸을 들이느냐?"

"나으리께는 염치 없고, 죄송한 말씀입죠. 저어…쇤네가 장가를 들까 합니다요."

"장가를 들겠다…허긴, 장가 들 나이가 한참 지났지. 올해 몇 살이더냐?"

"낼 모레면 마흔입니다요."

"내가 무심했구나. 보아둔 계집은 있느냐?"

"저잣거리에서 만났는뎁쇼, 그게…백정 딸입니다요."

"네놈이나 백정이나 천하기는 마찬가진데, 그것이 문제 될 건 없느니라. 헌데, 네 노모가 허락하였느냐?"

"쇤네만 괜찮다면, 백정도 상관없다고 했습니다요. 헌데, 나으리께서…."

"내가 왜?"

"나으리께서는 아직도 혼자 몸이신데, 앞으로 조석 진지는 누가 끓여드립니까요?"

"쥐가 고양이 생각하는 짝이로구나."

"나으리께는 정말 염치 없습니다요."

짐승도 제 짝을 만나면 둥지를 뜨는 법인데 만수라고 해서 마냥 붙잡아 둘 수는 없는 노릇이다. 나이 사십이 가깝도록 무심히 붙잡아 놓은 것도 실은 미안한 일이었다. 마침 스스로 짝을 찾았으니 대책 없는 주인의 입장에서는 다행한 일이었다. 만약 주인이 그의 결혼까지 책임져야 한다면 끝내 못했을 것이다. 자신의 인생이 불투명한 마당에 머슴의 미래까지 떠맡을 수는 없는 일이었다.

떠날 사람은 떠나야지.

54

느닷없이 수련이가 찾아왔다. 정말 뜻밖이었다. 최 북은 한동안 그녀를 잊고 있었다. 잠깐씩 떠오르기는 했어도 오래 생각할 일은 아니었다. 그녀도 어느덧 사십 중반의 나이가 되었다. 몸피가 눈에 띄게 커진 듯하고 눈가의 주름도 확연하게 드러나 있었다. 예전의 아름다웠던 모습은 모두 세월에 묻혀버렸지만 얼굴 어딘가에 조금은 남아 있는 것 같았다.

그녀도 여태 혼자 몸이라고 했다. 어린 나이에 기방에 발을 들여놓았다가 결국 퇴기로 물러나 이제는 초로에 들어선 것이다. 그녀 역시 허무한 인생을 살았던 셈이다

갑자기 나타난 까닭을 묻자, 화성의 기방을 처분하고 한양에다 큰 규모로 새로 차렸다는 것이다. 기생만 삼십여 명이라니, 기방 치고는 큰 규모인 셈이다. 어떻게 수완을 부렸길래 그토록 번창할 수 있었는지 최 북으로서는 그저 대견할 뿐이었다.

"선생님께서 눈을 크게 다치셨고, 한때 포도청에까지 끌려가셨다

는 얘기를 듣고, 얼마나 놀랐는지 모르옵니다. 소문을 한양에 와서야 들을 수 있었으니, 몹시 죄송스럽습니다."

"그건 자네 탓이 아니네."

"하온데, 시중 들 사람이 없어서 어찌 하옵니까?"

"지낼 만하니, 괜찮아."

"선생님께 외람된 말씀이오나, 제 사가에 와 계시면 어떠실는지요? 사랑채가 따로 있사옵니다."

"나는 여기가 편해."

"하오시면, 저희 집 근처에다 거처하실 곳을 구해 놓고 싶은데… 제가 틈틈이 보살펴 드릴 것이옵니다."

"일 없네. 나대로 살도록 놔 두게."

"선생님을 가까이 모시고 싶어서 그러하옵니다. 제 뜻을 받아주십시오."

"글세, 일 없대두."

"선생님 혼자 그 불편을 어찌 감당하시옵니까?"

"이미 길 들여진 몸 아닌가. 그러니, 마음 쓰지 말게. 또한 남녀가 유별하니, 자주 드나들지 않는 게 좋겠구먼. 남이 보기에도 민망한 일이야."

"저에게는 사부님이십니다."

"어쨌든 내가 민망하니, 앞으로는 삼가게."

"선생님…."

최 북은 수련의 제안을 끝내 받아들이지 않았다. 누구의 신세도 지고 싶지 않다는 것이 거절의 이유였다. 늙으면 누구에게나 짐이 될 뿐임으로 눈치 보며 살지 않겠다는 것이다.

  그녀한테도 못을 박았지만, 여자가 자주 드나드는 것도 부담스러웠다. 어린 아이도 아니고 같이 나이 먹어가는 처지에, 생각하기에 따라서 남사스러운 일이 될 수도 있기 때문이다. 그런 점에서 그녀와 선을 분명하게 긋고 싶었던 것이다.

  가을이 깊어가면서 기온이 많이 떨어지고 있었다. 만수가 있을 때는 땔감 걱정을 한 번도 해본 적이 없었다. 그가 장가를 가고 처음 두 해는 와서 나무를 해놓고 갔었다. 그러나 그가 멀리 전라도 땅으로 이주하면서부터는 최 북이 손수 해 와야 했다.

  또 고뿔이 들려는지 어제부터 몸이 오슬오슬 떨렸다. 작심하고 나무를 해 왔으면 방을 따뜻하게 할 수 있었을 것이다. 그러나 귀찮아서 이불만 둘러쓰고 말았다. 아궁이에 불 넣은 지가 오래 돼서 방바닥에 습기가 차 눅눅했다. 그것이 고뿔을 일찍 들게 한 것 같았다.

  어제 내린 비로 추위가 한층 더했다. 기어이 콧물이 줄줄 흐르고 재채기도 자주 터졌다. 술과 뜨끈한 국밥이 그리웠다. 그러나 삭신이 쑤시는데다가 두통까지 생겨 차마 나설 엄두가 나지 않았다.

  이때 밖에서 그를 찾는 사람이 있었다. 문을 열고 내다 보니 수련이가 보낸 머슴이 와 있었다. 그냥 온 것이 아니라 마차에다 땔감을 잔뜩 싣고 온 것이다. 그것을 보는 순간 벌써부터 추운 몸이 더워지는 것 같았다.

  머슴이 가져온 것은 땔감뿐만이 아니었다. 큰 물통에다 술국을 가득 담아 왔다. 술도 있었다. 고마운 마음에 눈시울이 뜨거웠다.

병신년(1776) 3월, 영조임금이 승하했다. 그는 무려 52년을 왕위에 있었다. 역대 임금 중에서 재위기간이 가장 길었을 뿐만 아니라, 어느 선왕보다도 장수했다. 치적도 많은 임금이었다. 왕위에 오르자마자 붕당(朋黨)의 폐를 바로잡기 위해 탕평책을 써 당쟁을 조정했다.

그리고 신료들을 비롯해서 상민에 이르기까지 사치를 금하게 하고, 농사를 장려하여 민생안정에 힘썼고, 세제(稅制)를 개혁하여 균역법(均役法)과 같은 제도를 확립했다.

또 백성들의 억울함을 들어주기 위해 신문고(申聞鼓)를 다시 세우고, 압슬(壓膝), 낙형(烙刑) 난장형(亂杖刑) 등과 같은 모진 형벌을 폐지했다.

호국책으로는 군졸들에게 조총 훈련을 장려하면서, 수어청(守禦廳)에 명하여 총포 제작을 독려하기도 했다.

그러나 재위기간에 있었던 임오화변(壬午禍變)만큼은 씻을 수 없는 과오로 남았다. 임오년(1762) 5월, 영조는 28살의 세자를 뒤주에 가둬 굶겨 죽인 것이다. 그는 이복형인 효장세자(孝章世子)가 불과 열 살로 요절하는 바람에 세자로 책봉되어 그 같은 비운을 맞은 것이다.

세자 나이 15세(1749)가 되자 영조는 그로 하여금 대리정무를 보게 했다. 그러나 세자는 장성하면서 학문과 정무를 게을리 하고, 게다가 갑자기 악질*이 들어 자주 광기를 부렸다. 그러자 창경궁 선인문 내 휘녕전에서 끔찍한 단죄를 내린 것이다.

영조가 승하하자 정조가 즉위했다. 그는 등극하면서 제일 먼저

---

*   악질(惡疾): 일종의 정신병.

규장각(奎章閣)을 설치하여 학문과 예술을 진흥시키는 일에 착수했다. 또한 규장각의 '자비대령화원(差備待令畵員)' 직제를 정식으로 설치했다. 이 직제는 이미 영조임금이 죽기 전부터 운영해 오던 것을 규장각 건물이 준공됨으로써 정조가 확장시킨 것이다. 이들 자비대령화원은 도화서(圖畵署) 화원 중에서 특별히 재능이 있는 자를 시험으로 선발한 후 규장각에 배속했다.

자비대령화원 선발은 도화서 화원 31명 전체를 대상으로 시험하여, 1차로 14명을 뽑았다. 그리고 1차에 통과한 화원들을 대상으로, 다시 2차 시험하여 5명을 확정하는 것이다.

그러나 최 북은 이 같은 선발시험에 응시할 수조차 없었다. 도화서 화원이 아니기 때문이다. 그가 화원이 되도록 추천하는 사람도 없었을 뿐만 아니라, 최 북 자신도 그런 제도권에서 궁중화사가 될 생각이 없었다. 오로지 자유인으로 살고 싶었을 뿐이었다.

해진에서 유배생활을 하던 원교 이광사가 정유년(1777)에 72세를 일기로 세상을 떴다. 가족의 품으로 돌아오지도 못하고 유배지에서 생을 마감한 것이다.

그는 유배생활을 하면서도 학문과 시서를 게을리 하지 않았다. 〈원교체〉라는 자신만의 독특한 서체를 만들었는가 하면, 후학들을 위해 귀중한 자료가 될 저서를 많이 남겼다. 그것이 〈동국악부東國樂府〉〈원교집선圓嶠集選〉〈원교서결圓嶠書訣〉 등이다.

원교의 아들 긍익으로부터 그의 부음을 듣고, 최 북이 얼마나 큰 슬픔에 빠졌는가는 묻지 않아도 알 만한 일이었다. 여러 날에 걸친

통곡으로 목이 상하고, 식음까지 전폐하여, 오랫동안 자리에서 일어나지 못했다.

최 북이 당연히 유배지로 달려갔어야 했다. 그러나 그의 몸도 쇠약해질 대로 쇠약해져, 애석한 마음만으로는 그 먼 길을 떠날 수가 없었다.

이러한 최 북의 소식을 듣고 제일 걱정을 많이 한 사람이 수련이었다. 스승의 엄명이 있어 직접 가서 위로할 수도 없었다. 그 대신 의원을 보내 약을 짓도록 했고 하인 손에 온갖 보양식을 보냈다.

이 같은 그녀의 보살핌이 없었다면, 아마 최 북 역시 일찍 죽었을지도 모를 일이었다. 그만큼 원교의 죽음으로 충격이 컸던 것이다.

최 북이 병석에서 일어난 것은 거의 한 달만이었다. 그는 정신을 수습하여 다시 그림 제작에 몰두했다. 당장 생계문제가 걸려 있는데다가, 아직 이것이다 하고 세상에 내놓을 만한 작품을 남기지 못한 것 같아 연일 깊은 자책과 회한에 빠져 있었다.

55

한동안 그림에 몰두하던 최 북이 다시 여행길에 올랐다. 이번에는 어느 누구에게도 알리지 않고 조용히 한양을 떴다. 여행을 떠날 때는 눈썹도 떼어놓고 가라는 말이 있듯이, 그의 짐은 간단해 화구통 하나뿐이었다.

일단은 산과 물이 좋은 북쪽 지방으로 방향을 잡았다. 집에 들앉아 상상과 기억의 주머니에서만 화재를 파먹어 소재에 한계를 느꼈다. 매번 그 화재가 그 화재였다. 주로 입에 풀칠하는 방편으로 그려왔기 때문이다. 그러다 보니 예술성이 없는, 그저 환이나 친 것에 불과한 것들이었다.

이번 여행길에도 노자가 넉넉하지 않으니 돈이 떨어지면 천상 즉석그림으로 밥이나 술과 바꿔 먹을 수밖에 없다. 이번이라고 특별히 긴장할 것도 없었다. 무작정 떠나는 것이다.

어디를 갔다가 언제 돌아올지 전혀 기약도 없다. 발길 닿는 대로 가다가, 눈길 닿는 데서 머물자는 생각이었다. 거기가 황해도든, 평안도든, 발이 가는 대로 따라갈 셈이었다. 그래서 마음이 더욱 편안하고 느긋했다.

한 번도 바쁜 생각 없이 걷다 보니, 눈에 들어오는 풍광들이 온전하게 마음에 담겨지는 것이었다. 때로는 나뭇잎과 꽃도 따 보고, 때로는 나무 줄기를 쓰다듬기도 하면서, 여유롭게 여행을 즐겼.

그러다가 주막이 보이면 들어가서 술을 마셨다. 객지를 떠도는 중이라 한양의 저자나 집에서처럼 폭음은 하지 않았다. 되도록 맑은 정신으로 자연을 관찰하고 싶었던 것이다.

그가 개성에 닿을 즈음에는 해가 중천에서 차츰 기울고 있었다. 시장기가 돌아 주막부터 찾아 들었다. 마침 주막에 손님이 많아 앉을 자리가 없었다. 다른 주막으로 옮길까 했으나, 자리가 날 때까지 그냥 기다리기로 했다.

이때 술청 구석진 곳에 사람들이 둘러서서 무엇인가 구경하는 것이 보였다. 어차피 자리 나기를 기다려야 하기 때문에 최 북도 그쪽으로 가 구경하기로 했다. 마침 웬 민머리 영감이 그림을 그리고 있었다. 중은 아니었다. 오히려 그의 풍모에서 환쟁이의 분위기가 풍겼다. 설사 그가 유명한 화사라고 해도 최 북으로서는 알 길이 없었다.

영감의 그림은 흔한 산수화였다. 붓놀림이 제법 부드러워 보였다. 그림 왼쪽 상단에다 '을해년 금강춘경 화조낙락(乙亥年金剛春景花鳥樂樂)'이라는 화제까지 써 넣었다. 그러나 서체에 균형이 맞지 않아, 굳이 격(格)까지는 논할 필요가 없었다. 어쨌든 유명한 화사는 아닐 듯싶었다.

그래도 최 북이 거기까지는 그러려니 했다. 문제는 필명이었다. 영감이 잠시 주위를 흘끔흘끔 살피더니, 뜻밖에도 '호생관 최칠칠화(豪生館崔七七畵)'라고 쓰는 것이 아닌가.

최 북은 너무 놀라서 하마터면 소리를 지를 뻔했다. 이곳 개성에서까지 자신의 필명을 도용할 줄은 몰랐던 것이다. 옛날 한양 저잣거리에서 자신의 이름을 도용한 자를 발견하고 혼을 낸 적이 있었으나 근래에는 보지 못했던 것이다.

그림을 지켜보던 한 중년 남자가 그림값을 물었다. 그러자 영감이 또 주위를 두리번거리며 아주 낮은 목소리로 "오십 냥은 받아야 하는데…." 하고 값에 여운을 남겼다. 최 북은 그들이 벌이는 수작을 끝까지 지켜보기로 했다.

"오십 냥은 너무 과합네다."

"민하게 굴긴…내래 누군 줄 몰라서 기러네?"

"필명으로, 최칠칠이라고 쓰지 않았습네까. 그래도, 너무 비쌉네다."

"그럼, 얼마를 낼 생각이네?"

"…스무 냥이면, 적당합네다. 그래도, 최 북이라니까, 그만큼 내는 거외다."

"스무 냥이라…내라우. 내래 갈 길이 바빠서, 오늘은 기것만 받는 기야."

흥정이 쉽게 끝나, 매입자가 돈꾸러미를 꺼내 들고는 그림을 다시 펼쳐 보았다. 그러고는 "노인장이 정말 최칠칠이가 맞습네까?" 하고, 의심을 드러내는 것이었다.

"사람을 기래 의심하면 못쓰는 기야."

"요즘, 가짜 행세를 하는 사람이 워낙 많아서 기래요."

어쨌든 흥정은 끝이 났고 영감은 돈을 받아들고 주막을 빠져나갔다. 뒤도 돌아보지 않고 황망히 걸어가는 그의 모습은 분명히 도망치는 걸음이었다.

최 북은 잠시 망설였다. 그림을 산 자에게 사실을 밝혀줄 것인가, 말 것인가를 생각하다가 영감의 뒤부터 밟기로 했다. 매입자가 분한 나머지, 영감을 해칠까 염려한 것이다.

주막거리에서 웬만큼 멀어지자, 영감이 뒤를 한 번 돌아보고는 약방으로 들어가는 것이었다. 최 북은 밖에 서서 그가 다시 나오기를 기다릴 수밖에 없었다.

한참만에 영감이 다시 나왔다. 그의 손에 약첩이 들려져 있었다. 집에 우환이 있는 듯싶었다. 물어보지 않아도, 유명인을 사칭하며 어렵게 살아가는 자가 분명했다.

최 북은 멀찌감치 떨어져 그의 뒤를 따라갔다. 그가 근처 산자락으로 올라가더니 한 초가로 들어갔다. 거의 쓰러져 가는 누옥이었다. 목멱산 자신의 집과 조금도 다를 바가 없었다. 갑자기 영감한테 측은한 마음이 들었다. 오죽하면 남의 이름을 도용할까 불쌍한 생각마저 드는 것이었다.

방으로 들어갔던 영감이 다시 나왔다. 멀리서도 그의 손에 약탕관이 들려 있는 것이 보였다. 순간, 노모를 부양하는 필재가 떠오르면서 그에게도 병 든 노모가 있을지도 모른다는 생각이 들었다.

그가 뜰에 쪼그리고 앉아 약을 달였다. 최 북은 예순 일곱이 된 자신의 나이는 깜빡 잊은 채 그의 처량한 모습부터 연민이 들었다.

최 북은 삽짝 밖에서 두어 번 헛기침을 냈다. 그러자 영감이 뒤를 돌아보며 누구를 찾느냐고 물었다.

"노인장이 그림을 잘 그린다는 소문을 듣고 왔소이다."

"그림을 사갔소?"

"그림이 좋으면, 그리 할 생각이오만…."

"잠시 기다릴 수 있갔소? 약을 다려야 하니까니."

"그리 하겠소."

최 북은 툇마루에 걸터앉아 그에게서 눈을 떼지 않았다. 그의 모습을 뜯어보면서 자신보다 서너 살은 밑이라고 단정했다. 그런데도 얼른 보기에는 한참 위로 보였다. 그럴 만큼 고생이 많았을 것이다.

"누구 약을 다리는 것이오?"

"노모가 계시디요. 해수병(咳嗽病)으로 고생이 심하외다."

"안 됐소."

필재 얼굴이 다시 떠오르면서 영감이 또 불쌍했다. 그냥 돌아갈까 잠시 망서렸다. 만약 자기가 최 북임을 밝히면 그는 절망에 빠질 것이 분명하다. 그러면 앞으로 어떻게 살아갈 것인가. 이곳에서는 '최칠칠'을 사칭할 수가 없을 것이니 장차 생계가 막막할 것이 아닌가. 방에서는 노파의 기침소리가 끊이지 않았다. 그 소리가 최 북의 마음을 더 약하게 했다.

영감이 최 북을 이끌고 건넌방으로 들어갔다. 안은 동굴 속처럼 어두웠다. 등잔불을 밝히자 궁색한 살림의 실체들이 낱낱이 드러났다. 거지 소굴 같았다. 최 북 자신의 방과 다를 것이 없었다. 마치 또 하나의 자신을 보는 것 같아 마음이 씁쓸했다.

"그런데 말이오. 최 북이 한 쪽 눈을 잃었다는 걸 모르고 있었소?"

"눈을 잃었다니, 기거이 무신 말이오?"

"나를 보시오."

"임자도 눈을 잃었수다 기래."

"다시는 최칠칠을 사칭하지 마시오. 내가 바로 최칠칠이니까. 병든 노모를 뫼신다니, 오늘만은 용서하는 것이오."

"기거이 정말입네까? 임자래 정말, 최칠칠이야요?"

최 북은 웃으며 그 길로 삽짝을 나섰다. 그러자 그가 달려와 최 북의 정강이를 껴안았다. 최 북은 그를 내려보며 그저 고개만 주억거렸다.

사람이 산다는 게 뭐라고….

56

최 북이 여행 중에 금강산에 들어가 있을 동안, 한양에는 괴이한 풍문이 떠돌았다. 주광(酒狂) 최칠칠이 세상을 등지고 종적을 감췄다는 것이다. 혹자는 그가 죽었을지도 모른다고 했다. 옛날에 구룡연에 뛰어든 것처럼 이번에도 술에 취해서 강물에 빠졌을 것으로 추정하는 것이다. 벌써 두 달째 소식이 끊어졌으니 그런 소문이 떠돌 만도 했다.

그렇다고 그를 찾아 나서겠다는 사람이 있는 것도 아니었다. 그저 술로 인해서 죽었거니 할 뿐이었다.

그런 중에도 밤낮으로 애를 태우는 사람은 수련이뿐이었다. 행방을 모르니 무작정 찾아 나설 수도 없었다. 혹시 그를 어디서든 본 일이 있다는 얘기라도 들을 수 있다면 당장 달려갈 생각이었다.

최 북이 종적을 감춘 지 한 달쯤 됐을 때 수련이 머슴을 집으로 보냈었다. 그때만 해도 그가 외출 중인 것으로 생각했었다. 그 후 머슴이 나흘을 계속해서 갔었다. 그때마다 집이 비어 있더라는 것이다.

더구나 사람이 자고 나간 흔적이 전혀 없다고 했다. 땔감을 넉넉하게 쌓아 놓았는데도 방바닥이 얼음장처럼 차다고 했다. 비로소 그가 먼 길 떠난 것이라고 단정하면서도 원교 이광사가 이미 죽은 마당에, 달리 갈 만한 일을 떠올릴 수가 없었다. 그렇게 벌써 두 달째 소식이 없는 것이다.

수련은 스승이 걱정되다 못해 야속했다. 떠나기 전에 잠깐 귀띔이라도 했으면 죽음까지는 상상하지 않았을 것이다.

답답한 마음을 견디지 못해 수련이 머슴을 앞세워 목멱산 집으로 찾아갔다. 원체 폐가인데다가 오랫동안 비워서 흉가 이상으로 망가져 있었다. 어떤 걸인이라도 살고 싶은 마음이 들지 않을 정도였다. 마당에는 잡초가 사람의 키만큼 자라 있고, 방마다 쥐가 들끓어 차마 발을 들여놓을 수가 없었다.

주인이 다시 돌아온다는 보장이 없어 청소조차 할 생각이 들지 않았다. 만약 최 북이 꼭 돌아온다면 돈을 많이 들여서라도 수리를 하고 싶었다. 자신의 사가 근처에 와서 살라고 간청을 했는데도 거절하였으니, 차라리 현재 집을 수리해 주는 것이 나을 성싶었던 것이다. 그러나 아무리 생각해도 그가 돌아올 것 같지가 않았다.

스승이 정말 죽었다면 어디 묻힌 곳이라도 알았으면 덜 안타까울 것 같았다. 그러나 지금으로서는 알 길이 전혀 없는 것이다. 처자식도 없는 외로운 처지였으니 누가 제일(祭日)에 맞춰 제사를 지낼 것인가. 제삿밥도 얻어먹지 못하는 혼령은 아랫목을 못떠난다고 했다.

우리 스승님, 불쌍해서 어쩌나. 불상해서 어쩌나.

최 북은 평안도까지 갔다가 다시 한양으로 돌아오고 있었다. 석 달이 넘은 여행이라 몸이 지칠 대로 지쳐 있었다. 늙은 탓이었다. 게다가 이미 가을 중반에 접어들어 기온이 뚝 떨어져서 고뿔을 늘 달고 다녔다.

 여행 중의 침식은 모두 그림을 팔아서 그때그때 해결했다. 오랜 객지생활에 골이 빈다는 말이 있다. 그만큼 고생이 많다는 얘기다. 최 북이 바로 그랬다. 날씨가 따뜻할 때는 객사 토방*에서도 잠을 잘 수 있었으나, 추워지기 시작하면서 차마 문 밖 잠은 잘 수가 없었다. 대개 봉놋방에서 새우잠을 자는 게 고작이었다.

 음식은 국밥이나 술국이었으나, 그나마 사정이 여의치 않을 때는 술만으로 허기를 때울 경우가 대부분이었다.

 몸에 걸친 옷이 하도 남루하다 보니 거지로 오해 받을 때도 많았다. 주막에서조차 문전박대를 했다면 그의 꼴이 어떠했을까는 짐작할 만한 것이다. 따로 가져간 옷이 있을 리 없어 날이 더울 때는 냇가에 가 빨아 입었다.

 그러나 기온이 떨어지면서부터는 꾀죄죄한 대로 그냥 다닐 수밖에 없었던 것이다. 봉두난발에 외눈박이 꼴로 다녔으니 누군들 거지로 보지 않았겠는가.

 그렇게 오해를 사다 보니 최칠칠을 사칭하는 가짜 화사로까지 오해를 받았다. 평안도 한 주막에서 술값 대신에 그림을 그려준 적이 있었다. 마침 주막에 들렀던 한 중년 남자가 그림에 '호생관 최 북'

* 토방(土房): 처마 밑.

의 낙관을 찍는 것을 보고 갑자기 호통을 치는 것이었다. 자기가 얘기 들었던 최 북의 얼굴이 아니라는 것이다.

"이놈의 거렁뱅이래 사기를 치누만 기래. 최 북이래 언제 애꾸가 됐네?"

"그렇게 말하는 당신은 최 북을 만나본 적이 있소?"

"내래 직접 보디는 못했디만, 영감처럼 생기디는 않았을끼야. 거럼, 아니구 말고."

"최 북을 안다고 나서는 당신이야 말로 거짓말을 하는구먼. 내가 바로 최칠칠이라는 말일세."

"그럼, 영감이래 최 북이라는 걸 증명할 수 있갔네?"

"그림을 볼 줄 아는 눈깔을 가졌다면, 이 그림을 자세히 봐. 사람도 알아보지 못하는 눈깔로는 그림인들 제대로 보겠나."

"이놈의 영감이래 끝까디 거짓말 하누만 기래."

그러나 어디서든 귀인을 알아보는 사람이 반드시 있기 마련이었다. 마침 주막에 온 사람들 중에 어떤 노인이 다가와 최 북을 알아본 것이다. 그가 시비 건 자를 거칠게 밀치고는 느닷없이 최 북 앞에 무릎을 꿇어 절을 하는 것이었다.

"최 화사 나리를 여기서 뵐 줄은 몰랐습니다요."

"…나를 아시오?"

"알다 뿐이겠습니까요. 아주 오래 전에 뵌 적이 있습지요. 소인이 호구책으로 남의 그림을 모사한 적이 있었습니다요. 그럴 때 마침 저잣거리에서 어르신의 존함을 사칭해서 그림을 팔다가 발각이 됐습지요."

"얘기를 듣고 보니, 기억이 가물가물 나는구료. 헌데, 이곳 평안도까지 웬일이시오?"

"마침 친척에 문상을 왔다가 한양으로 가는 길입니다요."

"반갑소이다. 임자가 아니었으면, 내가 큰 봉변을 당할 뻔했소이다."

"어르신을 미처 몰라보고 하는 짓입니다요."

그가 시비를 걸었던 자에게는 물론이고, 주위에 둘러선 사람들한테도 최 북에 대해서 장황하게 설명을 했다. 그뿐만 아니라, 최 북이 눈을 멀게 된 사연까지 낱낱이 들려주었다. 그러자 시비를 걸었던 자가 비로소 최 북한테 잘못을 빌었다.

목멱산 집에 돌아온 최 북은 깜짝 놀랐다. 때마침 내린 폭설을 견디다 못해 집이 폭삭 주저앉은 것이다. 참으로 난감한 일이었다. 방 두 개가 다 무너져 임시라도 거처할 수가 없게 되었다.

집에서 건져낼 만한 물건은 없었다. 굳이 찾아 봤자 솥단지와 그릇 몇 개, 그리고 수저가 있을 뿐이었다. 쓰던 침구도 이미 썩었을 것이다. 그런 중에도 다행으로 생각하는 것은 폭설이 자신이 없을 때 내린 것이었다. 만약 여행을 떠나지 않았더라면 분명 압사했을 것이다. 사람의 목숨은 하늘의 뜻에 달렸다는 말이 백 번 옳은 듯싶었다.

당장 어디서 기거한다지?

최 북은 무너진 집을 망연하게 바라보면서 앞으로 거처할 곳을 궁리했다. 오늘 당장은 주막 봉놋방에서 묵을 수 있다. 그 다음부터는 어떻게 하나. 막막할 뿐이었다.

그는 목멱산 골짜기를 내려오면서 여러 얼굴을 떠올렸다. 그 중에 수련이도 있었다. 그가 찾아간다면 홀대는 안 할 것이다. 아니, 눈물 겹도록 반길 게 분명하다. 그런데도 선뜻 마음이 내키지 않는 것이었다.

우선 주막을 찾아 저잣거리로 나섰다. 여전히 거지 꼴이라 그를 보고 피해가는 사람은 있어도 아는 척하는 사람은 하나도 없었다. 마음이 씁쓸했지만 그저 웃어 넘겼다.

그가 마땅한 주막을 찾아 여기 기웃 저기 기웃하는데 웬 남자가 앞을 가로막고 고개를 갸웃거리는 것이었다. 누구냐고 묻자, 되레 자기를 몰라보느냐며 한참을 훑어내렸다.

"최 화사 나으리가 아니십니까요?"

"그렇네만. 자네는 누군고?"

"돌아가신 줄만 알았는데, 살아계셨습니다요. 쇤네는 수련 아씨 밑에서 일하는 김 서방입니다요. 전에 자주 찾아 뵈었습죠."

"오오라, 기억이 나는구먼. 그래, 수련이는 잘 있는가?"

"여부가 있습니까요. 아씨께서는 나으리께서 돌아가신 줄로 알고 계십니다요."

인사하는 걸 깜빡 잊고 있었던 그가 비로소 바닥에 엎드려 절을 올렸다. 그러고는 최 북의 뜻은 묻지도 않고 수련이한테 가자고 무작정 이끄는 것이었다. 최 북이 엉덩이를 빼는 데도 막무가내였다. 수련이한테 이 사실을 알리고 싶어 안달이 난 것이다.

57

최 북이 〈묵향옥墨香屋〉이라는 현판을 올려보며 정원으로 들어섰다. 각종 관상수들이 보기 좋게 심어져 있었다. 기방 치고는 꽤 큰 집이었다. 화성의 기방을 팔고 한양으로 옮겼다는 건 최 북도 이미 알고 있었다. 상상했던 것보다 훨씬 크고 화려하게 꾸민 기방이었다.

잠시 후 수련이가 나와 최 북의 눈과 마주쳤다. 그녀는 반가운 표정을 짓는 것도 잊은 채 최 북을 한동안 바라보기만 했다. 행색을 보고는 차마 스승의 모습이라고 할 수가 없었던 모양이다. 한참을 멍하니 서 있던 그녀의 눈시울이 차츰 붉어지기 시작했다.

"선생님…."

"잘 있었는가?"

그녀가 비로소 버선발로 뛰어 내려와 무릎을 접었다. 최 북이 안부를 다시 묻자 그녀가 오열하기 시작했다. 그녀한테 스승은 죽었다가 되살아난 사람이었다.

"어찌 그리도 무심하십니까."

"내가 원래 그렇잖은가."

"선생님께서 꼭 돌아가신 줄만 알았습니다."

"사람의 목숨이란 하늘이 정하는 것이라, 이렇게 죽지 않고 살아 있었구먼."

"진정, 잘 오셨습니다. 외람된 말씀이오나, 목욕부터 하십시오. 그 동안에, 진지 해 놓겠습니다."

"내 꼴이 이러하니, 좀 씻어야겠네."

그가 머슴의 안내를 받아 욕탕으로 들어간 사이에, 수련은 장롱에서 스승이 갈아입을 옷을 꺼내 놓았다. 언제든 기회가 되면 입힐 옷이었다. 비단 바지 저고리에 마고자까지 일습으로 준비했다.

음식 준비에도 신명을 냈다. 마치 먼길에서 돌아온 서방을 맞듯이 정성을 다했다.

최 북은 수련의 사가에서 보름을 지냈다. 벌써 나왔을 것이지만 보약을 다 마실 때까지 보내지 않겠다는 수련의 고집에 꺾여 머물렀던 것이다. 그녀의 사가에는 아담한 사랑채가 따로 있었다. 거기서 마치 기둥서방처럼 대접 받으며 지냈다.

필재가 소식을 듣고 찾아왔다. 그는 최 북이 호강하는 모습을 보고 잘된 일이라고 했다. 몸도 쇠약하니 아주 눌러앉으라는 것이었다.

그러나 최 북은 불편했다. 자신의 집이 아니라는 점도 있고, 매끼 식사 때마다 진수성찬으로 올라오는 밥상이 또 거북했다. 아무리 만류해도 그녀가 듣지 않았다.

수련의 집에서 머무는 동안 만든 그림이 다섯 점이나 되었다. 여행 중에 그려놓았던 밑그림을 완성한 것이다. 그것을 모두 수련에게 주었다. 신세를 갚는 의미도 있고, 그녀라면 자신의 그림을 누구보다도 잘 소장할 것으로 믿기 때문이었다.

"내 이제 갈 때가 되었네."

"아니 됩니다. 이제는 못가십니다."

"그게 무슨 말인가?"

"연로하신 데다가, 옥체가 많이 상하셨습니다. 보약 한 재를 더 드셔야 합니다. 그때까지만이라도 더 계십시오."

"그렇게는 아니 하겠네. 사람마다 제 거처가 따로 있는 법이고, 음식도 자기 분수에 맞아야 하는 것이야."

"하오면, 음식을 선생님 입에 맞으시는 것으로 준비하겠습니다."

"그런 뜻이 아니라니까. 나는 나대로 살아갈 것이니, 더는 붙잡지 말게."

"하오시면, 거처를 어디에 정하시겠습니까?"

"그건 나도 모르지. 여기저기 돌아다니다 보면, 빈집이 있을 것이네."

"제가 선생님의 거처를 마련하게 허락해 주십시오. 제 소원입니다."

"그도 아니 되네. 거처는 내가 정할 터이니, 나중에 들여다 보기나 해."

그는 수련의 간청을 더 들으려 하지 않고 바로 그녀의 집에서 나왔다. 야속해 하는 그녀의 한숨소리를 내려놓고 나오는 최 북의 마음도 편치는 않았다. 그래도 그녀의 신세는 더 지고 싶지 않았던 것이다.

그가 새로 구한 거처가 북악산(北岳山) 성곽 아래에 있는 낡은 빈집이었다. 먼저 집처럼 흉가 꼴이기는 마찬가지였다. 처음부터 울타리와 삽짝이 없는 집이었다.

벽이 군데군데 헐어 구멍난 곳으로 밖이 훤히 보였다. 부엌 아궁이도 반은 무너져 있었다. 방 문짝에도 살만 남아 있고 구들도 여러 곳이 헐어 있었다. 불을 넣어 보니 너구리 굴에 불을 지피는 것처럼 방 안이 온통 연기로 꽉 찼다. 마룻장도 거의 뜯겨져 발이 숭숭 빠질 지경이었다. 어쩌면 밤마다 귀신이 머물다 가는 집일지도 모른다고 생각했다.

최 북이 생각해도 난감했다. 당장 잠을 자려면 고칠 곳이 너무 많아 엄두가 나질 않았다. 그래도 달리 구할 집이 없어 우선은 가마니를 구해서 방에다 깔았다. 이대로는 밤마다 귀신들과 동침하지 않으면 안 될 것 같았다.

며칠 후, 수련이가 보낸 김 서방이 왔다. 그도 집 꼴을 보고는 놀라서 벌린 입을 한동안 다물지 못했다. 사람이 살 집으로는 차마 볼 수가 없었던 것이다. 너무 기가 찬 나머지 김 서방이 바로 돌아갔다.

그러더니 이튿날 기어이 수련이를 데리고 왔다. 그녀 역시 너무 놀란 나머지 눈물까지 쏟았다.

"선생님. 여기서는 못사십니다. 곧 엄동설한이온데, 어찌 견디십니까."

"대충 손을 보면, 살 수 있을 것이네."

"선생님께서 제 청을 사양만 하시니, 이 집을 고쳐드리는 것만은 받아주십시오. 그렇지 않으면, 저도 돌아가지 않을 것입니다."

"자네 고집도 어지간하군 그래."

최 북도 더는 고집을 피울 수가 없어 수리하는 것만은 그녀의 뜻에 따르기로 했다. 집을 수리할 며칠 동안 그는 다시 수련의 집으로 들어갔다.
 필재가 또 찾아와 수련이 곁에 머물러 있으라고 설득했다. 그러나 최 북의 생각은 완강했다. 남의 신세는 질 수 없다는 말만 되풀이할 뿐이었다.
 "늙어서 제일 서러운 것이 무엇입니까. 사람의 온기가 아닙니까. 호생관께서는 평생 그 정을 모르고 사셨으니, 뒤늦게라도 느껴보시구료."
 "허면, 저 계집과 살 붙여 살라는 말씀이십니까?"
 "그게 마땅치 않으시면, 한 지붕 밑에서라도 같이 지내시라는 겁니다."
 "그게 그 말씀이지요. 허지만, 그것조차 성가신 걸 어쩌겠습니까."
 "성격도 참 별나십니다그려."
 "호생관은 호생관답게 사는 것이 편한 법입니다. 저는 그저 자유롭게 사는 게 좋아요."
 그렇게 최 북은 끝내 누구의 설득도 받아들이지 않았다. 그가 추구하는 삶은 오로지 자유롭게 사는 것, 그것뿐이었다.
 그렇게 외로운 신세라도 자유가 없는 것은 진정한 삶이 아니라고 생각하는 것이다. 특히 예술가는 그래야 한다고 못 박고 있었다. 그래서 혹자는 세상에서 가장 강한 인간이란 고독하고 혼자 사는 것이라고도 했다. 최 북이 거기에 전적으로 동감하는 것이다.

58

최 북과 친하게 지냈던 사람들이 하나씩 세상을 떠났다. 석북 신광수가 제일 먼저 눈을 감았고, 그 다음으로 원교 이광사가, 또 며칠 전에는 혜환재 이용휴가 이승을 떴다.

올해가 임인년(1782)으로, 최 북의 나이도 어느덧 일흔 하나가 되었다. 작년 칠순에는 수련이가 잔치를 벌여 또 한 번 호강했다. 지인을 다 부르라고 해서 필재 이단전과 석북 신광수의 동생 신광하, 그리고 원교의 두 아들 긍익과 영익이 참석했다.

그 자리에서도 최 북으로 하여금 수련이와 한집에 살도록 모두가 강력하게 권유했다. 그러나 그의 반응은 변함이 없었다. 신세 지기 싫다는 것과 자유롭게 살겠다는 것이 이유였다. 그러고는 시 한 수 읊는 것으로, 그들의 성화에 자물쇠를 채웠다.

    강산 좋은 경을 힘센 이 다툴 양이면
    내 힘과 내 분으로 어이하여 얻을소냐
    진실로 금할 이 없을새 나도 두고 노니노라

이 강산 이 좋은 경치를 만일 힘을 가지고 서로 다툰다면, 힘 없고 지체 낮은 자신의 차례는 돌아오지 않을 것이다. 그러나 다행히도 이것만은 금하는 사람이 없어, 자기도 마음대로 즐겨 노닐 수가 있다는 뜻이었다.

이는 곧 세속에 얽매이지 않고, 권력이나 금력 따위에 초연하면서 자연과 벗하며 인생을 즐기겠다는 남파(南波) 김천택(金天澤)의 시로 최 북의 철학을 대변한 것이라 했다.

최 북이 한 주막 앞에서 안을 기웃거리고 있는데, 누군가 이쪽으로 달려오는 사람이 있었다. 가깝게 다가오면서 보니, 화원(畵員) 김득신(金得臣)이었다. 혼자가 아니었다. 그 뒤로 김홍도(金弘道)와 신윤복(申潤福)도 있었다. 김홍도는 표암 강세황한테 사사를 받아, 서른 여섯의 나이에 이미 화격(畵格)을 이루고 있었다.

김득신은 아직 스물일곱 살밖에 안 되었으나, 산수와 풍속을 잘 그린다고 소문이 나 있었다. 신윤복 또한 그와 비슷한 나이로, 특히 풍속화를 잘 그렸고, 일재(逸齋) 신한평(申漢枰)이 그의 아버지다.

"젊은 화공들이 어인 일들인고? 나를 찾아 나선 것은 아닐 터이고…."

"선생님을 뵙고자 나선 길입니다."

"어인 일로?"

"선생님 댁에 갔더니 마침 아니 계셔서, 저자로 나선 것입니다."

그건 사실이었다. 최 북이 궁핍하게 산다는 얘기를 듣고 세 사람이 그를 찾아 나섰던 것이다. 그의 집으로 갔으나 마침 출타 중이라 주막거리로 나섰다. 분명히 주막 어디엔가 있을 것으로 단정했다. 워낙 술을 좋아하는 노인이라 주막밖에 갈 곳이 없다고 생각한 것이다.

김홍도가 자초지종 설명을 하자, 최 북의 입이 귀에 걸리면서 세 사람의 손을 차례로 잡아 흔들었다. 그러고는 마치 제 집처럼 주막 안으로 잡아 끄는 것이었다.

그들은 최 북을 상좌에 앉혀놓고 안주를 푸짐하게 시켰다. 술은 아예 독채로 들이도록 했다. 그러자 최 북의 입이 또 찢어졌다. 이가 거의 빠져 누런 것 서너 개만 옥수수 알맹이처럼 간신히 매달려 있었다. 새카맣고 꾀죄죄한 외눈박이 얼굴에 주름이 밭고랑처럼 패어, 살아 있는 사람의 얼굴로 보기 어려웠다. 왜소하고 고삭부리 몸으로 매일 술에 절어 있는 걸 보면 신기할 뿐이었다.

게다가 한 번도 빨아본 적이 없는 듯 때가 반지르한 옷과 악취라고 할 수밖에 없는 체취가 끊임없이 풍겨, 여간한 인내심 없이는 오래 마주할 수가 없을 지경이었다.

그런 옹망추니에 성깔 하나만은 불 같아서, 외짝 눈을 가지고 오만한 자를 노려볼 때는 몸서리가 쳐진다는 얘기를 알만 한 사람은 다 알고 있었다.

그는 아직 끼니를 채우지 못한 듯 이가 없으면서도 안주를 허겁지겁 집어 먹었다. 술 역시 오래 굶은 것처럼 거푸 석 잔을 자작해 마셨다.

김홍도는 그 모습이 안쓰럽고 체할까 걱정이 되어, 천천히 먹을 것을 권했는데도 그는 고개만 끄덕일 뿐 손과 입은 여전히 바쁘게 움직였다. 그들 세 사람은 술잔도 잡지 못한 채 넋을 잃고 그저 구경만 했다.

"오늘 아침에는 무엇을 드셨습니까?"

"나한테는 때가 따로 없어. 있으면 먹고, 없으면 굶는 게지 뭐."

"몸도 약하신데, 술이 너무 과하지 않으십니까?"

"살아 있을 때 실컷 마셔야지, 죽으면 허사야. 이 백(李白)의 시에 이런 구절이 있어. '대주불각야(對酒不覺夜) 낙화영아의(落花盈我衣) 취기보계월(醉起步溪月) 조선인역희(鳥選人亦稀)'로다. 즉 술을 마시다 보니 어느덧 날이 어둡고, 옷자락에 수북히 쌓인 낙화여, 취한 걸음 시냇물의 달 밟고 돌아갈 때, 새도 사람도 없이 나 혼자로다. 어떤가? 이 백이 마치 나를 내다보고 지은 것 같지 않은가?"

"그런 것 같습니다."

"중국 삼국시대에, 손 권 밑에 있던 정 천(鄭泉)이라는 자는 술을 몹시 좋아해서, 그가 죽을 때 친구들한테 유언하기를 '내가 죽거든 시신을 질그릇 만드는 가마 곁에 묻어주게. 백 년 후에 백골이 삭으면 결국 흙이 될 것이고, 그 흙으로 술병을 빚는다면 내 소원이 성취되지 않겠나' 하더라는 게야. 나는 그 경지에 이르려면 아직 멀었어."

"요즘 그리시는 그림은 어떤 것입니까?"

"붓을 놀려 먹고 사는 처지에, 아무거나 그리는 게지 뭐. 주문하는 대로 그려. 산수면 산수, 화조면 화조, 초충이면 초충이지. 그래서 내가 호를 호생관이라고 지은 게야. 한 번은 어떤 졸부놈이 와서 산수화를 주문했어. 그래서 산만 그리고 물은 그리지 않았더니, 이상하다고 물을 넣으라고 화를 내는 게야. 그때 내가 뭐라고 했을 것 같은가?"

"글세요…?"

"화선지 밖은 모두 물이다, 하고 쫓아버렸지."

"정말, 통쾌하게 혼을 내셨습니다."

"그림은 환쟁이한테 맡겨야 하는데, 무식한 것들이 꼭 아는 체를 한단 말야."

최 북은 술 다섯 되를 거의 혼자 마시고는 비로소 술배가 찼는지, 잠시 물러나 앉는 시늉을 했다. 취기가 올라 몸을 앞뒤로 건들건들 하면서도 시를 읊조리는 것이었다. 역시 이 백의 시였다.

兩人對酌山花開*
一杯一杯復一杯**
我醉欲眠卿且去***
明朝有意抱琴來****

그가 기어이 취해서 이 백의 '아취욕면'처럼 눈을 스르르 감더니, 그 자리에 힘 없이 폭 꼬꾸라졌다. 그러고는 이내 코를 골았다.

김홍도 일행은 그 모습을 바라보며 웃음을 터뜨리면서도 한편으로는 측은하고 안타까워, 누가 먼저랄 것도 없이 눈시울을 적셨다.

"저러다가 돌아가시면, 불쌍해서 어쩌누."

"집에 가시다가, 눈밭에라도 쓰러지실까 염려되는군요."

"우리만 먼저 갈 수는 없잖소? 그렇다고, 업고 갈 수도 없고."

"아무래도, 여기 봉놋방에서 주무시도록 하는 게 좋을 것 같군요."

김홍도가 주인으로 하여금 그를 안으로 들이도록 했다. 업어 옮기는 동안에도 그는 깨어나지 못했다. 봉놋방에다 눕히기를 잘한 것 같았다. 그냥 갔다가는 도중에 쓰러져 잠들기 십상이고, 그러다가 동사하는 것이다.

"가난한 환쟁이의 말로가 결국 저렇구료."

세 사람은 그를 남겨둔 채 주막을 나서는 발걸음이 천근만근으로 무거웠다. 이는 곧 자신들의 미래를 보는 것 같았기 때문이다. 때 맞춰서 눈이 내리기 시작했다.

59

병오년(1786) 12월.

며칠째 눈이 내리고 있었다. 때로는 폭설이 강풍까지 동반해 한 치 앞이 보이지 않을 지경이었다. 어제까지 내린 눈만으로도 정강이를 잡아먹고 있었다.

최 북은 아까부터 마루에 나와 설경을 보고 있었다. 바람이 뜸할 때는 멀리 인왕산이 한눈에 들어왔다. 옛날 원교 집에서 기숙할 때

* 양인대작산화개: 둘이서 마시노라니 산에는 꽃이 피고
** 일배일배부일배: 한 잔 한 잔 또 한 잔
*** 아취욕면경차거: 취했으니 잘라네. 자네는 갔다가
**** 명조유의포금래: 내일 아침 마음 내키면 거문고 안고 오게나.

많이 보던 풍경이었다. 그는 원교와의 한때를 회상하며 눈시울을 적셨다.

그는 한숨을 내쉬며 방으로 들어가더니 화구통을 들고 나왔다. 화제(畵題)가 떠오른 것이다. 그 즉시 붓을 들었다. 화선지를 세로로 펴고는 상단을 거의 채울 만큼 인왕산 상봉을 근경으로 깔았다. 그 아래 왼쪽으로는 울타리가 쳐진 집 한 채가 외롭게 들앉아 있고, 집 주변에 서 있는 큰 나무들이 강풍에 쓸려 휘어져 있다. 그리고 오른쪽 하단에 계곡이 이어지도록 배치했다.

이 풍경 속에서 지팡이를 든 한 노인이 사동을 데리고 귀가하는 장면도 그렸다. 이뿐만 아니라, 삽짝으로부터 뛰어나온 개 한 마리가 이들을 향해 짖어대는 모습까지 빠뜨리지 않았다. 심심했던 차에, 마침 과객을 보고 뛰어나온 개가 그림의 적막한 분위기를 한껏 살리고 있는 것이다.

최 북은 이 그림을 담채(淡彩)로 마감했다. 화면 전체가 검푸른 빛이 돌도록 하여, 눈이 온 뒤의 구름 낀 을씨년스러운 날씨임을 보여주었다.

채색을 마친 그는 오른쪽 상단 여백에다 〈풍설야귀인風雪夜歸人〉을 화제로 넣었다. 이 그림은 이미 여러 차례 그렸던 것으로, 오늘 설경을 보고 또 한 폭 만든 것이다.

그는 그림이 만족스러운 듯 그 자리에다 술상을 폈다. 그러고는 거푸 두 잔을 마셨다. 바람이 몹시 찬데도 느끼지 못하는 듯 어깨를 좌우로 흔들며 시를 읊조렸다.

〈묵향옥〉 정원에도 눈이 소복하게 쌓여갔다. 눈 덮인 나뭇가지가 그 무게를 이기지 못해 모두 아래로 휘어져 있었다. 여린 가지는 꺾인 지 오래 되었다.

수련이는 아까부터 마루 끝에 앉아 설경을 구경하고 있었다. 멀리 북한산을 바라보며 자주 한숨을 내쉬었다. 자신의 살아온 길을 되새기며 자신과 관계되는 사람들을 떠올렸다.

첫째는 아버지였고, 다음이 계모였다. 그녀가 팥쥐 어멈처럼 모질게 굴지는 않았지만 길녀를 눈엣가시로 보는 여자였다. 그 눈치를 채고 일찌감치 집을 나왔던 것이다. 두 여자 사이에서 갈등을 겪는 아버지가 딱해서 눌러 있을 수가 없었다.

돌이켜 생각하면, 스승 밑에서 지냈던 2년의 짧은 시간이 제일 보람 있고 행복했었다. 그를 사부님으로 받들었던 그 시절이 길녀한테는 삶의 의미와 가치를 어렴풋이 깨닫게 했던 것이다. 스승에게 글을 배우면서 세상 이치와 진리와 사람의 도리를 배웠고, 그림을 배우면서는 자연의 아름다움과 예술가의 열정을 엿볼 수 있었다.

그녀도 이미 오십을 훌쩍 넘긴 나이가 되었다. 아버지와 오래 전에 사별한 그녀는 예나 지금이나 최 북이 곧 아버지고 스승이었다. 누가 먼저 세상을 뜨든 죽어서도 못잊을 사람이었다. 그가 살아 있는 동안 늘 곁에 모시고 싶었다. 그 생각은 지금도 변함이 없는 것이다. 그런데도 스승은 오로지 자신의 올곧은 성품만 내세울 뿐 이쪽의 마음은 눈꼽만치도 배려하지 않고 있었다.

야속한 마음이 들 때가 한두 번이 아니었다. 지금도 마찬가지였다. 언감생심 남녀로 동침하자는 것도 아니고, 그냥 모시는 기회만

달라는데도 끝내 받아들이지 않는 것이었다.

수련은 눈이 자꾸 쌓여감에 따라 스승이 또 걱정이었다. 그는 눈이 오거나 비가 오거나 술이 있는 곳이면 어디든 달려가는 성미라, 이 눈바람이 염려되는 것이다. 술에 취해서 눈 속에 파묻히면 얼어죽기 십상이다.

그래서 머슴 김 서방을 스승한테 보내놓고 그가 오기를 기다리고 있는 중이었다. 제발 오늘만큼은 스승이 집에 있기를 바라는 것이다.

김 서방이 눈을 하얗게 쓰고 돌아왔다. 그녀는 대뜸 스승이 집에 있는지부터 물었다. 그러나 머슴의 대답은 그 반대였다. 집을 비운 지 오래 된 듯 방바닥이 얼음장 같더라는 것이다. 그렇다면 집을 나간 지 오래 된 것이다.

"아무리 기다려도 오시지 않길래, 아씨가 궁금하실 것 같아 그냥 왔습니다."

"이런 날씨에, 또 어디를 가셨단 말인가. 방에 불이라도 넣고 오지 그랬나."

"그렇잖아도, 불을 때고 오는 길입니다."

"오는 길에, 혹시 눈밭에 쓰러진 사람은 보지 못했지?"

"쇤네도 나으리가 걱정돼, 살피면서 오는 길입니다."

"대체, 어디를 가셨단 말인가."

"혹시, 저자 주막에 계신 건 아닌지 모르겠습니다. 제가 주막을 돌아볼까요?"

"그럴 것이 아니라, 김 서방이 다시 나리 댁으로 가게. 가서 아궁이에 불이 꺼지지 않게 하고, 게서 기다리게. 늦게 오실지도 모르니,

오늘밤은 게서 자도록 해. 그리고 찬모한테 일러놓을 테니, 국거리도 가져가서 술국을 미리 끓여놓게."

수련은 또 한숨을 내쉬며 찬모를 불러 친히 부엌으로 들어갔다. 국거리와 반찬들을 만들면서도 그녀는 내내 눈물을 글썽거렸다. 스승에 대한 걱정도 걱정이지만 지금은 그저 야속한 마음만 들 뿐이었다.

이년의 청을 들어주시면, 내 한이 없건만….

수련이 짐작한 대로 그 시각에 최 북은 주막에 홀로 앉아 있었다. 집에서 〈설야귀인도〉를 완성하고 마신 술에 그만 발동이 걸린 것이다. 모처럼 마음에 차는 그림을 그린 것 같아 흐뭇한 마음을 혼자 담고 있을 수가 없었던 것이다.

그래서 곧장 필재한테 달려갔으나 마침 출타 중이었다. 그 역시 행선지를 말하는 성격이 아니어서 가족들도 그의 행방을 모르고 있었다.

눈은 하염없이 내리고 있었다. 이러다가는 세상이 온통 눈에 파묻히고 말 것만 같았다. 꼭 발을 내린 듯이 쏟아지는 통에 길 건너 집들이 가물가물하게 보였다.

눈은 잠시도 멈추지 않고 쏟아졌다. 강한 바람이 눈발의 허리를 자주 분질렀다. 주막 포렴도 바람을 이기지 못해 총채처럼 발기발기 찢어져 있었다.

게다가 요 며칠 눈이 내리기 시작하고부터는 손님들의 발길이 원수 집처럼 뚝 끊어져 주모 마음이 몹시 산란했다. 아무래도 장사를 일찍 걷어야 할 판이었다.

그러나 최 북이 술청 한구석에 붙박이처럼 늘어붙어 있어, 이러지도 저러지도 못하고 있는 것이다. 그는 몸피가 작달막한 앤생이임에도, 장안에서 둘째 가라면 서러워 눈을 부라릴 술꾼으로 소문이 자자한 환쟁이라는 걸 이미 알고 있었다. 자기 말로 '붓 하나로 먹고 산다'면서도, 가난한 집 신주 굶 듯한다는 소문도 장안에 파다하게 퍼져 있었다.

심란한 주모가 최 북 앞에서 일 없이 자주 서성거리는데도 그는 전혀 눈치를 못채는 듯 눈길 한 번 주지 않고 있는 것이다. 그러고는 몸을 좌우로 흔들면서 알아들을 수 없는 말로 창을 하는 것도 아니고, 시를 읊는 것도 아닌 모양으로 앉아 있는 것이다.

주모가 기어이 그에게 다가가 헛기침으로 인기척을 냈다. 그런데도 그는 눈을 감은 채 그 자세를 고수했다. 가슴에까지 늘어진 수염발에 술방울이 곳곳에 맺혀 있었다.

"술 다 자셨어라우?"

그는 못들은 척 눈조차 뜨지 않았다. 원래 오른쪽 눈이 애꾸지만 한쪽 눈마저 감고 있어, 어느 쪽이 성한 것인지 헷갈렸다.

"문을 닫어야 쓰겄는디요."

그러자 내내 눈을 감고 있던 그가 갑자기 화구통을 열더니 화선지 한 장을 바닥에 펼치는 것이었다. 그러고는 그 옆에다 먹물 병과 붓을 가지런히 늘어놓았다.

아무래도 금방 자리를 뜰 것 같지 않아 주모는 설거지부터 하기로 마음을 바꿔 먹었다. 그릇을 닦으면서 뒤를 흘끔 돌아보니, 그가 화선지에다 열심히 붓을 놀리고 있는 것이었다.
 주모가 설거지를 끝낼 무렵, 마침 자리에서 일어난 그가 주막을 나설 차비로 화구통을 메었다. 주모가 술값을 셈하러 앞으로 다가가자 "술값은 저기에 놓고 가네." 하고는 문턱을 넘어서는 것이었다.
 그러나 그가 앉아 있던 자리에 술값은 찾을 길이 없고, 대신 그림 한 장만이 펼쳐 있는 것이었다. 그가 술값으로 종종 그림을 그려준다는 소문은 들었지만 주모로서는 처음 당하는 일이라 황당했다. 그 그림이 술값에 맞는 것인지 부족한지도 모를 뿐더러, 그의 기괴한 행동에 그만 기가 막혔다. 주모가 밖으로 나가 그의 뒤를 지켜보았다. 눈발 속에서 그의 모습이 희미하게 들쭉날쭉했다. 휘척휘척 걸어가는 걸음걸이가 많이 흐트러졌다. 저러다가 눈밭에 쓰러지기라도 하면 어쩌나 은근히 걱정이 되었다.

 최 북의 집에서 내내 주인을 기다리던 김 서방이 작심하고 집을 나섰다. 폭설이 걱정돼서 마냥 기다릴 수가 없었다. 최 북이 필경 이 눈을 죄다 맞으며 오거나, 눈길에 미끄러져 다리를 다쳤거나, 쓰러진 채 아예 잠이 들었을지도 모를 일이었다. 정말 잠이 들었다면 큰일이다. 이 엄동설한에는 관우 장비도 도리 없이 얼어죽는 것이다.
 그는 눈발을 헤치고 저잣거리로 달려갔다. 어쩌면 촌음을 다툴 만큼 위험한 지경에 처했을지도 모른다는 생각뿐이었다.
 눈이 너무 많이 쌓여 무릎까지 빠졌다. 빠진 발을 빼내기조차 힘들었다. 김 서방 역시 가는 동안 미끄러지고 엎어지기를 수 없이 되풀이했다.

이런 마당에, 노인넨들 제대로 걷겠는가.

그는 최 북이 눈밭에 파묻혔을지도 모른다는 생각에, 사람이 오갔던 길을 막대로 쿡쿡 찌르며 내려갔다. 최 북이 정말 발견되는 순간을 떠올릴 때는 등골이 오싹했다.

김 서방이 성곽를 따라가면서 계속 막대를 찌르고 있는데, 무엇인가 큰 물체가 툭 걸리는 것이었다. 그는 가슴이 섬뜩하여 천천히 몸을 낮췄다. 물체 위에 눈이 가득 쌓여 한눈에 확인할 수가 없었다. 그는 황망히 눈을 헤쳤다.

어이쿠, 사람이었구면.

김 서방은 쓰러져 있는 사람의 얼굴부터 확인했다. 보고 또 보기를 수 차례 거듭했다.

아이고, 나으리….

그는 분명 최 북이었다. 그는 화구통을 꼭 부여잡은 채 비스듬히 누워 있었다. 몸이 이미 꽁꽁 얼어 있어 송장이 돼 있었다.

결국 호생관 최 북은 75세를 일기로, 병오년(1786) 한겨울 눈밭에서 고독한 생애를 마감했다.

> 그대는 보지 못했는가. 최 북이 눈 속에서 죽은 것을
> 담비 가죽 옷에 백마를 탄 이는 뉘 집 자손이더냐
> 너희들은 어찌 그의 죽음을 애도하지 아니하고 득의양양하는가
> 최 북은 비천하고 미미했으니 진실로 애닯도다
> 최 북은 사람됨이 참으로 굳세었다
> 스스로 말하기를 붓으로 먹고 사는 화사라 하였네

체구는 작달막하고 눈은 외눈이었네만

술 석 잔 들어가면 두려울 것도 거칠 것도 없었다네

최 북은 북으로 숙신(肅愼: 만주)까지 들어가 흑삭(黑朔: 흑룡강)에 이르렀고

동쪽으로는 일본으로 건너가 적안(赤岸)까지 갔었다네

귀한 집 병풍으로는 산수도를 치는데

그 옛날 대가라던 안 견, 이 징의 작품들을 모두 쓸어버리고

술에 취해 미친 듯 붓을 휘두를 요량이면

큰 집 대낮에 산수 풍경이 생겼다네

그림 한 폭 팔고는 열흘을 굶더니

어느 날 크게 취해 한밤중 돌아오던 길에

성곽 모퉁이에 쓰러졌다네

북망산 흙 속에 묻힌 만골(萬骨)에게 묻노니

어찌하여 최 북은 삼장설(三丈雪)에 묻혔단 말인가

오호라. 최 북은 몸은 비록 얼어죽었어도

그 이름은 영원히 사라지지 않으리.

신광하의 〈崔北歌〉

- 끝 -

〈참고문헌〉

· 미술사 연구 제5호(1991년. 홍익대학교 대학원 미술사학과)
· 공석하 〈거지화가 崔 北〉
· 유홍준 〈화인열전 2〉
· 이구열 〈近代 韓國畵의 흐름〉
· 안휘준 〈韓國 繪畵史〉
· 강관식 〈조선후기 궁중화원 연구(상)〉
· 진준현 〈단원 김홍도 연구〉

민병삼 장편소설
거기에 내가 있었다 칠칠 최 북

지은이 · 민병삼 **발행인** · 김윤태 **발행처** · 도서출판 선
등록번호 · 15-201 **등록날짜** · 1995. 3. 27 **초판 제1쇄 발행** · 2012. 8. 20
주소 · 서울시 종로구 낙원동 58-1 종로오피스텔 1409호
전화 · 02-762-3335 **전송** · 02-762-3371

ⓒ 민병삼, 2012

값 · 13,500원

ISBN 978-89-6312-456-8 03810

이 책의 판권은 지은이와 도서출판 선에 있습니다.
잘못된 책은 바꾸어 드립니다.